龍鳳呈祥

2

慕童 著

風文創 373

謝家 人物關係表

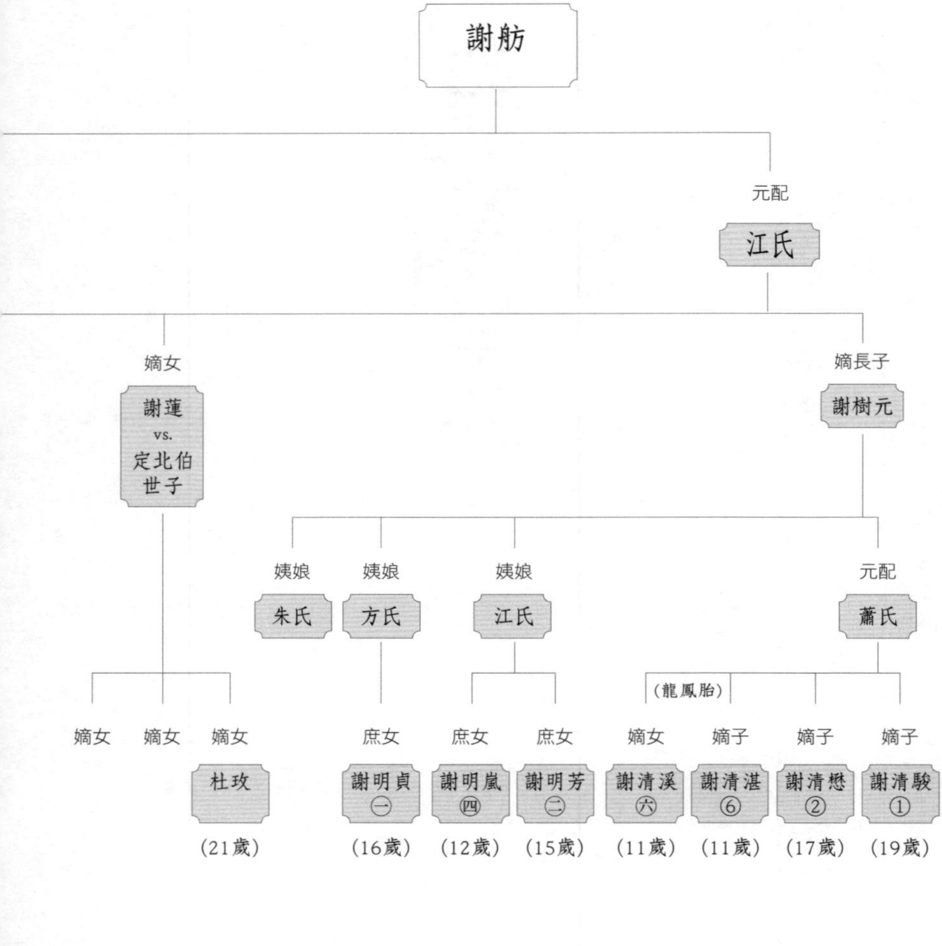

註1：年紀以謝樹元一家回京那年來計算 。
註2：①～⑧為謝家男子在同輩間的族中排行 。
註3：㊀～㊈為謝家女子在同輩間的族中排行 。

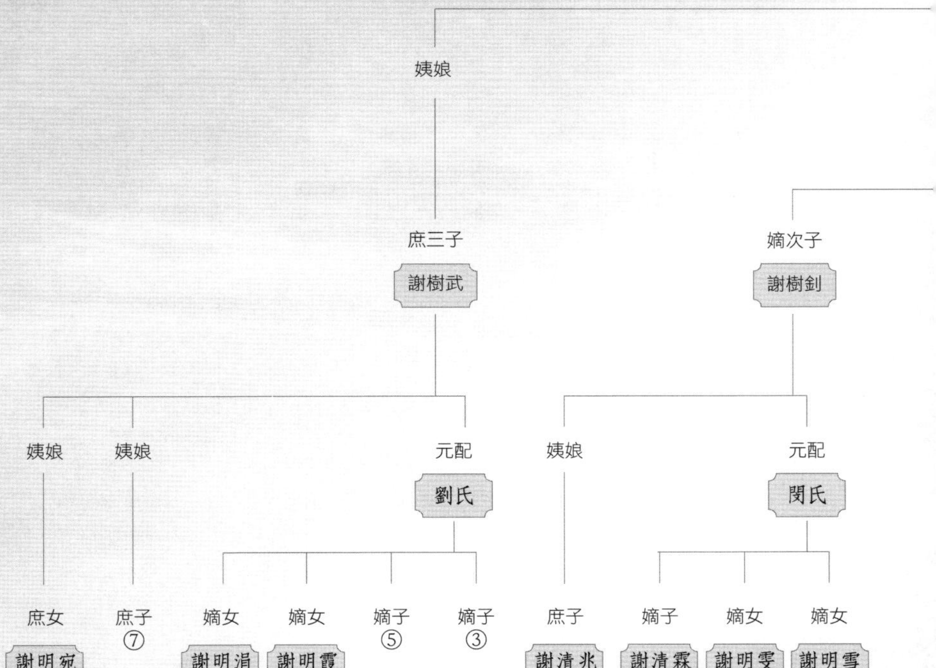
姨娘
庶三子
謝樹武
嫡次子
謝樹釗
姨娘
姨娘
元配
劉氏
姨娘
元配
閔氏
庶女
謝明宛 ㊈
(6歲)
庶子 ⑦
嫡女
謝明涓 ㊇
(9歲)
嫡女
謝明霞 ㊄
(11歲)
嫡子 ⑤
嫡子 ③
庶子
謝清兆 ④
(15歲)
嫡子
謝清霖 ⑧
(7歲)
嫡女
謝明雯 ㊆
(9歲)
嫡女
謝明雪 ㊂
(13歲)

目錄

第十一章

壽康宮中，太后盯著跪在地上的人，一向溫和的她此時泛著冷冷笑意。想當初她為皇后時，後宮裡頭也有那些不知天高地厚的女人，仗著自己顏色好，便處處哄著先皇，先頭是要衣裳、要首飾、要吃食，到了後面就是要位分、要地位、要皇位了。

太后想了想以前的郝宸妃、許淑妃、沈貴人還有那個蹦躂得最厲害的秋嬪，各個都貌美如花、甜言蜜語，先皇剛開始都是恨不得將她們捧在手心裡寵著，可到最後呢？

郝宸妃被先皇一杯毒酒賜死，她兒子更是被終身圈禁至死。

至於許淑妃，那個可憐的女人，至今都不知道她的兒子其實不是郝宸妃害的，虧得她還一副為子報仇的態度，處處同自己合作。

而先皇晚年最寵愛的秋嬪，連個兒子都沒生出來，如今還不是只能窩在那小小的安慶宮，同一班太妃為伍？

如今她已貴為太后，竟還有人敢不將她的兒子放在眼中。

玉嬪跪在地上，身子猶如篩子一般微微顫抖。這後宮誰人不說太后娘娘性格溫和，最是易相處的？她先前來太后宮中請安的時候，仗著自個兒嘴甜，也得了太后的幾回賞賜，可怎麼就那日想不通呢？想到此處，她不由得怨恨起身邊那大宮女，若不是她強攔著那小太監，不讓他進來，也不會有今日之事！

思及此處，她不由得顫顫地說道：「太后娘娘，實在是臣妾該死，未能好好管束下頭的人，險些釀成大錯，還請太后娘娘開恩哪！」

「開恩？哀家只怕還要請妳開恩呢！」太后閒閒地說道。

玉嬪被她這句話刺得險些跪不住，整個人便要軟倒在地上，可是一想到皇上還沒來救自己呢，她只得強自打起精神說道：「都是臣妾一時被人蒙蔽了，臣妾根本不知是恪王爺要用醫，若是臣妾知道的話，便是給臣妾一百個膽子，臣妾都不敢的！」

「陳嬤嬤，給哀家掌她的嘴！」太后瞧著死到臨頭還嘴硬的玉嬪，難得狠戾地說道。

太后宮裡這些積年的老嬤嬤，便是在皇上跟前都有幾分薄面，又豈會將一個小小的玉嬪放在眼中？

只見陳嬤嬤上前時，玉嬪抬頭朝她看了一眼，眼中夾雜著幾分怨毒，似乎要記住陳嬤嬤的臉。

「玉嬪主子可別這麼看著老奴，這雷霆雨露皆是君恩，太后讓老奴賞您巴掌，那是給您賜福呢。」陳嬤嬤倒也不惱火，只淡淡說道。只不過這話音一落，一巴掌就已經摑到了玉嬪的臉上。

玉嬪本就膚白肉嫩的，這麼一巴掌下來，右臉頰登時腫得老高，待要捂著嘴角的時候，又一巴掌摑到了左臉頰上，這會兒兩邊都腫成一樣高了。

「妳！」玉嬪怒氣上頭，誰知又是一巴掌搧了過來。

陳嬤嬤淡然道：「老奴是替太后娘娘來賞您，玉嬪娘娘若老是這般盯著老奴看，旁人會覺得您對太后娘娘不滿呢。」

太后在上首，語氣平淡地說：「還同她說這些廢話做甚？只管重重地打便是。哀家倒也看看，她有幾兩重的骨頭？」

直到太后最後叫停了，皇帝都沒有來。

而太后更是直接說「玉嬪輕狂無端，品性不佳，如今忝居嬪位，實難勝任」。

最後玉嬪被貶斥為玉美人，沒一會兒就傳得整個後宮都知道了。因著玉嬪年紀小又顏色豔，近年深受皇上寵愛，那些身居高位又有兒子的妃嬪自然不將她看在眼中，可她生性猖狂，倒是有不少位分低又不得寵的妃子受過她的刁難，如今太后娘娘出手懲治了她，引得不少人拍手稱好呢！

此時成賢妃宮中，九皇子陸允珩死活要出去玩，卻被成賢妃拉住，她板著臉教訓道：「你瞧瞧你這次闖的禍，連累你六叔的手臂都傷著了！這次太后娘娘憐你也受了驚嚇，這才未追究，我看你還是在宮裡好生歇著，若是再四處亂跑，我便稟了你父皇！」成賢妃生養了三皇子允齊和九皇子允衍，她素來寵愛這個小兒子，但凡他要的，她都盡力滿足。原想著他年紀尚小，不願約束他，結果居然闖下這等大禍。

「母妃……」陸允珩如今才十歲，正是愛玩鬧的年紀，這般將他拘束在宮裡，豈不是生生要憋死他？「都是那匹馬突然發瘋，我如何知道會這樣？」陸允珩不服氣地嘟嘴說道。

成賢妃聽著他這樣的話，不由得冷笑一聲。「大皇子的馬平日可都是在御馬監裡養著的，況且這又是從大漠進貢過來的汗血寶馬，那幫養馬的奴才恨不得將牠當成祖宗一樣養著，如今竟是突然發瘋……」

陸允珩雖貪玩，可到底也是在皇宮中長大的，這會兒他母妃不避諱著他，直接這般說，那就是懷疑這馬被人動了手腳！

其實現在也不只是成賢妃在懷疑，畢竟如今可是傷了恪親王和九皇子這兩位貴人，再加上這馬當時便死了，皇上早已經下令讓人徹查此事了。

「莫非是二哥？」陸允珩眼睛轉了轉，半晌才說道。

「你這個蠢貨。」成賢妃當即用手指敲了他的腦袋瓜。

「你這個蠢貨！」文貴妃恨不得一巴掌搧醒這個兒子。早就跟他說過，就算不喜歡大皇子，但在皇上面前也該表現出兄友弟恭的模樣來。

二皇子陸允顯梗著脖子說道：「此事不是兒臣做的！旁人不相信也就算了，為何母妃也要這般說？」

「就算我相信你又如何？皇上呢？太后呢？」文貴妃一想到這會兒竟是連恪親王都連累

進去，就恨不得抽醒二皇子。可是事到如今，也只能徐徐圖之了。

陸允顯此時也是知道怕的，可他還是嘴硬道：「父皇那等英明之人，豈會讓小人蒙蔽？兒子既是沒做，只等父皇查出真相便是！」

文貴妃霍地轉頭盯著陸允顯，只將他盯得頭皮發麻，過了半晌，她氣得反倒笑出聲來。「這皇宮之中又有多少真相？」

先皇在位時，有人向先皇進言二皇子行巫蠱之術，當時的皇上雖是嫡子，可並不受先皇寵愛，因此一直遲到十八歲都沒被冊封為太子。

而二皇子的生母郝宸妃是先皇未登基時就伺候在身邊的侍女，深受先皇寵愛，可就是這般，在查出二皇子府中的巫蠱之術時，先皇還是震怒不已，不顧二皇子生母的苦苦哀求，將其圈禁至死。事已至此，前朝的言官還是死死盯著當時的郝宸妃，最後這位曾經寵冠後宮，以宮女身分登上妃位的女人，還是在一杯鴆酒下結束了自己的生命。

文貴妃沒想到允顯這般年紀了，想法竟還如此幼稚。相反地，那大皇子陸允治雖出身低微，又無得力外家輔佐，可是卻能單憑自己的能力集結了一幫勛貴子弟在身邊。

「你舅舅先前一直同我說，你出宮開府後也該請些博學強識的先生在身邊，如今他已四處給你物色。」文貴妃突然說道。

二皇子陸允顯不明所以地看著她，顯然是未明白母妃怎麼突然轉了話鋒？

「至於這次的事情，有我在，我倒要看看誰敢誣陷了你！」

沒過幾日，這調查的結果便出來了，原來是御馬監負責伺候這匹汗血寶馬的太監一時大意，竟是將寒食草當作普通草料餵給了這匹馬，而大皇子騎著此馬參加馬球比賽，在劇烈運動之後，寒食草的毒性隨著血液留到四肢百骸，這才讓馬突然癲狂起來。

皇帝下旨處死御馬監的當值太監以及一干掌事太監，而餘下的太監莫不被打了幾十大板後，扔去做了雜役。整個御馬監在皇帝的鐵血下，全然換了一批人。

而後，恪親王上旨給皇上，希望前往京郊錦山別院休養。

皇帝恩准，更賞賜了好些藥材和補品。

皇宮之中的風雲變幻，自然不會波及到千里之外的江南。

謝清溪眼巴巴地看著面前這位笑意盈盈的中年美大叔，又看了眼旁邊的謝清駿，過了半天才問道：「大哥哥，這位叔叔是誰？」其實這位大叔年紀看著不過三十多點，不過因著穿著一身布衣，又有些不修邊幅的樣子，所以顯得年紀更大些。

謝清駿輕描淡寫地說道：「這位成先生是我在來蘇州的途中偶遇的，成兄學識之廣博，實乃我平生罕見。所幸他不嫌棄咱們府上簡陋，答應做妳的西席。」

謝清溪巴巴地看著謝清駿，許久都沒說話。

他不嫌棄，我嫌棄啊！

可是這話謝清溪不敢說出來，因為她怕謝清駿一氣之下把自己送回謝府，於是她發動可憐技能，一雙無辜的大眼睛眼巴巴地瞅著謝清駿看。

誰知她剛盯了一會兒，就突然聽見這個成先生拍著大腿笑道——

「恒雅老弟，你這個妹妹著實是有趣，我看她好像很滿意你做的安排呢！」

滿意？謝清溪恨不得跳起來質問他：你哪隻眼睛看見我滿意了?!

「妳雖說是來莊子上養病，但我也同母親說過，定不會誤了妳的課業。」謝清駿笑咪咪地說道。

謝清溪無力地問。「為什麼先前沒說？」

「哥哥打算給妳一個驚喜。」謝清駿摸了摸她的頭，柔聲安慰道。

謝清溪的頭垂得更低了，此時有一種感覺叫欲哭無淚，她有種自己被深深欺騙的傷感。

「好了，是非兄，我已著人將你的院子收拾了出來，同我的院子離得不遠。上次你因有事先行一步，咱們未能秉燭夜談，如今倒是有了把酒言歡的機會。」謝清駿說得爽直，一副江湖俠士的模樣，往日翩翩佳公子的樣子竟是被拋在腦後。

謝清溪一聽這話，耳朵都豎起來了。秉燭夜談？把酒言歡？她看了看成先生，又看了看謝清駿，一副懷疑的模樣。

她警惕地問道：「大哥哥，你為什麼晚上才要和成先生說話，白天不也有的是時間？」

成是非大概是被她小臉蛋上的懷疑給逗樂了，笑呵呵地說道：「白日我不是要教妳讀書嗎？自然不得空。」

只見成是非拱手對謝清駿說道：「那恒雅老弟，今日我便藉著貴府的酒靜候佳音。」說完，他便讓身邊的小廝帶自己去了以後要住的院子。

待他走後，謝清溪才噘著嘴說道：「大哥哥，你不覺得成先生太過放浪形骸了？」

「高雅之士，不拘於外表。」謝清駿沈穩地說道。

「那你不怕他把我教得同他一樣？」謝清溪又狐疑地說道。按理說，誰會給自家姑娘請這麼一位先生？她深深地懷疑面前這個人根本就不是她那個可親可愛可敬的大哥哥！

「是非兄雖外表放蕩，卻是個極有分寸的人。我同他說起家中有一幼妹，生性靈慧，只是未得良師教導，所以特請他來做妳的西席。」謝清駿如是說。

謝清溪一聽「家有幼妹，生性靈慧，只未得良師教導」這種話，一張小臉脹得通紅，又是羞澀、又是高興。

於是，這事就定下來了。

因著成先生不喜早起，因此他們每日上課定在辰時。

第一天上課時，成是非便換了一身裝束，青色的儒生衫，頭髮也用一塊方巾好生地包了起來，待他進來後，就見謝清溪端坐在桌子前抬頭看他。

「古書有云，尊師重道，六小姐也是讀過書的，難道連這點道理都不懂？」成是非說這話還是笑咪咪的，可是說的話卻是一點都不客氣。

謝清溪登時愣在當場。

「從頭來過。」接著成是非便轉頭又走到了門口，裝模作樣地踱步進來。謝清溪雖然還在氣他方才說的話，卻還是立即起身，恭恭敬敬地請安道：「學生清溪給先生請安。」

「很好，坐下吧。」成是非摸了摸下巴，才突然想起他留的鬍子昨晚已經被剃掉了。

接著成是非便讓謝清溪描了一帖字，待謝清溪寫完後，成是非拿起紙，看了半晌才說道：「沒想到恒雅兄那樣驚才絕豔的人物，還有這樣的妹妹。」

噗！謝清溪恨不得吐出一口血來！所以老師你是天生毒舌還是專門來虐我的？

不過他又安慰道：「這世上天才到底只有寥寥，絕大多數的庸才只能靠勤奮來彌補。六小姐若是從今日開始努力，超過絕大多數的庸才倒是不在話下。」

謝清溪這會兒連血都不想吐了，她想直接拿面前的硯臺砸在這個先生的臉上，可以嗎？

成是非好像很滿意謝清溪的表現，說道：「想來六小姐有些不服氣老夫方才所說的話？」

老夫？謝清溪上下打量了下這個成先生。說實話，他將臉上亂糟糟的鬍子刮掉，又穿了這麼一身儒生衫，看著確實比昨日要年輕些，又因長年遊歷在外，身上比一般的讀書人多了幾分超凡脫俗的氣質。於是她假笑道：「先生所言，學生如何敢置喙？」

成是非站在她書桌前，仗著自己身高體長，垂眸看著她，一副似笑非笑的模樣。「既是頭一回見面，咱們便來些簡單的，免得六小姐說先生我以大欺小。」

「不知先生想來什麼簡單的？」謝清溪繼續假笑地說道。

「對對子吧。」成是非不在意地說道。

謝清溪恨不得扯了他臉上的假笑，可誠如他所說，古人最重尊師重道，如果她敢這麼做，估計她哥第一個不放過她。

「高山流水。」成是非出上聯。

謝清溪忍住了翻白眼的衝動。「明月清風。」

成是非道：「翱翔一萬里。」

「來去幾千年。」謝清溪接著對上。

就在成是非又要出上聯時，只聽謝清溪說：「先生，你先前不是說不願欺負學生的？既你已經出了兩回上聯，不如這回由學生來出可好？」

成是非自恃胸中有丘壑，根本沒將謝清溪放在眼中，於是朗聲應道：「且聽六小姐上聯。」

「那先生可聽好了，學生的上聯是『煙鎖池塘柳』。」謝清溪淡淡然地出了上聯。

待成是非想了半晌之後，臉上竟是出現悻悻然的表情。

此對乍聽雖簡單，可是細細一想卻實在是難。上聯只有五字，可字字嵌五行為偏旁，且意境高遠，實在是難、難、難！

不過成是非到底是學富五車之人，又兼遊歷過千山萬水，見識過不少絕對，他再思索了半晌，竟是拱手說道：「六小姐此對實乃絕對，成某甘拜下風。只是還請六小姐給成某些許時間，待成某想出這下聯後，再給六小姐上課。」說著，人家一甩手就離開了。

謝清溪有些目瞪口呆，這對子也不是她想的，是她從前看過的一個上聯，今天就隨手拿過來用了，誰知這位成先生倒是有趣，不會就是不會，絕不拖沓，也不狡辯。

我今兒個沒想好，還沒資格教妳，待我想清楚了，再來收拾妳！

謝清溪突然覺得，她還挺喜歡成是非這種性格的，用她大哥的話就是——成先生有名士風範。於是，謝六小姐歡快地回了自己的院子。

待謝清駿得了消息後，便先去了成是非的院子。

兩人一見面，成是非便苦笑道：「先前恒雅你說令妹天生靈慧，我還不信，如今倒是受了教訓，可見這天下之大，臥虎藏龍者實在是多。」

而謝清溪壓根不知道，自己隨口出的一個上聯，居然讓成是非如此推崇。

「是非兄倒是言重了，舍妹小孩心性，愛玩鬧罷了。」謝清駿倒是見過謝清溪寫的詩和字，就連家中的白先生也點評過，說四位小姐中六小姐實在是天賦最高者，偏偏她生性淡然，志不在此。謝清駿倒也不是非要逼著謝清溪成為什麼大才女，只是認為清溪既然有天賦，便應該好生運用，而不是這般放任自流。

成是非搖了搖頭，知謝清駿並不相信，只得將謝清溪方才出的上聯重複了一遍。

謝清駿號稱大齊朝開國以來最年輕的解元，未來又可能成為大齊朝最年輕的狀元，學識自然不是靠吹出來的。待他思慮了一會兒，竟也露出些許苦笑來。

「倒是為難成兄了。」原以為成是非這樣劍走偏鋒的人物，定能降住自家這個被嬌寵慣了的小妹妹，誰知謝清溪竟給了成是非一個下馬威。「不知成兄接下來還將如何？」謝清駿有些不好意思地說道。

畢竟你請了尊大神過來捉小猴崽子，結果大神反而被戲弄了一回，大家臉上都有點不好看啊！

成是非倒也不矯情，他直言：「這上聯實乃絕對，不過成某也並非浪得虛名，且讓我想些時間，明日定會給六小姐一個答覆。」

謝清駿聞言後便趕緊離開，生怕他說出什麼「若是對不出下聯，便自請下席」這種話。要知道，能請到這麼一位先生，他也實在不容易。

待他到了謝清溪的院子時，就看見她穿了一身騎馬裝，大紅鑲銀邊的束身衣裳，腳上蹬著大紅的小馬靴，別提多英氣逼人了。

「大哥哥你來啦？我正要去找你呢！」謝清溪見他過來，開心地說道。

謝清駿看了她這一身裝束，明知故問道：「溪兒找哥哥有何事？」

謝清溪雙手伸直，示意謝清駿看自己的衣裳，歡快地說道：「這是我先前讓繡娘做的騎馬裝，好看吧？」

「確實不錯。」謝清駿點頭。

謝清溪笑道：「那咱們去騎馬吧？現在是秋天，最是打獵的好機會呢！」

謝清駿險些摔倒，他還沒聽說有誰家姑娘興匆匆要騎馬打獵的。他突然感覺到，自己需要重新認識一下這個妹妹了。

「溪兒，妳先前也同妳二哥他們去行獵嗎？」謝清駿問道。

這句話倒是將謝清溪的一張臉問垮了，實在是因為謝清懋他們雖也會去打獵，可是卻從來沒帶過她一起，就連謝樹元那樣寵愛她的，一聽她說要去行獵，就立即要送她回府，於是時間長了，她也不敢在他們面前提。原想著大哥哥是新來的，說不定就會被她哄了去，結果一句話就問到本質上了。

她聲音如同蚊子般，小聲地說：「沒有。」

「既然沒有，大哥哥可也不能帶妳去。妳雖說騎射不錯，但到底還未到功夫，還需加緊練習。」謝清駿笑著安慰道。

謝清溪一聽謝清駿沒像旁人那樣一下子就拒絕了，還以為有戲，拚命地點頭表示自己一定會好好學習，早日提高自己的騎射，以爭取能和哥哥們一起騎馬打獵！

後來她無奈地想著，原來當小孩當久了，智商真的會下降，謝清駿這麼敷衍地哄她，她居然也相信了。

謝清溪以前是不上心，可是以前的先生除了罰她抄書之外，壓根兒不敢這麼教訓她，於是成是非的毒舌顯然激起了謝清溪心底的好勝慾。

而謝清溪一直想著給謝清駿繡的荷包也沒忘記，她想將自己繡的最好的荷包給謝清駿，因此那些繡得馬馬虎虎，有些連線頭都沒藏住的，就留給謝清湛了。於是，她已經給謝清湛繡了六個荷包的情況下，清駿哥哥的一個荷包都還沒繡完呢！

謝清溪一點都沒發現，自己的生活居然比在謝府時還要忙，只是這份充實讓她忘記了無聊和抱怨。

一直到半個月後，謝清懋和謝清湛終於來別院了！

之前謝樹元抽查謝清湛的功課時，發現他做的文章居然退步了，震怒之下將他先前做的詩文全部複查了一遍，然後就不允許謝清湛來別院學騎射了，連帶著謝清懋也被看管住，兩人日日在家好生讀書。用謝樹元的話就是：你們大哥能在別院，那是因為人家如今是直隸解元，就算沒人看著，照樣能取了解元之位。至於你們妹妹，往後她又不用考狀元去，她讀書是為了使自己明理，讀書對於她來說就是風雅之事，可對於你們卻是安身立命的根本！於是，謝樹元這個虎爹將兩人看管得牢牢的，直到這幾日謝清湛的文章有了長足的進步，他才鬆口允許兩人來別院。

待兩人到了別院後，謝清湛就一路小跑到謝清溪的院子裡。要知道，他們倆長這麼大以來，還是頭一回分開這麼久呢！

「溪溪，妳在幹麼呢？」謝清湛也不讓小丫鬟通報，直接掀了簾子進來。

謝清溪這會兒正在繡荷包，她已經練習大半個月了，這荷包不論是配色還是繡工，比起從前，那簡直是天上地下的區別。

謝清湛一見她居然在繡荷包，便拖著長調說道：「謝清溪，妳居然在偷偷地繡荷包？」

「繡荷包就繡荷包，我哪裡需要偷偷了！」謝清溪哼了一聲，原本看見他的那股子興奮勁，也被他這句話給澆滅了。

謝清湛坐在她旁邊，捏著她白嫩嫩的臉蛋就說道：「哥哥教訓妳呢，居然給我頂嘴。」

「不過就比我早出生了一刻鐘而已，你算哪門子哥哥？」謝清溪吐槽他。

謝清湛不管，他繼續捏她的臉頰，樂呵呵地說：「就算是半刻鐘，那也是哥哥。」

「你給我帶什麼來了？」謝清溪問他。

「我幹麼要給妳帶東西？」謝清湛說得理所當然。

謝清溪忍不住又說：「你難得來看我一次，居然都不想你的妹妹？還說自己是哥哥呢，有這麼當哥哥的嗎？」

「那我也沒見妳給我送什麼東西啊！居然在繡荷包，怎麼就沒想起給我繡一個？」謝清湛不甘示弱地表示。

謝清溪心底嘿嘿一笑，板著臉走到櫃子旁，將裡面繡好的六個荷包都拿了出來，一股腦兒地扔在桌子上，說道：「原先還想著這些都給你的呢，不過現在看來，估計六哥哥你也瞧不上，我待會兒就讓人絞了！」

謝清湛趕緊拉著她，討好地說道：「六妹妹，是我錯了！我和妳道歉還不成嗎？」

因著謝清湛和謝清溪年紀最相仿，兩人又都是么兒子、么閨女，所以在家裡父母難免更偏疼些，不過這會兒哄著謝清溪的時候，謝清湛那叫一個真誠。

「雖然東西我沒帶，不過倒是帶了個人。」謝清湛說著便拉謝清溪出門去。

一出門就看見一個十歲左右的男孩站在門口張望，謝清溪一看見對方立即開心地喊道：「馮小樂！你幹麼站在門口不進來？」

「我姊說你們府上規矩大，一定要等丫鬟通傳才能進去的，可我在這兒看了半天，怎麼都沒個丫鬟的？」馮小樂說著，也被自己逗笑，還不忘伸手撓了撓後腦勺。

謝清溪這回過來就帶了朱砂和丹墨兩人，至於院子裡頭灑掃的小丫鬟，本就是莊子上幹活的粗使丫鬟。

「難得看你這麼聽你姊的話！」謝清溪笑話他。

馮小樂樂呵呵地摸了摸後腦勺，也沒不高興，只是解釋道：「我姊現在是咱們家的頂樑柱，我哪敢隨便得罪她呀！」

謝清溪知道馮家的情況，馮父前年因為喝醉了酒，不小心掉到河裡淹死了。馮母一向便是個懦弱的婦人，以前被丈夫打的時候只能忍耐，就算孩子被打，她也不敢上前攔著，倒是作為長女的桃花會護著底下的兩個弟弟。但桃花到底是個女孩子，她爹發起酒瘋來時，抓著她照樣打。

因為當初馮小樂帶人找到了謝清溪被拐時的那間小院子，所以他也算是謝清溪的救命恩人，蕭氏特地派下人送了一百兩到馮家，可誰知卻被馮桃花退了回來，要知道，那時候桃花也不過是個小姑娘。她只讓去的人帶回來一句話：我們雖是窮人，可也知道救人一命，勝造七級浮屠的道理。

管事嬤嬤回府回報的時候，就不住地說小姑娘實在是太懂事也太可憐了。她那個混帳爹一看見有銀子，那眼睛都冒光了，結果聽到桃花要將銀子退回去，當場就要打她。因著馮小樂也不要，所以管事嬤嬤只得將銀子帶了回府。

後來蕭氏將那嬤嬤罵了一頓，說這銀子對他們家來說不過是九牛一毛，可對馮家卻可能是一輩子都見不著的銀兩，管事嬤嬤就這麼將銀子帶回來，只怕那姑娘肯定得挨她爹的打！所以蕭氏又讓府上的二管家跑了一趟，結果正碰上馮父在打馮桃花的場面，聽二管家回來說，那哪是親爹打孩子，簡直是仇人相見往死裡頭打！

所以說句大逆不道的話，馮爹喝醉酒淹死了，對於馮家姊弟來說，只怕也是解脫吧！

「你姊現在繡功可是越發的精益了，聽我娘說，光是她繡的一座屏風，都能賣到上百兩銀子呢！」謝清溪笑著跟馮小樂說。

馮桃花當年沒收蕭氏的一百兩，卻讓管家回來問蕭氏，能否讓她跟著府上的繡娘學手藝？蕭氏自然是二話不說便同意了，她還怕繡娘教得不經心，將原本要給馮家的一百兩給了繡娘。這繡娘也是吃青春飯的職業，年紀大了，手腳不靈活不論，只怕連眼睛都要熬壞了，所以主人家賞了一百兩讓她帶個徒弟出來，她自然也是樂意的。更何況，桃花確實是個長進又知禮的，便是如今還是隔三差五就去她師父家中看看。

馮小樂一聽卻是說：「我姊姊的師父說了，繡活傷眼睛，所以我現在都不願讓她多繡。待我在鋪子裡頭站穩了腳跟，能賺錢了，就讓我姊姊好好嫁人，以後再也別做繡活了。」

「馮小樂，出息了呀！」謝清溪歡快地打了下他的肩膀。

謝清湛氣得在一旁拚命咳了兩聲，也不知這丫頭在哪兒學的江湖氣息，要是讓他娘親知道了，又該說她沒有大家閨秀的端莊貞靜了。

「好了，讓馮小樂陪妳一處玩吧，我要和大哥哥他們去行獵了！」謝清湛嘿嘿笑道。

謝清溪一下子拉住他的袖口，急急問道：「你們要去行獵？」

「對呀，大哥哥已經答應帶我和二哥去後山行獵了！」謝清湛得意地看了她一眼，一字一頓地說：「沒、妳、的、份。」

「謝清湛！」謝清溪急急地喊道。

可謝清湛也無法，他只得說：「大哥說了，妳的騎射還不到家，到時候咱們去行獵，一邊要打獵一邊還要照顧妳。」

謝清溪不高興了，說：「誰要你照顧了！」

「反正我說不管用，妳自己同大哥哥說吧！不過妳一個女孩子家，要是打獵的時候被流矢傷著，或者被什麼樹枝勾著，若是留了疤痕，只怕妳後悔都來不及。」謝清湛開始嚇唬她。

誰知謝清溪還真的認真地想了下，要知道，她現在這張臉，只要按著這個趨勢下去，幾年之後不說傾國，傾城最起碼是有的，她實在是捨不得拿自己的這張臉去冒險。

「六姑娘，不如我陪妳去捉魚吧？我最近剛學會用魚叉捉魚，一次能捉好多呢！」馮小樂立即提議。

謝清湛聽了，只點頭稱好。現在謝清溪才八歲，馮小樂也只有十歲，他們倆就算在一處玩也不會讓人說閒話。更何況，這莊子裡頭就有一處河水，長長的一條，橫貫整個莊子呢，他們又不出去，只管在河邊玩就行了。

「清溪，我和二哥好不容易出來一回，妳若是一定鬧著要跟去，只怕大哥哥為了妳，就讓咱們都不去了。」謝清湛覺得自己的分量可能還不夠，只得將謝清懋又搬了出來，說：「二哥這幾日因為我，可是被爹爹好生罵了，妳就當讓我給二哥賠罪唄！」說著，他居然拉著謝清溪的袖子撒嬌。

謝清溪簡直是要被他噁心死了，只得恨恨地說道：「我今晚要吃烤全羊、烤野豬、烤山雞、烤……」她實在是再想不出別的野味了。

謝清湛趕緊點頭，一百個答應。

待謝清溪目送他們一行人從莊子前策馬離去時，只覺得自己簡直是太偉大了。

「好了，馮小樂，咱們去捉魚吧！不過你要是一條都捉不到，我今晚就割了你的肉紅燒！」謝清溪惡狠狠地說道。

馮小樂立即驚嚇地後退了一步，假裝害怕地說：「難怪別人都說唯女子與小人難養也。」

「你才讀了幾本書，居然還學別人掉書袋子！」謝清溪笑話他。

「可我會捉魚！」馮小樂得瑟地說道。

這會兒，一直跟在謝清溪身邊的朱砂才甕聲甕氣地說：「小姐，河邊也太危險了，咱們還是別去吧？」

「朱砂，那條河一點都不急，有什麼可危險的？」謝清溪狐疑地看了這丫頭一眼，想著她怎麼說話變這麼小聲了呢？

馮小樂說道：「我得跟莊頭借個魚叉，再拎個小桶過去。」

朱砂自然是跟著謝清溪走的，而丹墨則是留在院子裡頭看守。好在這莊子上的人多，他們也沒跑遠，還在自家莊子上頭，就是離這院子略遠了些。

待三人到了河邊的時候，謝清溪不敢靠得太近，怕濺到自己的裙子。

馮小樂則是脫了自己的鞋子，小心地擺在離河邊挺遠的地方，謝清溪還笑他什麼時候變得這麼認真仔細了？

「我姊沒學刺繡之前，我和馮小安連雙鞋子都沒有，如今這雙鞋可是我姊給我納的，我自然得小心點。」馮小樂認真地說道。

謝清溪點了點頭。都說窮人的孩子早當家，雖然馮小樂只是個小孩，可是於細節處卻能看出人品，就連謝樹元都評價他說「此子以後未必不能成大器」。

「馮小樂，我相信你以後定會讓你們家人過上好日子的！」謝清溪也認真地回道。

沒想到謝清溪會突然誇讚他，倒是讓他有些不好意思，只見他摸了摸後腦勺說：「那還不是要謝謝六姑娘妳提攜我。我最近在鋪子裡頭幫手，掌櫃的初時還覺得我年紀小，如今已漸漸將事情交給我去做了。」馮小樂對謝清溪說道。

謝清溪不假思索地說：「我知道，你只管做好自己的事情便是了。至於這間鋪子，你若是做得好，以後便是交給你我也放心。」

「六姑娘，妳放心，日後有我在，定沒人能坑了妳的錢！」馮小樂拍著胸脯保證。

「我看你還是先捉魚吧，可別只是牛皮吹得響而已！」謝清溪吐槽他。

那間位於蘇州最好地段的鋪子，乃是謝清溪當年看中的，如今用來做綢緞生意，還賣著蘇繡給往來的客商，因此生意倒也不錯，每年光是收益都能有五千兩銀子。

原本那間鋪子的主子是一個江西人，只因老家有變，急需一筆錢回去救命，這才願意將這樣的旺鋪出售，而謝清溪在街上遊玩，無意中瞧見這鋪子貼出的告示，回去後便磨著蕭氏要買下鋪子。蕭氏見她一個小孩子家家，不過是在街上瞧著有趣就要買下，本還有些生氣，後來被她磨得實在沒法子，真派了家中管事去看了看，誰知還真是不錯的地段，於是蕭氏就拿了自己的私房錢，將這鋪子盤了下來。這樣好的鋪子，尋常最起碼要賣上一萬兩，因著掌櫃的要錢要得急，便以八千兩出售了。蕭氏直接讓管家取了八千五百兩給老闆，多的五百兩只當是給他濟急的錢。

蕭氏也說了，這鋪子以後就當是給謝清溪的嫁妝，若是他們以後回了京城，派了得力的管事在蘇州看著也可，畢竟這樣的鋪子跟那生金蛋的雞沒什麼區別。

謝清溪這間鋪子買了有三年了，所以她這幾年光是鋪子的收益就有一萬五千兩。要知道，在謝家，普通庶女的嫁妝也就是五千兩了，謝清溪這三年賺的錢，都夠她爹將前面的三位姊姊嫁出去了。當然，這錢誰都沒看見，被她娘直接收了起來，說是以後等她成親時當壓箱底的銀子。

後來蕭氏見鋪子的收益確實不錯，又買了好幾個鋪子，連著莊子都買了兩個。至於錢，都是她娘出的，不過她娘再也沒說過這些都給自己做壓箱底的話，因為估計光是買這些鋪子和莊子的銀錢，就花了她娘私房的一大半吧。

謝樹元自然對蕭氏的動作一清二楚，可蕭氏一沒受賄，二沒強買強賣——她買鋪子之前都是打探好了，所以他自然也當不知道，反正蕭氏這些東西以後都是留給清駿他們的。

至於謝樹元那兒，謝清溪覺得她和她娘這點事情，在她爹眼裡估計就是小打小鬧。她爹執掌蘇州這麼久，自然也會有灰色收入的，不過貪贓枉法這種事情，她相信以謝樹元的心性，肯定是不會做的。

馮小樂性情純良，又是自己的救命恩人，謝清溪自然願意培養他，所以他一說不願再讀書時，她就讓他到自己的鋪子上幫手。如今不過半年，這鋪子上大半的事情他都能熟悉了，就連掌櫃的在蕭氏面前都誇了他好幾回機靈呢！

馮小樂將叉子往水裡一戳，水花四濺，緊接著一條體大肉肥的魚就釘在叉子上，被帶出水面的時候，還活蹦亂跳的呢！

「小樂哥真是太厲害了！」朱砂興奮地衝著謝清溪說道，接著就歡快地拎著魚簍子過去，讓馮小樂將魚放進簍子裡。

小樂哥？謝清溪狐疑地看了朱砂一眼，又看了馮小樂一眼，身子倏地抖了兩下。

不過馮小樂倒是真沒吹牛，沒一會兒就捕了好幾條魚。因著現在是秋天，這些魚正是肥美的時候，那一條條被抓上來的，都有好幾斤的樣子呢！「今晚可以燉魚湯喝了！」

謝清溪坐在草坪上，勾著頭望了眼旁邊的魚簍子，只見那邊的朱砂又捧著一條最起碼有四、五斤重的魚，歡快地跑了過來，頭上的汗珠亮晶晶地落下，也不知道擦。

「姑娘，咱們今晚可以喝魚湯了！」朱砂興奮地說道。

謝清溪點點頭。不愧是我的丫鬟，就知道吃。

「小樂哥可真是厲害，一會子就抓了這樣多的魚！」朱砂的臉蛋因來回跑而紅撲撲的，裙襬上也沾上了水漬，可是她卻毫不在意。

謝清溪看著朱砂這樣歡快的表情，突然笑了，為自己的幼稚。方才她還想著朱砂是不是喜歡馮小樂呢，可是小時候誰沒有過喜歡的大哥哥、小妹妹呢？那個大哥哥又會捕魚、又會玩，有時候說話還特別逗趣，所以大家都願意跟在他身後，同他一起玩。這種感覺是最純粹的，也是最純淨無瑕的。朱砂或許是喜歡馮小樂，可並不是那種男女之情的喜歡，因為那對這樣年紀的他們來說太遙遠，現在的朱砂應該是因崇拜而喜歡吧？

那小船哥哥呢？他也是喜歡自己的，可那種喜歡就是對小妹妹的喜歡吧？畢竟突然出現一個精靈又古怪的小孩子，一張小臉蛋圓嘟嘟的，看著他的那雙大眼睛那麼黑又那麼的明亮，任誰都會喜歡吧？謝清溪突然笑了。

就好像她對小船哥哥一樣，那樣好看的少年，如今就成了她心底一角最美好的回憶。或許他們從此再無交集，可他曾經拚了命地救過她。

這樣的記憶不是誰都能有，也不是誰都能代替的……

「啊——」

就在謝清溪陷入沈思的時候，突然聽見了朱砂的尖叫聲。

待她抬頭時，就看見水面上似乎漂著一個物體。她連忙站了起來，跑過去後發現是一個人頭朝上地漂在水面上。

「小姐！小姐妳別過來！」朱砂尖叫完了之後，看見謝清溪過來，急忙要拉著她走開。就在馮小樂準備過去看看時，就聽謝清溪吩咐道——

「馮小樂，趕緊將他拉上岸！」

「小姐，不要啊！萬一他是壞人呢？」朱砂害怕地說道。

「若是不拉他上來，只怕沒一會兒他就成死人了。」謝清溪轉頭看了朱砂一眼。

朱砂膽子小，但心地也善良，一聽會淹死就猶豫了起來。不過想了一會兒，她又說：「那咱們去莊子上叫人吧？若是人多，自然就不怕他害人了！」

「……妳真沒認出他是誰？」謝清溪狐疑地看了眼朱砂。虧得這丫頭當初還誇說宋家的少爺長得可真好看呢！

「他是誰啊？奴婢怎麼會認識呢？」朱砂一聽是自己認識的人，就急急地又轉頭去看。這會兒馮小樂正拖著人上岸，只是那水中之人看著已有十四、五歲的模樣，他自然不夠力氣拖他，朱砂趕緊跑過去幫忙。

待兩人將他拖上岸後，謝清溪站在他上方看了半晌，突然吐了一口氣，輕喃道：「還真是他？」

朱砂急問：「小姐，這誰啊？妳認識？」

「江南布政使宋煊的長子，宋仲麟。」一個從二品大員的兒子居然會順著小河漂下來？而且看他的傷勢，只怕是被人追殺的。謝清溪突然有一種麻煩找上門的感覺。

江南布政使大人的兒子居然被人追殺？若不是謝清溪親眼所見，只怕她自己都不敢相信，畢竟現在可是太平盛世，誰會追殺一個從二品大員的兒子啊？

不是謝清溪吹牛，要是有人敢在蘇州的地界上動她，她爹就是挖地三尺都會將那些人找出來，當年的拐賣案就是最好的證明。謝樹元不僅將她成功地救回，還一舉殲滅了那個為非作歹的拐賣團夥。當初菜市口斬首，那頭顱可是一顆顆掉的，以至於蘇州好幾年都沒出現過兒童拐賣的事件了。

她雖說膽子大，可是如今也生怕這人已經死了，便看了馮小樂一眼，說道：「馮小樂，你是男人，你上去看看這人到底是活還是死的？」

「六姑娘，妳害怕就直說唄！」馮小樂也不知道是天生的傻大膽還是真不害怕，直接就上前探了下他的鼻息，又伏在他胸口聽了會兒，過了好久才說道：「應該沒死。」

「沒死還不趕緊救人！」謝清溪一聽沒死，這才趕忙過去。也不知道這人究竟泡了多久了？只怕已經灌了一肚子的水了。

她雙手重疊，對準他的小腹就按了下去，可是按了好幾下都沒反應，她立即對馮小樂招手，教他急救的手勢，看著他一直按壓腹部，待過了許久，宋仲麟才吐了幾口水出來。

謝清溪對著他的臉便重重地拍打了好幾下。

朱砂看得都不由得著急地說道：「小姐，妳慢些打，他身上還有傷呢！」

「得先把他弄醒了，要不然只怕麻煩。」

謝清溪又拍了他的臉頰好幾下，宋仲麟才幽幽地睜開眼睛。在他睜眼的一瞬間，一顆水珠順著眉宇滑落到他的眼睫毛上，在眼睫毛上輕輕滾了一下，方落了下去。

最是少年風華。

謝清溪覺得自己家中已有各種風華正茂的美少年，按理說她應該對這種美少年免疫了，可是事實證明，沒有人能抵禦美色。

「你醒了？」見他終於睜開眼，謝清溪不由得鬆了一口氣。

宋仲麟這幾日也不知過的是什麼樣的日子，如今乍一看見他們幾個陌生人，整個後背都僵硬了起來，身體不自覺地緊繃，連臉上都帶著防備的色彩。

「你放心，要是真想害你，就不會把你從水裡撈出來了。」謝清溪見他這麼緊張，便猜測他這幾日只怕是一直都在追殺中度過吧？

宋仲麟低了下頭，待過了許久，才微微動了下嘴唇，說道：「謝謝你們。」

謝清溪思慮了一下，正想著要如何處理？畢竟要是把他帶回去，肯定會讓大哥哥他們知道的，於是她試探著說道：「你是不是遇到什麼……困難？需要我通知你的家人嗎？」

不知是謝清溪的問話，還是說的哪個字眼觸動了他，只見宋仲麟原本迷茫的眼睛一下子變得凌厲。

宋仲麟幾乎是反射性地回道：「不用，我不需要！我只要歇會兒就行了。」

「可是你受傷了。你的傷口在水裡浸泡了許久，如今還瞧不出來，再過幾個時辰只怕就會有炎症了，而且你肯定還會發高熱。」謝清溪看了眼他的後背，布衫從左肩開始被劃拉出一條長長的口子，此時傷口雖已不再流血，可是被鋒刃割開的皮肉已被河水泡得有些泛白。他的傷勢本就重，如今再經過水這樣的浸泡，若是不及時醫治，熬不熬得過今晚都很難說呢！

宋仲麟顯然也知道她說的並不是在嚇唬自己，如今他身負重傷，又被人一路追蹤，怕是再也逃不過了。可是，他只要一想到那血海深仇，牙關就險些要咬出血來。不行，若是他如今就放棄，只怕再也沒人能幫他報仇了！

「這塊玉珮是和闐籽玉所造，市價值一千兩。我只希望姑娘替我找個靠譜的大夫，再給我一身乾淨的衣裳換了，姑娘的大恩大德，紀某沒齒難忘。」宋仲麟此時渾身無力，卻還是硬撐著將懷中的玉珮掏了出來。

這一路上，他沒了銀子，差點連飯都吃不上時，都沒想著要將這枚玉珮當掉，可是如今這姑娘救了自己，他又有求於人，自然只得咬著牙將這枚玉珮拿了出來，他握著玉珮的指尖微微緊了下。這已經是他身邊唯一一件娘親留給自己的東西了……

「你姓紀？」謝清溪古怪地看了他一眼，想著他如今只怕真是遭遇了什麼大難，竟是連真實姓名都不能同旁人說。

既然他不願意說，謝清溪自然也不好直接逼問，只是，一個從二品大員的兒子都有人追殺，可見他的仇家來頭實在是極大，饒是謝清溪有一顆救苦救難的心，卻也不敢給家中人招禍。但，在明知有人要殺他的情況，還將他強行趕出去，謝清溪自覺自個兒也做不出這種事情。

所以說，心地善良實在是太虧了！

「宋公子，若是你連實話都不願同我說，只怕我是不能救你的。」謝清溪看著他，認真地說道。

宋仲麟靠在樹幹上，睜大眼看著她，顯然是對於她竟能準確地叫出自己的姓氏而震驚，可是在片刻的震驚後，他先前放鬆的身體一下子又緊繃了起來，警惕地看著她。眼前這個長相甜美的小女孩雖然只梳著簡單的花苞頭，可是衣著華貴，此時看著他的眼睛也充滿了鎮定，以至於讓人都無法將她當作小孩欺騙。

「妳是如何知道我姓宋的？」宋仲麟反問。

謝清溪嘆了一口氣，發覺這位宋公子竟是一副涉世未深的模樣。你先頭既然自稱姓紀，如今就該直接反駁到底，要不然就來個死不認帳啊！結果別人剛說一句，你就承認了？萬一我就是詐你的呢？想到這裡，謝清溪突然意識到一件事——

她是不是不大適合出門啊？要不然每回出門在外，她怎麼都得遇見點事情呢？

第十二章

「你父親未升任江南布政使時，咱們曾經見過數面。」謝清溪提醒道，又忍不住想著，像她這麼好看的小女孩，世間又能有幾個，他居然還能認不出，實在是朽木不可雕也。

宋仲麟還真仔細地打量了她一番，待過了許久，才突然意識到一般。他剛要抬手指她，結果手臂太沈，只得微微苦笑了一下，喘了口氣說道：「妳是清溪兒，謝大人的女兒。」

清溪兒。每次謝清溪去宋府的時候，宋仲麟見著她都要用手捏她的花苞頭，只恨她當時年紀太小，根本反抗不得。

後來左布政使張大人致仕，而右布政使宋煊升官，任江南布政使大人，依然還是謝樹元的頂頭上司。

「原來是妳。」宋仲麟微微笑了下，這才放心地說道：「妳竟是長這般大了……」他的眼皮越來越重，顯然是後背那嚴重的傷勢，讓他根本說不了這麼多的話。「清溪兒，宋哥哥求求妳，千萬不能將我的事情告訴任何人。」宋仲麟此時無法，只得相信這個許久未見的小妹妹。可是若讓她救自己，他又怕會連累了謝大人一家……就在他左右為難的時候，謝清溪突然開口了。

「可是我三個哥哥都在莊子上，我根本不可能瞞著大哥哥的。宋哥哥，你能不能告訴我，你究竟怎麼了？這樣我也好讓我大哥哥救你。」

「我根本不需要你們救！」也不知是謝清溪沒答應他的請求，還是別的，只見他突然發狠道：「妳若是不願替我保守，那我也不需妳救我！」

說著，他竟是用手撐在地上，就要朝著旁邊的河爬過去，顯然是又想順著流水漂下去。

謝清溪簡直無語，這少年未免也太衝動了吧？即使旁人不答應你的請求，難道你就不能多求兩次？要嘴巴幹麼的？太衝動，太衝動了！

「你是想死嗎？」還沒等謝清溪說話呢，旁邊的馮小樂就不客氣地拉住他，對著宋仲麟就是一通教訓。「我們六姑娘好心將你救起來，你竟是這般不知好歹！若是再讓你在這水中泡上一會兒，只怕你連這條命都沒了！你這麼滿身是傷地出現在河裡，便是問了一句又如何？誰知道你是不是什麼歹人？咱們姑娘問你，那是真心實意想要救你！」馮小樂雖然年紀比宋仲麟小些，可是如今宋仲麟身負重傷，又在水裡漂了這麼久，馮小樂只一隻手就將他按住了。

雖然馮小樂說的話挺重，可是宋仲麟卻一下子沒再掙扎了。

「宋哥哥，我倒是不願多問，只是如今你這般出現在這裡實在詭異，若是你一點都不說，我也怕給家中招禍。」謝清溪直接將心底話說出。她也看出了宋仲麟此時滿身戾氣，只怕這些日子遭遇了非常人所能承受的事。如今她不欺騙、也不說好聽話，直接將心底的擔憂說出來，反而能取得他的信任。

也不知究竟是誰的話起了作用，宋仲麟沈默了半晌後，這才說道：「不是我不願告訴妳，實在是此事太過匪夷所思，而我所要做的事情，也實在太大逆不道。我只能告訴妳，我此番是要入京告御狀的。」

「馮小樂，你今日是怎麼過來的？」謝清溪突然轉頭看著他問道。

馮小樂不明白她為何這麼問，但仍是說道：「我是趕馬車過來的，掌櫃一聽我要到莊子上給六姑娘妳請安，便讓我用鋪子上的馬車裝了鋪子裡頭的料子送過來。」

「那好，待會兒你便立即回去，不過走的時候帶上宋哥哥。你也不用將他安置在你家中，就將他安置在當年我被拐賣放置過的那間院子裡。」謝清溪思慮了半晌，只能想出這麼個地方。

那個地方原本是一處民居，卻被拐子買來藏人，後來謝樹元大破拐賣案，那處民居便被封了，這幾年來只怕再沒人進出過了。

馮小樂張了張嘴巴，顯然沒想到謝清溪居然要將人藏在那處宅子裡，可是想了半天，他竟也想不出更好的地方。一時間，他還真是打心底佩服六姑娘，居然能想到那個地方。

「待會兒我讓朱砂拿些銀兩給你，你只管去城中找大夫。切記，一定要找你熟悉的大夫，最好口風要緊，不能走漏絲毫消息。」謝清溪生怕出了岔子，又不住地叮囑馮小樂。

「好的。六姑娘，妳放心，妳吩咐的，我馮小樂一定辦好！」馮小樂也是熱血心腸的，如今謝清溪要救這個少年，他自然拍胸脯贊同。

可問題來了，他們要怎麼把人弄回去？

謝清溪看了朱砂和馮小樂一眼，無奈地問道：「你們倆能將他抬回去嗎？」

「小姐，奴婢不行啊！」朱砂立即跳出來反對。她雖說是伺候謝清溪的，可她是謝清溪的貼身大丫鬟，與其說是伺候她的，倒不如說她是陪謝清溪玩的。

朱砂的奶奶便是沈嬤嬤，這也就是她為什麼能在府裡一眾強敵當中搶到六小姐貼身丫鬟這個寶座的原因。不過朱砂雖性子活潑，該做的事情卻是從不偷懶耍滑的。

「妳不行，難道讓我搬嗎？」謝清溪指了指自己的鼻子。

朱砂立即住嘴。

此時宋仲麟還沒昏過去，聽見他們像處理一個麻袋般地討論自己，不得不蹙著眉頭說道：「我自己還勉強能走。」宋仲麟強行試著站了起來，可是剛撐著起了身，腿卻是一軟，險些又跪在地上。

旁邊的馮小樂趕緊過去將他扶著。

最後宋仲麟只能靠在馮小樂的肩膀上，讓他拖著自己走。

朱砂幾乎是走一步就回頭看一眼，看了一會兒後，忍不住在謝清溪旁邊嘀咕一聲。「小樂哥可真可憐，這個宋公子這麼重，他哪裡拖得動嘛！」

「要不，妳同他一起架著宋公子？」謝清溪淡淡地問。

朱砂立即噤聲了。如今她也是個小姑娘了，雖說年紀還小，可宋仲麟到底是個十四、五歲的少年，她一個女孩子哪裡好意思這般架著他啊？

一路上回來倒是都沒遇到人，只是馮小樂的馬車停在外頭，朱砂只得去二門上吩咐，說小姐讓馮小樂帶些東西回去，需要他們去裡面搬。門上看守的人一聽，趕緊進去伺候，而馮小樂便趁著他們走開的時間，趕緊將人架著往門口走。

只是上馬車的時候，宋仲麟實在是脫力，險些要昏過去，好在他也明白，自己此時不能暴露，只得一狠心咬了口舌頭，鹹腥味在口腔中蔓延，他總算撐住，沒有昏倒。

待朱砂看著馮小樂將人弄上馬車後，這才笑呵呵地對看門人說，小姐又不想要搬了，不過她還是一人賞了一錢銀子。

那兩人見有銀子拿又不用幹活，立即樂呵呵地道謝。

誰知剛到門口的時候，其中有個人正碰見馮小樂要駕著馬車走，立即喊道：「唉，那個誰，你現在是回城裡嗎？」

「大哥，我姓馮，賤名小樂。大哥若是不嫌棄，叫我馮小樂便行了！」馮小樂見看門人叫自己，只得站在車上笑呵呵地回話。

那看門人見他這麼恭敬，倒也笑了，說：「正巧我有些東西要帶回府裡頭，不如你就幫我多跑一趟，待到了謝府的時候，自然有人賞你的。」

馮小樂一見竟有這等變故，當即仍笑著，心裡卻想著該怎麼拒絕呢？就見朱砂過來了。

朱砂看著門口的馮小樂說：「怎還在這兒？六小姐不是讓你趕緊回城給太太捎封信的？

若是耽誤了六小姐的事情，看你擔待得起！」

朱砂雖然年紀小，可是不管在府裡還是莊子上，誰都不敢小瞧。如今這會兒她扠著腰做出這等厲害的樣子來，不僅馮小樂做出害怕的樣子連連告罪，就連那看門的人都不敢再吱聲。

朱砂怕再有變故，乾脆站在門口看著馮小樂的車駕離開。

誰知他剛走不久，就見相反方向的官道上突然塵土飛揚，沒過一會兒便有紛亂的馬蹄聲響起。原以為只是過路之人，可誰承想，那些人竟騎著馬直奔著莊子過來，沒一會兒便在莊子的門口處停住。

為首的是個穿著墨色長袍的男子，只見他面容冷峻、周身冰冷，當他直勾勾地盯著朱砂看時，她竟被嚇了一跳。

那看門人素來在這片地兒橫慣了，畢竟誰都不敢到布政使大人家的莊子上搗亂。於是有個略膽大的，立即上前質問：「你們是何人，為何突然停在咱們莊子上？」

「咱們是路過的，不過是想討口水喝，還望小哥行個方便。」跟在這男子身邊的人倒是個好性子的，溫和地說道。說著，他就從懷中掏出一錠銀子，扔給說話那人。

那說話之人眼前一晃，就見一錠十兩紋銀躺在腳邊，他不由得吞了下口水。謝府就算是一等丫鬟的例銀也不過是每月兩錢罷了，更別提他這樣在莊子上看門的人了。可是這看門人到底還有些理性，他朝著旁邊的朱砂看了一眼。

顯然他的舉動也被對面的人看見了，只見那扔銀子的男子略打量了朱砂一眼，見她穿著的是名貴的絲綢衣裳，頭上紮著的花苞頭還纏著金絲，便當她是這處莊子人家的女兒，於是恭敬地說：「小姐，咱們一行人趕路實在是辛苦，不過是想在貴府討口水罷了。」

朱砂素來機靈，她看這幾個人身上都穿著披風，而披風下頭鼓鼓囊囊的，又見後面一人的衣服下頭確實露出一截明亮、看著像刀刃一般的東西，她立即天真地說道：「我爹爹在家裡呢！你們先等著，我這就去叫我爹爹！」

說話那人正想說「不用麻煩」，就見那女孩歡快地蹦蹦跳跳走了。

而兩個看門人則相互對視了一眼，覺得奇怪。朱砂的爹府裡誰不知啊？因為是沈嬤嬤的兒子，所以格外得太太的看重，這會子正在城裡的鋪子上當掌櫃呢，沒聽說他來了莊子上啊！

謝清溪這會兒剛將自己的弓箭拿出來，這弓箭是謝樹元按著她的力氣和手掌的大小特別訂製的，這世上就她獨一份，所以她對這副弓箭格外看重，隔幾日就要拿出來擦一擦呢！

「小姐、小姐！」朱砂提著裙子，一路小跑著回來，有些上氣不接下氣地說道：「不好了，小姐！」

「怎麼，是哥哥他們回來，剛好和馮小樂他們撞上了？」謝清溪懊惱地問道。果然是怕什麼來什麼！

「不是，是外面來了一群人，看著好凶神惡煞，而且我看他們似乎都帶著刀呢！」朱砂急急地解釋道。

謝清溪的第一個念頭便是——不會是追殺宋仲麟的人找上門了吧？

她立即便要出去，可是剛走出去幾步，卻是又回頭拿上了自己的弓箭。

此時謝家莊子的門口，那一行人還等在那兒。

先前說話的看門人拿眼睛不時地覷著地上的銀錠子，這銀子實在太誘人，就連旁邊那個一直沒說話的看門人都看了好幾眼呢！

那扔銀子的突然從馬上下來，走到門口，不過卻也只是站在門檻處，看似閒聊地問道：「兩位小哥，不知你們可有看見一個十五、六歲的少年？他後背上有很重的傷，行動有些不方便。」

看門人到底還有些警惕，一聽他問這樣的話，就有些警覺地說道：「我沒瞧見，你問這個做什麼？」

「喔，我是江南按察司的官差，此番到蘇州就是為了追捕一個少年。別看他年紀小，卻是十惡不赦的人物，咱們兄弟追了他好幾日，結果他太過狡猾，一時就讓他跑了。」扔銀子的男子看著是個和氣的，這會兒竟將官家的事都告訴了他。

那看門人聽完便不疑有他，如實說道：「我們確實沒瞧見什麼行動不便的少年，話說這過路來來往往的都是馬車，就算他受了傷，咱們也瞧不見。」

就在此時，那扔銀子的男子突然低頭，看見門檻前有個隱約可見的濕腳印，而且其中還夾雜著些許紅色。

「大哥，你看！」扔銀子的男子指著腳印，急急地看向一直端坐在馬上的帶頭人。

帶頭人一身肅殺冷意，此時翻身躍下馬，袍角生風，讓人不敢直視。

兩人對視了一眼後，那扔銀子的人笑著再問道：「兩位小哥，你們當真沒看見那個少年？」

「當然，咱們騙你幹麼！」那開口的看門人有些不耐地說道，可誰知他話音剛落，一道血便猶如噴泉般飛濺出來！

另外一個看門人初始還沒反應，待看到自己的同伴竟直挺挺地摔倒，脖子被鋒利的刀刃切得幾斷，血如泉湧般，終於後知後覺地發出一聲淒厲的叫聲。

此時正走到前面的謝清溪突然聽見這聲喊叫，心頭一驚，握緊手中的弓箭就急急地上前。

那給銀子的男人雖臉上濺了血，可依舊掛著笑容，溫和地問道：「他說自己沒看見，那你呢？」

「別、別……別殺我！我真的沒看見！」還活著的看門人驚恐地往後退。

給銀子的男子顯然不滿他的回話，有些嘆息地說道：「你們撒謊，我都不喜歡。」

緊接著，便又是凌厲的一刀。

這個看門人死前的驚叫聲不僅驚動了謝清溪，還驚動了莊子上的其他人。

這莊子是謝家兄弟學習騎射的地方，所以有個專門的跑馬場，只是正巧今日謝家兄弟帶著一干人上山行獵去了，因此莊子上的人比平日少了一半。

不過平日負責教謝清懋騎射的曾師傅，因前幾日傷了右臂，便沒有跟他們一同上山打獵，今日他在自己的院子裡歇息，因他的院子靠近前門，所以這會兒他也聽見了響動，待他出來時，就看見一行凶神惡煞的人闖進了莊子。

曾師傅又驚又怒地問道：「你們是誰？居然敢闖進莊子裡頭，你們可知這是誰家的——」他話音還沒落，就見一個離他最近的人，居然連話都不說，提刀就砍了過來！

就在曾師傅剛要躲避時，就見一支箭從身後直直地射了過來，一下就插在了那提刀砍人男子的腿上，男子吃力不住，膝蓋跪了下來，手勁一鬆，刀就要落地。

能被謝樹元請來教自己的兒子，這位曾師傅自然也不是浪得虛名的，只見他上前搶過對方的刀，橫刀再前，那人的脖子上就多了一條深深的口子。

謝清溪在後面清楚地看見這一幕，看見那血水猶如噴泉般，不住地從男子的脖子上流出，險些要失聲尖叫起來，不過她卻只是死死地抓住手中的弓箭。

旁邊的朱砂則是早就尖叫了起來。

帶頭的人顯然沒想到自己這方居然會有傷亡，他原以為這只是一個普通的莊子，看來這會兒是遇到棘手的了。他掃視了站在前面的男人和已經被對方擋著的兩個女孩，問道：「你們將宋仲麟交出來，我便饒你們一命。」

謝清溪的身子猶如篩子一般抖，半是驚、半是怒火。這幫人竟將人命視作草芥？他們能這麼闖進來，只怕看門的那兩人已經沒了性命！

她冷笑一聲，立即回道：「我看是我饒你們一命吧！」

「就憑你們？」那帶頭人打量了一下。

倒是旁邊那個給銀子的男子，手中提著的刀已經染血，尖刃上還在不停地滴血，卻笑容滿面地哄道：「小姑娘，我們大當家的素來說一不二，只要妳告訴我們宋仲麟在何處，我們一定饒妳不死。」

謝家這處莊子在城郊數里地外，騎馬去蘇州城的話，最起碼也需要半個時辰的時間。再加上這四周都是謝家的田地，平日租給佃戶種，所以少有人會過來。只怕這幫人就是看這莊子四周寂靜，才敢這般猖獗行事的。

「我不知道什麼宋仲麟，我只知道，你們若是敢動我一根手指頭，今日就別想活著走出這蘇州城！」即便謝清溪此時腿軟得很，可還是不得不強自打起精神。這幫人居然敢在光天化日之下如此行凶，顯然是沒將王法看在眼中的亡命之徒。

「小丫頭年紀不小，口氣倒是挺大的！」那給銀子的人開口笑說。

但他身後領頭的大哥顯然已經不耐煩他同這個小丫頭磨蹭這麼久了。

「我爹爹是蘇州布政使謝樹元，若是你們現在逃命，說不定還能留得一條狗命，若是你們膽敢再進一步，到時候必死無葬身之地！」謝清溪狠厲地說道。

此時莊子上的成年僕從們也早已拿出武器，從莊子各處趕了過來。

其中莊子上的管事柳叔一見小姐居然也在此，嚇得差點腿軟，只見他急急走到曾師傅的身邊，壓低聲音說道：「曾師傅，咱們這些人裡，你是武藝最好的，所以六小姐的安危便交給你了，還請你務必保護好六小姐，咱們定會死死擋住這些人的！」

因謝清溪站得近，便將柳叔的話聽得清清楚楚，她的眼淚一下子便要掉下來。在這種緊要關頭，竟還有人願意為了救自己而付出生命……

謝清溪的話顯然也暫時鎮住了那幫人。

原以為這不過是個普通莊戶人家，誰知竟是蘇州布政使家的莊子，而這小丫頭竟是布政使家的小姐。那扔銀子的男人是一行人中的智囊，此時也有些退意了，畢竟殺了官家小姐和殺普通人家的姑娘可不是一樣的罪名，若是他們真殺了這小女孩，會徹底得罪了官府，到時候只怕官府要上天入地地通緝他們了。

「殺的就是你們這些狗官！」那領頭大哥突然怒喝一聲，提著長刀便衝了過來。

柳叔見狀，當真領著人上去擋著，而曾師傅則拖著謝清溪就往旁邊跑，朱砂跟在一旁，三人急急地躲開。

謝清溪不敢哭，只能死死地抓著手中的弓箭。若是她平時再用功些學武藝，今天就能保護自己，不用旁人犧牲了。身後的打打殺殺之聲猶如從遙遠之處傳來，她只覺得眼前霧濛濛的一片，只能跟著曾師傅不停地往前跑，不停地往前跑……

不知跑了多久，身後追來的腳步聲卻越來越近了，而此時，一直跟著他們的朱砂突然腳下一滑，整個人撲倒在地上！

「朱砂！」謝清溪大叫一聲，一轉頭就看見那人的長刀朝著朱砂的脖子砍去！

這些人下手太過狠毒，一出手便朝著脖子去，這是要一刀斃命啊！

沒等謝清溪說話，曾師傅已經提著長刀迎了上去，兩人戰作一團。

謝清溪趕緊回去將朱砂拉了起來，兩人站在不遠處，她立即將手中的弓箭拉滿，只是兩人打鬥間實在難分敵我，她一時根本無法射箭。

曾師傅右手本就有傷，剛開始還能憑著一股氣強撐著，待幾百招過後便破綻漸多，身上的刀口也是越發的多了。

謝清溪不敢眨眼，拿著弓箭直直地盯著兩人，可是不管她怎麼看，都找不出射箭的空檔！

終於，曾師傅在一個大意下，手中長刀被震掉，那人揮刀就要砍向曾師傅時，謝清溪的箭射了過去！可她的弓箭本就是特製的，先前那一箭是因為偷襲才能得手，如今她再射過去，就被對方輕易地躲避掉了。

那人突然想起大哥吩咐的，要捉到這個小丫頭的命令，於是便直直地朝她那處跑去，顯然是想抓她。

謝清溪見一箭未得手，早已經拉著朱砂往前面跑。之前曾師傅原打算帶著他們出莊子的，可到了門口才發現，莊子的門竟是被這幫人關了起來，她們壓根兒出不去，於是她們只能往裡面跑，可誰知還是被追上了。

身後的這個人越來越近，越來越近，一直近到他伸手，一把拽住了謝清溪的衣領，將謝清溪整個人都提了起來！三歲時差點被摔死的畫面，在這一瞬間又出現在她的腦海裡。所以她來到這裡的命運，注定就是被摔死嗎？

小船哥哥……謝清溪一直忍住的眼淚突然流了下來。

那人見自己得手，正是高興，準備轉身時，突然，身後夾帶著凌厲風聲的箭矢扎進了他的後背，穿透整顆心臟！由於力道太過驚人，以至於箭頭已經從前胸穿透而出。

謝清溪摔落，趴在草地上，昏過去前，就看見遠方一個模糊的藍色身影奔來。

她發誓，以後藍色就是她這輩子最喜歡的顏色！

「姑娘、姑娘……」藍袍男子抱著柔軟的身體，不停地用手掌輕拍她的臉頰。

朱砂被嚇得已經說不出話來了，只能呆呆地看著這個陌生的男人將自家小姐抱在懷中，輕拍她的臉頰試圖叫醒她。待朱砂腿腳有了些力氣後，幾乎是連滾帶爬地過來，緊張地盯著謝清溪的臉頰，帶著哭腔問道：「我家、我家姑娘沒事吧？」太可怕了，她到現在都覺得這一切跟作夢一樣。

而同樣覺得在作夢的，還有謝清溪。當她微微睜開眼睛時，就看見一張臉近距離地出現在自己的眼前，她嚇得想要往後退，這才發現自己竟然被對方抱在懷中。

「你是誰？」謝清溪顫抖著問道。

「姑娘別害怕，在下只是路過此處想討口水喝，見貴府內有動靜，進來後才發現竟有人在此處打劫。」

藍袍男子的聲音極是沙啞，可是謝清溪在聽到他的話後，卻奇怪地覺得自己的心好像安定下來了。

見她掙扎著要起來，藍袍男子趕緊將她扶著坐了下來，還不住地道歉道：「在下一時情急，冒犯了姑娘，還望姑娘恕罪。」

「沒事，情急之下乃人之常情。」謝清溪扶著朱砂慢慢地站了起來。

待站定後，便看見不遠處還躺在地上的曾師傅，她立即對那陌生藍袍青年說道：「義士，那位是我家的教武師傅，因護我出逃，這才被歹人所傷，還請你幫忙救治……」她突然想到什麼一般，眺望著前方的院落，眼含淚水，不多時便趕緊上前查看曾師傅的傷勢。

曾師傅先前還以為自己將命盡於此了，誰承想居然還能留得一條性命。

謝清溪扶著他坐起後，安慰道：「師傅，你別擔心，待會兒我哥哥他們定會回來救我們的。」

結果她話音剛落，就又有幾個人追了過來。

藍袍男子見他們居然不死不休的模樣，臉上冷笑一聲，提刀就要上前，不過他剛要迎上去，就見對方跑在最後面的男人突然一頭栽倒趴在地上，背心上一支長箭的白色尾羽還在輕輕顫動著。

藍袍男子往前方一看，就見一個淺色衣裳、頭束髮帶的少年坐於馬上，並不策馬追趕，只雙手持弓，對準那瞬間逃跑的幾人。此時他才注意到，那幾人雖手上提著刀，可是臉上卻是一片驚惶。那少年猶如閒庭信步般坐於馬上，只見他鬆開手指，一支帶著白色尾羽的箭矢便破空而來，直直地插進跑在最後之人的後背上。

「姑娘妳看！是大少爺，是大少爺來救咱們了！」朱砂原先看見這幾個跑過來的人時還害怕得很，可是這會兒看見了謝清駿，一下子便心安了。

謝清駿腰背挺直，臉上帶著肅殺的冰冷氣息，待一支箭射出後，便又迅速地從身後的箭筒中抽出，對準還在逃跑的幾人，手中的弓箭猶如收割人命的鐮刀。待最後一支箭射完後，還剩下一個人在逃跑，他一夾馬腹，拍馬便追了上去。

藍袍青年見那歹人朝著自己這邊逃跑過來，已經將刀橫在身前等著，可是那人還沒跑到眼前，就被騎著馬的謝清駿追上，眨眼間便倒在地上。

謝清溪看著滿地的屍首，腿軟得險些站不住。可是這種時候，軟弱只會拖累別人。

謝清駿立即策馬過來，跳下馬，單膝跪在地上，拉著謝清溪上下打量，幾乎哽咽著聲音問道：「溪兒，妳有沒有傷著？有沒有受傷？」這個近乎神祇般完美的少年方才還一臉肅殺，可是在看見謝清溪時卻差點哭出來。

天知道，他帶著一行人回來，卻看見大門敞開，兩個看門人都躺在門裡面，皆是脖子上一刀斃命，而院內充斥著喊打喊殺的聲音時，幾乎讓他瘋狂。

而險些要瘋了的，並不只有謝清駿一人。旁邊的藍袍青年見他問起謝清溪的傷勢，也緊張地盯著她，待謝清溪輕輕搖了搖頭後，他也總算鬆了一口氣。

此時謝清溪突然撲到謝清駿的懷中，緊緊地抱著他的脖子，雖一句話都沒說，但是她的身體卻在輕輕地顫抖著，若不是謝清駿離她這般近，也是感覺不到的。

「溪兒不要怕，哥哥來了，哥哥會保護妳的……」謝清駿一邊安慰她，一邊摸著她的後背，試圖讓她安心些。

謝清溪終於帶著哭腔道：「我知道，我一直在等哥哥……」

「誰都不能傷害我們的溪兒，若是誰敢傷害妳，哥哥上天入地都不會放過他的！」謝清駿抱著謝清溪說道。

在謝清駿短暫的十六年生命當中，他一直是天之驕子，文韜武略無一不通，他得到最多的就是誇讚，謝清駿這個名字在帝都誰人不知？可是他的父母在他七歲那年就離開了自己，祖母為了壓制母親，生生讓他們骨肉分離，他有九年未見自己的父母。如今再見到自己的父母及弟弟妹妹，就算他表現得很完美，甚至為母親趕走江家，可是謝清駿自己卻明白，似乎已有一堵牆擋在他的面前，他永遠都是那個完美得猶如神祇的謝清駿。

直到這一刻，這麼個小小的人兒對他說「我一直在等哥哥」，有一種叫血脈的東西才突然自他的心頭慢慢地破牆而出……

「大少爺！」當謝家的護院汪師傅看見謝清駿帶著謝清溪出現時，不由得鬆了一口氣。不過當他看見趴在馬背上的曾師傅時，不禁急道：「我師兄他怎麼了？」

「曾師傅為了保護六姑娘，被歹人所傷，不過好在傷勢不算嚴重，略休養段時間便可以康復的。」藍袍青年已經給曾師傅看過傷勢，所幸都只是些皮肉傷，並無大礙。

汪師傅這才放下心來。「大少爺，這幫凶徒咱們打死了三人，活捉了兩人。」他是看著謝清駿追著幾名歹人過去的，因此便往謝清駿他們後頭看了下，小心地問道：「那幾人呢？」

「都死了。你派人將他們所有人的屍首都搬到後院之中。」謝清駿環視了下周圍的人，見不少人都受了傷，其中有兩個家丁的手臂被砍斷，看樣子是保不住了。接著他又轉身看著旁邊的藍袍青年，誠心說道：「若不是義士帶人及時趕到，我們府上的傷亡只怕會更慘重，謝清駿在此代全莊上下謝過少俠的大恩大德！」說著，他便撩起袍角直直地跪了下去。

「大少爺！」

不只是汪師傅震驚不已，就連不遠處肩膀上、大腿上被砍了數刀的柳叔見狀都掙扎著要站起來。

「謝公子實在是客氣了。」藍袍青年將他扶了起來，緩緩說道：「光天化日之下，這些人視王法如無物，只要是稍有些血性的人都不會置之不理的。」

謝清駿被他扶起後，只客套地笑了下，便問道：「閒話至此，還不知少俠尊姓大名？」

「敝姓林，名喚君玄。」藍袍男子說道。

此時的謝清溪才認真地打量起自己的救命恩人。他穿著一身藍色綢衫，不知是長途奔波還是方才打鬥所致，衣裳上幾乎沒有幾處是乾淨的。謝清溪偷偷抬頭看他的臉，說實話，這位林公子長得並不出眾，一張臉只是普通，唯一一處鼻子倒是英挺得很，謝清溪忍不住多看了兩眼，這樣英挺的鼻子倒也少見。

「林公子的朋友也多有負傷，若是林公子不嫌棄，只管在府上養好傷再走不遲。」謝清駿倒不是客氣，畢竟要不是林君玄他們路過，只怕此時的莊子已經是一命不留了。

「咱們兄弟都是押鏢的粗人，原本只想討口水喝，並不想多加打擾的，只是如今倒是有不少兄弟受傷，只得在府上打擾片刻了。」林君玄抱拳說道。

同謝清駿一同打獵回來的護院師傅多半沒有受傷，此時正負責抬著受傷的人回院子裡休養治療。

而一直被保護著的謝清懋和謝清湛，這時也跑了過來。

謝清湛看見謝清溪的時候，險些又要哭出來，他眼巴巴地說道：「溪溪，早知道我就帶妳去打獵了！」

「六哥哥，根本就不關你的事情，是……」謝清溪低著頭，根本不敢說話，不過想了會兒，她還是鼓起勇氣，將謝清駿拉到一旁，小聲地說：「大哥哥，我之前怕你罵我，才不敢同你說，其實這些人是我引來的……」

謝清駿大驚，趕緊問她為何這樣說？

謝清溪這才將救了宋仲麟的事情告訴了謝清駿。

謝清駿聽完之後，沈默了半晌才說道：「妳讓馮小樂帶著他離開了？」

「嗯。他們走後沒多久，這幫人就找上門來，殺了看門的人後，便闖進院子裡讓我交出人……」謝清溪後悔得要命，可是這世上壓根兒就沒有後悔藥可吃。

「妳別自責，這幫人乃亡命之徒，就算今日妳未救宋仲麟，說不定他們也是要闖入院子裡搜查的。」謝清駿安慰了幾句後，便讓朱砂伺候著謝清溪回院子。

這會兒謝清湛也不鬧騰，乖乖地護送妹妹一道回去。

謝清駿眉眼一冷，看著不遠處，又看了下周圍的人，然後將汪師傅叫過來吩咐了一聲後，便牽著馬要出去。

林君玄原本正指揮著人將傷員抬進去，瞥見謝清駿上馬要離開，便追上去問道：「謝老弟，不知你是否要前去追擊殘寇？若是的話，為兄倒是願意同謝老弟走一遭。」

謝清駿此時正準備獨身去追馮小樂兩人，見林君玄自薦，便笑道：「既然林兄這般俠義，那恒雅少不得要麻煩林兄一番了。」
於是林君玄就往外走，他的馬被拴在謝家莊子的門口。
待兩人騎上馬後，便立即往蘇州城馳騁而去。

此時馮小樂還不知自己走後，謝家莊子上發生了這樣的慘事。因著那幫人以為人是被莊子上所救，根本沒派人手追擊，所以馮小樂趕著馬車，一路順利地回到了蘇州城。
由於那處院子剛好在巷子的拐角處，所以他將馬車停在那裡倒也沒人看見。
因馬車的顛簸，宋仲麟原本已止血的傷口又開始滲出血來，將身下的靠墊染紅了一片。
馮小樂進了車廂勉強將他叫醒，可他此時已經接近昏迷，馮小樂只得咬著牙將他往下架。等到了車廂外，馮小樂先是將宋仲麟放在車轅上靠坐著，兩腳懸在空中，自己踩著車轅跳了下去後，再攔腰將他抱住，企圖將他抱下車。
可宋仲麟已是十五歲的少年，而馮小樂才十歲，饒是他幹慣了力氣活兒，這會兒要弄這麼重個人下來，也是極困難的。
就在他小心地將人弄下來時，突然聽見有人大聲喊道——
「馮小樂！」
馮小樂被嚇得重心不穩，拽著宋仲麟直挺挺地摔了下來。倒楣的是，宋仲麟摔在了他身上，他成了那個可憐的人肉墊子！

「馮小樂，你殺人了?!」馮桃花看著這個面容蒼白得幾乎沒有血色的少年，驚恐地說道。

「哎喲，我的姊，妳就不能小聲點嗎？」馮小樂小心地從宋仲麟的身子底下鑽出來，他一邊揉著自己的腰身，一邊無語道：「我要是真殺人了，妳就不能替我遮掩點？喊這麼大聲，是怕別人聽不見啊？」

「你這個兔崽子，說什麼話呢！」馮桃花自小就要護著兩個弟弟，不讓他們挨打，所以早養成了潑辣的脾氣。

「姊，妳先別打我，趕緊救人要緊！」馮小樂見他姊這會子還要打自己，趕緊指著還躺在地上的人說道。

馮桃花生怕他在外頭惹事，先問道：「你這是從哪裡弄回來的人？你要是敢不說清楚，我就打死你！」

有她爹那個例子在前，馮桃花生怕兩個弟弟也學了他們親爹的秉性，因此平時管教他們甚嚴。好在馮小樂雖然是個淘氣的性子，可是卻生性善良，只是不愛讀書罷了，且現在在鋪子上幫手，補貼家用，讓馮桃花不像從前要一個人扛起整個家那麼累了。

馮小樂壓低聲音說：「我也不知道這是誰，不過聽六姑娘說，這小子的爹可是個大官呢！他是六姑娘救起來的，但六姑娘不能將他留在莊子上，所以就讓我把他帶回來了。」

「既然他爹是大官，你們幹麼不把人家送回去啊？」馮桃花一聽，立即著急道。

馮小樂早想好了說辭，便說：「姊，妳傻啊？咱們現在把他救了，就這麼把他送回去，那可什麼好事都沒咱們的了。要是咱們把他養得白白胖胖的再送回去，就是他爹也得對咱們千恩萬謝不是？」

馮桃花想起，先前要不是馮小樂幫過六姑娘，只怕這會兒他們一家都得餓死了呢，於是她也有些猶豫。

馮小樂在鋪子上幫忙了這麼久，這點察言觀色的本領還是有的，一見他姊猶豫了，立刻就接著說道：「再說了，我也沒指望把他領回咱們家養著。六姑娘給我出了個主意，就把他放在這間院子裡頭，反正這間院子平時也沒人住，更不會有人來。」

馮桃花見他手指著那間被衙門封了的院子，當即拍了下他的腦袋，怒道：「你小子不要命了！那可是衙門封的院子，你也敢用，活膩歪了是吧？」

「姊，妳也不看看是誰出的主意？咱們六姑娘既然說了，還怕有人找咱們麻煩嗎？」馮小樂不在意地說。

馮桃花此時也覺得他說的還真有幾分道理，便說道：「那咱們兩人趕緊把他抬進去吧，可別讓人看見了！」

於是，姊弟倆偷偷摸摸地將人抬了進去。

而一路快馬趕到蘇州城內的謝清駿，這時突然發現自己並不知道馮小樂家住在哪裡。今日謝清湛是從鋪子上將馮小樂帶上的，所以謝清駿只得策馬往鋪子上去，待從掌櫃的嘴裡問出馮小樂家在哪裡後，兩人這才往他家趕去。

越走近，林君玄心底就越是怪異，見謝清駿在小巷子前徘徊的時候，林君玄不禁指著前面那條巷子說道：「我覺得應該從前面那條巷子進去。」

謝清駿驚訝地看了他一眼，林君玄只得呵呵乾笑了兩聲，解釋道：「直覺。」

於是謝清駿策馬從前面那條巷子進去，待走到一個兩條小巷交叉的十字口時，還真看見一輛馬車正安靜地停在一處院子的門口。

馮小樂已經去請大夫了，馮桃花燒了熱水提過來，還拿了套她老爹的衣裳來。她看了看床上這個唇白臉白的少年，想著他到底也是嬌養長大的富家少爺，如今竟要讓他穿死人的衣裳……

馮桃花用白布浸了浸熱水，擰乾後正要敷在他的頭上時，突然聽見有推門聲，她心頭一驚，趕緊跑出去查看。

待她跑到正堂時，就看見兩個人推門進來，為首那個穿著淺色衣袍的少年，頭髮簡單束著髮帶，只是那髮帶上的花紋卻極是繁瑣，作為繡娘的馮桃花一眼就看出了，就這麼一條髮帶，只怕便是她這樣熟練的繡娘，都要繡上五、六日的時間。

「你們是誰？」馮桃花到底不是普通的農家姑娘，這會兒大著膽子問道。

「姑娘別害怕，我只是想問問，這裡是不是馮小樂的家？」謝清駿打量了下這間院子。正房的窗戶紙早已經破了，四處都呈現出灰敗之景，壓根兒不像是有人生活的人家。

林君玄跟在他身後，沒有說話。

「不是！」馮桃花脫口就說道。就在她想著要怎麼編的時候，門口出現了馮小樂的身影，他身後還跟著個揹著藥箱的老大夫。

「大少爺，您怎麼來了？」馮小樂一見謝清駿便驚訝地問道。

大夫將宋仲麟的傷口仔細地包紮後，又開了藥方，吩咐馮小樂定要按時給他煎藥，若是今晚這人發高熱了，也一定得再找大夫來。

若不是馮小樂給了十兩的診金，這大夫一見宋仲麟的傷勢，只怕掉頭就要走了。

「老先生請留步。」就在大夫診完要走時，一直端坐著的謝清駿突然開口。

老大夫其實一進門就看見這少年了，他作為大夫，這來來往往的也是見過不少貴人，只是這位少爺身上的貴氣實在是他生平罕見的，偏偏旁邊那個穿著簡單藍袍的青年，模樣雖比不上這位少爺，一身氣度卻也是絲毫不差。

「不知老先生可有辦法讓他暫時清醒些？」謝清駿客氣地問道。

老大夫一聽，立時便皺眉，說道：「他後背的傷勢深可見骨，若是當時立即治療倒也還好，可他不僅在水中浸泡多時，還坐著馬車顛簸了許久……我也只是給他處理了傷口，這後果只能是聽天命了。至於讓他清醒，老夫卻是辦不到的。」

馮小樂見他拒絕，生怕謝清駿是有要緊事要問，便要勸這大夫。

此時，一直沒開口的林君玄突然淡淡地開口問道：「那老先生的金針可否借我一用？」

老大夫將藥箱拿了出來。

林君玄剛取出金針便對馮小樂說道：「馮小兄弟，還請你帶老先生到外頭稍等片刻。」

林君玄將針包平鋪在桌子上，取出一根細如髮、韌如絲的金針，對準宋仲麟的穴道便扎了下去，可是平躺在床上的人依舊毫無反應。林君玄也不在意，緊接著又拿了一根金針扎在穴道上，一直扎到第六根時，宋仲麟的身體突然抖動了一下，整個人都痛苦地蜷縮起來，緊閉著的眼睛總算是睜開了。

林君玄略低著身體，視線同宋仲麟剛好對上，平淡地問道：「醒了？」

馮桃花此時還留在房中，她見宋仲麟整個人都痛苦地蜷縮在一處，額頭上的汗珠猶如雨水般往下滾落，有些於心不忍，將頭偏往一處。

謝清駿這時說道：「馮姑娘，不如妳先去藥鋪替這位宋公子將藥抓了，至於熬藥的事情，也要麻煩姑娘了。」

「大少爺吩咐，小女子不敢不從。」馮桃花這兩年也出入過不少大戶人家，這禮儀倒也學會了點皮毛，她微微福了身後，便急急步出內室。

房間裡，頓時只剩下三人。

宋仲麟眼帶憤恨地看著對面的兩人，卻緊閉牙關，死死不開口。

「宋公子，想來你也知道我的身分了，此番我前來並不是為了公子的命。」謝清駿聲音平淡地說道。

宋仲麟臉上的警惕卻還是不減，老人與小孩天生容易讓人放下警惕，他能在謝清溪面前放鬆，卻不代表他會在這兩個男子面前放下戒備，特別是剛才施金針強行讓他醒過來的男子。「你姓謝？」宋仲麟懷疑地看了他一眼，謝家兩個公子他都見過，並沒有眼前這人。

謝清駿知他還是懷疑自己的身分，也不在意，只說道：「在下謝清駿，乃是謝家長子。想來宋公子在蘇州的時候，我還在京城。」

「我憑什麼信你？」

謝清駿突然輕笑了一聲，彷彿聽到什麼好笑的事情。

而旁邊的林君玄則拿起針包裡的一根金針，只是那金針比宋仲麟此時身上的任何一根都要來得長。

「宋公子的命算是捏在我們手中，就算我是騙你的，你也只能說實話。如今我還能以禮相待，也只是看在我妹妹救了你的分上。」謝清駿說到最後，語氣漸漸凌厲，他盯著宋仲麟，突然冷笑一聲。「想來宋公子還不知道吧？在我妹妹派人將你送出莊子後，便有一行人到莊子上找人，一下子便殺了我謝家守門的兩名家丁，若不是有路過的義士及時趕到，只怕連我妹妹都要遭遇毒手了。」

「什麼?!怎麼會這樣？」宋仲麟急得當即要從床上起身，只是他傷勢實在太重，連手臂都抬不起來。

「宋公子若是不信，謝某可帶你去親眼一見。」謝清駿冷冷說道。

宋仲麟聽了他的話，躺在床榻上，盯著頭頂破敗的屋頂。因經年失修，屋頂一處已經破損得連陽光都能照射進來。

終於，宋仲麟緩緩開口道來。

半個月前，他還是高高在上的宋家少爺，可是如今他卻東躲西藏，過得比陰溝裡的老鼠都不如，而這一切的幕後元凶竟是他自己的親生父親！

「什麼？你說這幫人是你父親派來殺你的？」謝清駿可是親自領教過這夥人的凶殘，衝著他們膽敢在光天化日之下就闖進莊子大開殺戒便可知，這行人定是不要命的亡命之徒。可誰又能相信，這麼一幫亡命之徒，竟是一個父親指派去殺自己兒子的？

宋仲麟早已經沒了情緒，此時他心中只剩下麻木。「我母親在一個月前突然病逝，當時我在學堂裡讀書，並不在家中，待回到家中後，宋煊只告訴我，我母親是急病去的……」說著，他的眼淚突然就流了下來。他母親近三十歲才拚著性命生下了他，且自此便落下了病根，身子一直不好，可是母親走得實在太突然了，突然到讓他不願接受這個事實。更何況，他知道家中一直不安寧。

五年前宋煊得了一個國色天香的美人做妾室後，那妾室便一直很不安分，這兩年不僅接連替宋煊生了兩個女兒，今年更是又懷上了一胎，家中下人一直盛傳她這胎乃是男胎。

宋煊本就寵這個妾室，如今更是將她捧在手心裡，就連作為正室的母親都不被放在眼中。在母親去後，他回到家中才知道，那妾室的胎兒早在兩月前就落了，只是他是男子又長年在外頭讀書，所以這才沒得到消息。

也合該此事不會就這麼被遮掩掉，宋仲麟本就疑惑母親怎會突然去世，在收拾母親遺物時，又在她的床榻裡找到一本陌生的帳冊。因宋母生怕宋煊太過偏心，將來什麼都不給宋仲麟留，因此生前便將自己所有的私房帳冊都藏在床鋪的暗格裡。這床乃是宋母陪嫁的床，當初打造時就有這個暗格，此事宋母只告訴了宋仲麟一人，所以他立即找到了宋母所有的私房。只是他沒想到，在這些帳冊當中，竟夾雜了一本他從未見過的，待他看了之後不禁大吃一驚，因為這竟是宋煊勾結海盜、私賣武器的證據！

「這幫混帳東西，竟將朝廷的東西中飽私囊！」林君玄在聽到此處時，突然怒道。

謝清駿看了他一眼。

林君玄略有些尷尬，方要解釋，卻聽謝清駿說道——

「君玄果真是忠君愛國之義士。」

「謝老弟過獎了。」林君玄乾笑道。

「後來我又多方查探，這才發現，我母親實乃中砒霜而死！」宋仲麟想到慘死的母親，眼淚止不住地落下。

他本該享受著富足安定的生活，一心唯讀聖賢書，待日後自有一片錦繡前程等著他，可是，如今一切都變了，他的母親被人毒殺，而他自己也被人追殺。可是宋仲麟還不想死，因為就算要死，他也要先替母親報了這個仇！

「是那妾室命人在我母親食中下毒的，我不知此事一開始時宋煊是否知曉，但我母親定是知曉的，所以她偷了宋煊最要命的帳冊，原是想以此保住自己的性命，不料卻更快地送了命……」宋仲麟哽咽地說道。

「所以你如今帶著這本冊子逃命？」謝清駿問道。

宋仲麟點點頭。「我母親家道中落，我只有一個嫡親的舅舅，如今在京裡做著六品小官，所以我只能靠我自己替母親報仇。我原先假裝什麼都不知，騙過了宋煊，後來我謊稱要回學堂，然後從學堂偷偷跑了出去，只是沒過多久就被發現了。」

「那幫人可不是無能之輩，你竟然能逃這麼久？」謝清駿問道。

也許是發生了太多痛苦的事情，讓這個少年的心變得冷硬麻木了，他淡淡地說：「從小就跟在我身邊的小廝扮作我，朝京城逃跑，而我則是南下。宋煊肯定會猜我想進京告御狀，所以他先前只派人往京城的方向搜索。如今他們既能找到我，只怕我的小廝已經被殺了。」那個小廝是他奶娘的兒子，他走的時候奶娘還在金陵，只不知她老人家如今還活著嗎？

大概是此事太過匪夷所思了，此時謝清駿和林君玄兩人都沈默了。

「我如今只恨沒戳穿宋煊這個偽君子的真面目，無法替我娘報仇。有累及謝家的地方，還請謝公子原諒。」宋仲麟知謝清溪救他乃是一片好意，不料竟是讓謝家遭受到這樣的大難，他便是內疚至死也無法彌補。

「若我們願意助你回京告御狀，你當真會揭發宋煊？」林君玄看著他，淡淡問道。

宋仲麟看著這個面目普通的男子，不知為何，男子說這話的時候，竟讓他有一種不得不信服的氣勢。他點頭，肯定地說：「即便是有違倫常，日後遭天譴，我宋仲麟也在所不惜！」

第十三章

待兩人出了院子後，謝清駿轉頭看了眼旁邊的林君玄，笑道：「想不到君玄還這般關心國家政務，倒是不同於一般的江湖俠士。」

「林某一介草民，實在談不上什麼關心國家政務，只是此等貪官污吏，不知搜刮了多少民脂民膏，就連林某這等莽夫聽了，都恨不得除之而後快！」林君玄大義凜然地說道。

「君玄兄此等胸襟氣度，實在是讓我敬佩。」謝清駿抱拳客氣地問道：「在下表字恒雅，不知君玄兄表字如何稱呼？不如你我以後便以表字相稱？」

林君玄突然笑了下，極其不好意思地說道：「在下表字實在是難登大雅之堂，恒雅老弟只管稱呼我為君玄便可。」謝清駿表字乃是他祖父親賜，實乃高雅。

「喔？不知恒雅可否一聽？」謝清駿笑著問道。

「小船。」林君玄微吐兩個字。

謝清駿愣了一下。

林君玄解釋道：「大小的小，船舶的船。愚兄之表字實乃一故友所賜。」

「大俗即大雅，君玄兄的故友看來是位高人，不知以後恒雅可否一見？」謝清駿客氣地說道。

他行事素來得體，即便是尷尬之事，都可以在談笑間化為無形，可是今天聽到這位林兄的表字時，就連他都險些圓不回來。這位贈予林兄表字的人，實在是太不走心了。

「此番家中發生如此大事，恒雅需回家稟告家父，所以倒是不能陪君玄兄一同回莊子了，還請君玄兄見諒。」謝清駿客氣地說道。

林君玄淡淡點頭，理解道：「此等大事確實該稟告家中長輩。那恒雅老弟便先行一步吧，為兄也準備出城回去了。」

謝清駿翻身上馬，立即說道：「那君玄兄，我先行一步了。」

林君玄站在院門看著謝清駿離開，許久後，從另一處又來了幾個人，只見這幾人都身穿普通的布衣，只是走路時腳下卻沒有一丁點聲響。

待幾人到了跟前時，其中一人便道：「主子，我等已檢查過這四周，沒有可疑之人出現。」

「很好。你們就留在此處保護，若是有人前來……」林君玄背手在身後，一張平淡無奇的臉面無表情地說道：「格殺勿論。」

「是！」幾人皆點頭稱是。

說完後，林君玄也翻身上馬，直奔著城門而去。

謝清駿騎馬到了家中，將韁繩隨意扔給小廝後，便對著看門的另一個小廝說道：「你現在便去衙門裡頭找老爺，只管同老爺說，大少爺有十萬火急之事，還請老爺務必立即回家。」小廝一聽他的吩咐，也不敢耽誤，趕緊便朝衙門小跑過去。

好在謝府離衙門本就不遠，這小廝一路跑過去，不過用了兩刻鐘的時間。

謝樹元此時正在蘇州布政使衙門裡頭，見自家小廝過來，還以為是家中發生事情，不料卻聽他說是清駿急著請自己回去。謝樹元知道自己這個兒子一向有分寸，若無十萬火急之事不會這般著急，於是他吩咐了一下，便上了馬車往家中趕去。

待他到了書房時，謝清駿已經坐在裡頭等了多時。

謝清駿也沒說廢話，只將在莊子裡頭發生的事情說了一回。

謝樹元在聽到一幫凶徒闖進自己家中，不僅殺了自家的家丁，還險些傷了謝清溪時，氣得身子都抖了起來，臉上狠戾地說道：「這幫凶徒實在是罪該萬死！」

「兒子已讓人將活口看守起來，只等父親前去審問。」謝清駿說道，然後朝屋外看了一眼。

謝樹元見狀，立即說道：「有話你只管說，先前我進來的時候，已經讓忍春在門口守著了，任何人都不得靠近。」

謝清駿於是又將從宋仲麟處審問出來的話如實告訴謝樹元。

便是謝樹元這等城府之人，聽完後都呆在當場，許久未說話。

「你確定那人是宋仲麟？」謝樹元追問道。

謝清駿解釋道：「剛開始便是妹妹認出宋仲麟的，後來兒子又趁他昏迷之際，檢查過他的臉，確實無偽裝和易容。」

謝樹元點了點頭，說：「一個月前，聽說宋煊的夫人確實是突然去世了，因著宋夫人在蘇州時同你娘還算有幾分交情，你娘還特地派人去祭奠了一番，沒想到她竟是被家中妾室所害。」想到此，謝樹元突然看了兒子一眼。

謝清駿假裝沒看見他爹的眼神，就家中那幾個姨娘想害他母親？等到下輩子重新投胎，只怕都不是他娘的對手。

「你妹妹從小到大竟是這般磕磕絆絆的……」謝樹元一聽這次小女兒又遭受如此大難，心疼得簡直無以復加。清湛同她是龍鳳雙胎，可是清湛能平平安安地長到如今，偏偏清溪卻處處坎坷。謝樹元從未同旁人說過，他心底最大的擔憂便是怕這個小女兒夭折了，這樣的念頭光是想想，他的心都無法承受。

謝清駿似乎明白父親的擔憂，清溪此番本就是去莊子上養病的，卻險些蒙受大難，就連謝清駿都說不出安慰他爹的話。

「待此事了後，我會為她親自祈福避災，願佛祖能憐惜我和你母親的愛女之心，讓我的清溪兒以後平安長樂。」謝樹元是自幼便飽讀聖賢書的人，都說敬鬼神而遠之，此番能說出這樣的話，也實在是病急亂投醫了。

謝清駿點點頭，卻將話題引到另一處。「那宋仲麟之事，父親意欲何為？」

「此事實在是事關重大，便是為父也需三思而後行啊！」謝樹元突然苦笑一聲，又說道：「宋煊年少時曾是皇上的伴讀，乃是皇上的親信之一。」謝樹元不緊不慢地道：「天下賦稅有十之一出於江南，而江南布政使一職非帝王親信不可得，宋煊在江南經營之深，可遠超過為父，單是想將宋仲麟送至京城，路上便困難重重。」

謝清駿哼笑一聲，冷冷道：「難不成他能隻手遮天？普天之下莫非王土，這天下還是皇上的天下！」

謝樹元倒也沒在意兒子的態度，只笑著搖頭。父親曾在信中多次提到，清駿雖年幼，可其多智卻讓父親都深深不安過。謝樹元想起父親在信中寫的八字箴言，當時他便恨不得立即返回京城去。*情深不壽，慧極必傷。*可是如今看到他也有少年的衝動，謝樹元不僅沒失望，反而略安心了些。想來是父親極少同清駿相處，只看見清駿成熟多智的一面吧？

「宋煊雖經營得深，不過你說的也對，這到底是皇上的天下。只是他將武器私賣給海盜，此事若是僅他一人所做，只怕是難度太大。為父覺得若是真徹查起來的話，這江南的官場只怕都要震盪了。」謝樹元緩緩說道。他在江南多年，自然知道在這個富庶的地方，為官者要清白的只怕是沒有的。就連他謝樹元本人，不也暗地支持家奴在外做生意？不過他走的是灰色通道，即便真查到，也不會有人說他是貪污受賄。

謝清駿點了點頭，擔憂地說道：「兒子只怕累及父親。」

「此等禍國殃民之輩，別說我是食君俸祿的官吏，便是一介草民也當責無旁貸。只是宋煊背後還有一個安平公府，他乃是國公府的嫡次子，雖無爵位可襲，但真出事的話，國公府也不會置之不理的，所以對於這樣的人，咱們要嘛就不拆穿他，要嘛就要一擊必中。」謝樹元點撥道。

兩父子又在書房密談了許久。

謝樹元自然是希望謝清駿先從宋仲麟手中要到那本帳冊，待他辨別了帳冊的真偽再行動，畢竟如果這帳冊是假的，別說到時候宋仲麟會落得一個誣告朝廷命官的罪，就連幫助他入京的謝家只怕都脫不了干係。

至於謝樹元之所以願意插手這件事，一來自然是要釘死宋煊，他居然敢在光天化日之下派人殺入自己家中，這已經是將謝家踩在腳底下了；二來宋煊這幾年一直阻撓自己，不願讓自己回京，謝樹元早就與他不合。

官場之中的爭鬥本就是沒有硝煙的戰爭，政敵之間拚得你死我活根本不在話下。如今宋煊擋了謝樹元的路，又讓他抓到這樣的機會，他自然不會放過。

謝清駿從書房出來後，便前往後院給蕭氏請安。他既然回來了，自然不好不去見母親。

蕭氏有半個月沒見著他了，雖知道他在莊子過得好，可是乍一看見，便是拉著他的手捨不得放開。她問了好些他住得如何、吃得可好的話後，突然說道：「我今天午睡的時候，不知怎麼的竟被嚇醒，原還想著派人去瞧瞧你們的，結果你就回來了。」

謝清駿聞言心底也是一驚，不過還是面色如常地說道：「母親放心，清溪有我照顧，自然是無礙的。往日清溪在母親身邊盡讓妳擔憂，如今好不容易將她送到莊子上休養，母親便趁著這機會多歇息些唄。」

「話雖是這麼說，可是你妹妹長這麼大還從來沒離開我這麼久過，我這院子裡頭乍然沒了她，安靜得倒是讓我有些不習慣了……」蕭氏輕笑了聲。說到底，還是想女兒了。

謝清駿還不知謝清溪如今怎樣呢，他匆匆追出來找宋仲麟，這會兒也不知清懋他們是否有替清溪請大夫？這丫頭先前就受了驚嚇，如今再看見這麼慘烈的場面，他實在是怕她撐不住。可是如今也不能讓清溪立即回來，要不然這件事就遮掩不住了，因此他只得說道：「我瞧著大妹妹素來乖巧聽話，若是母親嫌悶，讓她過來陪著說會子話便是了。」

「好，娘都知道。你趕緊回去吧，清溪那丫頭要是看你不見，只怕會害怕。她若是身子養好了，你便帶著她早些回來吧。」蕭氏吩咐道。

謝清駿不敢說實話，只得點頭稱是。

「我略通些醫術，若是公子不嫌棄，便讓我進去瞧瞧小姐的病情。」林君玄馬不停蹄地趕回莊子時，就看見大夫正站在院子門口，但謝清溪不願看大夫。

此時的謝清溪拉著謝清懋的手，無奈地說道：「二哥哥，我根本就沒有生病，我不想讓大夫進來。」

「溪兒乖，二哥哥是怕妳受了驚嚇。咱們讓大夫進來看，要是真沒什麼，咱們就不吃藥。」謝清懋還以為她是怕吃藥，便柔聲哄道。

謝清溪垂下眸子，兩隻手的大拇指交叉在一起，攪啊攪的，接著突然抬頭看著朱砂，說道：「朱砂，我的音樂盒呢？」

「音樂盒？」朱砂此時的腿都還軟著呢，她不過就比謝清溪大了兩歲，可是這一日之內不僅差點被人殺了，還見著這麼多的死人。若是昨晚有人同她提前說了今日的遭遇，她只怕還會罵別人有病吧。如今不過才幾個時辰，便已經天堂地獄走了一遭。

「就是上面有個小人跳舞的音樂盒啊！」謝清溪急急地比劃道，她之前還特地吩咐過朱砂，一定要帶著的啊！

「喔，就是上面刻了個小船的音樂盒啊？奴婢帶來了，奴婢這就給姑娘拿去！」朱砂趕緊過去開了櫃子，從裡頭將那個裝音樂盒的匣子拿了出來。

滴滴、滴滴、滴滴滴滴滴滴……

悅耳的音樂聲從盒子裡響起，謝清溪一直緊繃著的臉也稍稍放鬆了點。她聽了好一會兒才說道：「二哥哥，你讓大夫進來吧。」謝清溪說這句話的時候，眼睛還是一眨也不眨地盯著音樂盒看。那個小人兒在光滑的鏡面上轉著圈，潔白的翅膀依舊光潔如新。雖然這個音樂盒在她身邊已有五年多，可是她平日根本捨不得打開，生怕將它摔壞弄壞。這樣的舶來品若是壞了的話，只怕連修的地方都沒有呢！

「姑娘，將手伸出來吧。」

旁邊一個男聲響起，謝清溪卻還在盯著音樂盒看，根本沒在意身邊的人是誰。

因著她年紀尚小，所以中間就沒架著屏風。更何況，中醫講究的是望聞問切，若是連病人都看不見，又要如何看病呢？

「不知小姐前些日子可是生過病？」男子接著問道。

謝清溪依舊沒有說話，靈動的音樂在她耳邊響起，那個小人在翩翩起舞，這樣美好的畫面，讓她慢慢沈浸在其中，忘記了先前的殺戮和罪惡。

旁邊的謝清懋聽見卻是一喜，急急說道：「林兄實乃是高人！我妹妹於月前曾生過一場急病，當時那病實在是怪異，就連蘇州最好的大夫瞧了都沒看出個所以然來。」

謝清溪的那場怪病可是差點鬧得謝家人仰馬翻，若不是事後她又迅速地好了，只怕如今謝樹元都還在廣邀名醫呢！

「那可以麻煩二少爺將病情詳細告知在下嗎？」林君玄客氣地問道。

謝清懋先前只是抱著讓他試試看的態度，如今見他真有幾分本事的模樣，自然極為迫切，當即說道：「大概是一月前，我妹妹當時正在午憩，卻突然夢魘，接著整個人就昏迷不醒了。因著我當時未在家中，是事後聽兄長說的。因這病發得奇怪，所以至今都不知因何而發？」

「一月前？」林君玄重複了一遍，臉上卻微微浮現出一抹怪異和難以置信的表情。林君玄拿出金針，說道：「不如我替六姑娘扎上幾針吧？這金針之術乃是我家祖上相傳，起死回生之功效倒是沒有，但是對於治療夢魘、平復心境卻有異樣的功效。」

此時，謝清溪突然轉頭看他，笑著說道：「大夫，你倒不如給我開點安眠藥吧，說不定我還能睡得香些。」

「安眠藥？這是何物？」謝清懋一聽謝清溪點名這藥，便一臉希冀地看著林君玄說道：「若是林兄知道此藥物，只管用了便是。不管此藥多名貴，我們謝家都會如數奉上的。」

「讓二少爺見笑了，林某孤陋寡聞，從未聽過六姑娘提的藥。」

就在謝清溪還要說話時，剛張開的唇瓣卻突然頓住，猶如被人點了穴道般，待過了良久，她才看著林君玄，深深地道：「還望先生妙手回春，替小女子排憂。」

「小姐的憂在心中，林某只能治好小姐身上的病。」林君玄笑著回道。

謝清溪突然頓住，是的，就算這半個月來她在莊子上過得再逍遙自在，卻還是忘不了那個真實到可怕的夢。

那匹馬就要踩到他了。他受了好重的傷，還吐了血。

即便天涯永隔，可她還是希望她的小船哥哥可以永遠平安喜樂。他是謝清溪兩世以來，初次遇到願意以性命相救的人。他應該健健康康地娶妻生子，或許他的孩子中還會有人繼承他無雙的容貌呢。

待林君玄替謝清溪施了金針後，謝清懋才送他出去。

朱砂正替謝清溪掩好被子，就聽見她吩咐道——

「朱砂，我渴了，妳去那邊幫我倒杯水來。」

朱砂應了聲，便走了過去。

謝清溪這才展開手掌，露出手心裡的一張字條——

今晚子時，登門拜訪。　庭舟

庭舟。謝清溪歪著脖子看著字條上的落款，突然輕笑了一下。

朱砂此時倒好了水端過來，謝清溪急忙將字條壓在枕頭底下，接過朱砂的水杯，小口小口地喝了起來。待抬頭看時，就見這丫頭正一臉蒼白、兩眼無神地盯著自己。

「朱砂？」謝清溪輕叫了一聲，朱砂沒有答應，於是她又叫道：「朱砂。」

「啊？小姐，妳叫我？」朱砂這才反應過來，慌忙問道。

謝清溪點了點頭，接著她拍了拍身邊的床榻，輕聲說道：「朱砂，妳也過來坐坐。」

朱砂此時還是驚魂未定，她是謝府的家生子，奶奶又是太太的奶嬤嬤，在府裡頭誰敢對她高聲說一句話？可以說，除了幾位小姐外，這女孩子裡頭就數她最得臉了。若不是因為奶奶覺得在六姑娘跟前當丫鬟，便是將來說親事也能體面些，她老子娘可是捨不得她出來的。

謝府後宅裡頭，太太一家獨大，幾個姨娘都被壓得死死的，她在太太嫡出的六姑娘跟前當丫鬟，自然是不用煩一點心，平日只要好生伺候姑娘便是了。如今突然被這麼追殺一遭，別說是她這樣的小姑娘禁不住，就算是換了大人都受不住的。

「心裡頭還害怕吧？」謝清溪關心地問了一句。

朱砂突然想到先前便是因為自己絆倒，害得謝清溪被抓住，她以為謝清溪是準備秋後算帳呢，所以害怕地搖頭說道：「奴婢不怕、奴婢不怕！都是奴婢不好！」

「好了，我知道，我也害怕。」謝清溪拉著她的手安慰道。

光天化日之下，居然有人闖入家中大開殺戒，這樣的事情別說是發生在自己面前了，便是光聽說都覺得駭人聽聞。

「小姐，我……」朱砂看著謝清溪，淚光點點，接著，一直努力壓制的情緒終究是忍不住了，放聲哭喊道：「我好想我娘啊！我好害怕……」

此時丹墨正掀了簾子進來，看見朱砂坐在謝清溪的床榻邊上，拉著姑娘的手哭得眼淚鼻涕全都下來了。這做丫鬟的便是受了天大的委屈，都不能在主子跟前哭，丹墨比她們年紀都要大些，又因為剛才在屋子裡，並未瞧見前頭的血腥場面，所以這會子倒是急急過來便將朱砂拉住，好生勸道：「我的好妹妹，哪裡能在姑娘跟前哭？若是讓管事嬤嬤知道了，只怕是要訓斥妳的。」

因著朱砂的身分比她們這些丫鬟都貴重些，所以平時丹墨也不好多說她，但丹墨一家也是太太陪房過來的，所以謝清溪的屋子裡頭就是由她和朱砂兩人把持著。

朱砂素來敬重丹墨年長又穩重，這會兒被她這麼一說，便哆哆嗦嗦的，不敢再哭。

倒是謝清溪輕笑道：「別說是她，便是我都想要哭呢，只可憐我也不知怎麼的，這會兒倒是哭不出來了。」

「姑娘受累了，都是奴婢們沒用，沒保護好主子！」丹墨垂頭自責地說道。

「這哪裡能怪妳？左右是天降橫禍，誰能想到布政使大人家的莊子，都有人敢闖入行凶。」謝清溪也是苦笑一聲。倒不是這蘇州城人人都知這是布政使謝大人家的莊子，但只要報上她爹的名號，又有誰敢在這裡撒野？「看門的兩人可有通知他們的家人？」要說最慘的，莫過於那看門的兩人了，當頭就被人殺了。至於後頭，因著謝家莊子的壯丁也不少，大家見這夥人實在是猖獗，都拚了命地反抗。再後頭就遇上了林君玄帶著他的鏢隊路過，這才讓傷亡沒那麼重。

「二少爺發話了，說這兩人每家給二百兩的喪葬費。至於其他人，所有反抗的人每人給一百兩。還有受傷的，若是傷勢嚴重，再給五十兩診費，若是傷勢輕的，便給三十兩的診費。」

謝清溪點了點頭，她二哥果真是大手筆。謝府在莊子上的人不多，但也絕對不少，估計當時參與反抗的也有幾十人吧？這些銀子都發下去，估計也得有五千兩。不過謝清溪也絕對不會心疼這點錢，畢竟若不是有這些努力反抗的人在，只怕傷亡會更重。

「丹墨，待會兒妳把我的私房拿出來看看，我記得我大概還有數百兩的銀子，妳和朱砂兩人一人支取二十兩去，算是我給妳們倆的壓驚錢。人家前頭也算是拚了命，所以我給妳們倆的壓驚錢倒是不好超過他們的。」謝清溪淡淡地說道。

這會兒別說是朱砂吃驚了，就連丹墨都急急地跪了下來，帶著哭腔說道：「方才奴婢都沒跟在小姐身邊保護，哪裡還敢拿了小姐的壓驚錢？小姐這樣說，奴婢哪還有臉面在跟前伺候……」

「好了，妳們倆是我的丫鬟，我知道妳們平時都是忠心的，只是這會兒咱們都是受了無妄之災，妳們遭的罪我旁的也補償不了，只能給點銀子了。」謝清溪看了眼丹墨裙襬上的血跡，知道她剛才也到前頭幫忙去了。

「可小姐也同樣受了驚嚇，都是奴婢拖累了小姐……」朱砂又哭著說道。

「妳放心，我受的委屈自然會有人替我找補回來的。」謝清溪看著前面，目光堅定地說道。

林君玄赤裸著上身，端坐在榻上，旁邊有個穿著青布衣裳的人拿了藥膏，小心地在他手臂上塗抹著。

「我的好主子，您好歹也是天潢貴胄，怎麼就不知憐惜自個兒呢？」青布衫男子一邊唸叨一邊抹藥，他的聲音有些怪異，粗嗄中帶著一絲尖銳。「您瞧瞧這滿大齊的王爺裡頭，只怕就再沒比您身上受更多傷的了。」

「齊心，我覺得你倒是應該將《大齊通史》再好生讀一遍。書上記載了，開國太祖的胞弟鎮南王隨太祖南征北戰，戰功赫赫，你說他身上的傷疤比之我來是多還是少呢？」林君玄——也就是易了容、變了聲的陸庭舟朗聲回道。

此時已經完全換了副面容的齊心，無奈地看著自家王爺。這條手臂一個月前剛受了傷，剛開始王爺答應得好好的，說是要好生休養，在路上的時候倒也穩重，誰知這一到謝家莊子外頭，看見那幅場景時，王爺只差沒發了瘋，當頭拎著刀就衝了進來，可憐了後頭還押著各種貨物的假鏢師們，一個個急急抽出自己的佩劍，趕緊就衝上前保護主子。

就連齊心都奇了怪了，怎麼他們每次遇見這位謝六姑娘，她不是被拐賣就是被追殺呢？這小姑娘才多大點年紀啊，竟就這般坎坷！當然，這話齊心可不敢同他家主子說，要不主子爺非得扒了他一層皮下來不可。

「宮裡的太監不讓認字，主子爺也不是不知道的，奴才哪讀過什麼《大齊通史》啊？」齊心笑呵呵地說道。

突然，陸庭舟面色一轉，認真道：「我原先還不信這個宋煊這等膽大妄為，看來這些地方官員，特別是執掌一方的官吏，只怕在地方上也是隻手遮天的。」

「主子英明。不過這個宋煊乃是皇上的伴讀，能執掌江南布政使也是由皇上親任的。」想起京裡那位沈迷於軟玉溫香的帝王，齊心的頭垂得更低了。如今不過是大皇子和二皇子略長大些，這爭儲位的鬥爭就已經顯露出來，若是再等其他幾位皇子長大，只怕這儲位之爭將越發慘烈了。

「你先出去吧，將裴方叫進來。」陸庭舟淡淡地吩咐。

齊心雖然跟在陸庭舟身邊，卻也只是模糊知道自己主子手裡頭掌著一支極為神秘的力量，就連皇上都是分毫不知的。

待齊心出去後，便有一個身材中等、長相普通、三十左右的男人掀起簾子進來，待一進門後，便看見榻上坐著的人正在整理自己的衣衫。

「不知主子喚屬下進來有何吩咐？」

「先前在天津上船之時，我便已經吩咐過，以後我們以兄弟相稱。裴兄，你應該稱呼我為林老弟。」陸庭舟淡淡地說道。

裴方臉色一凝，道：「如今這般行事不過是為了掩人耳目，私底下，屬下不敢僭越。」

「不敢僭越？」陸庭舟一笑，隨後又說：「那你們私自扣下宋煊勾結海盜的罪狀，該當何罪？」

裴方這會兒方微微變了臉色，倏地跪下，說道：「還請主子恕罪，屬下實在是有難言之隱……」

其實最早發現宋煊勾結海盜、私賣武器的，便是長庚衛這個神秘組織在金陵埋下的暗樁，只是那人身分特殊，無法近身找到宋煊的罪證，所以陸庭舟便安排了人接近宋煊，誰知最後不僅沒有成功，還險些打草驚蛇。

「所以說，這個宋煊所賣的武器所得，盡數獻給皇上了？」陸庭舟聽完裴方的話後，覺得猶如天下奇聞一般，接著他又恍然地笑了下。「我說皇兄年前修皇觀哪裡來的銀錢，竟是從這處？」一個官員進獻給皇帝一筆不菲的銀子，皇帝竟也不問銀兩的來源，直接就收用了，這等駭人聽聞之事，居然會在本朝發生。

年前皇上便想修繕皇家道觀，但皇上是想讓國庫出這筆銀子，可國庫乃是關係到民生國計的，別說是內閣那些大臣不好惹，就連都察院那些骨頭硬的言官都不是好惹的，一個接一個地上書，就差沒將皇上批個狗血淋頭了。

誰知沒過幾天，皇上又說了，不用國庫的錢了，他自己出銀子修！這皇上既然願意從自己的私庫裡出銀子，那誰都管不著啊！

於是，原先就頗為恢弘的皇家道觀，經過皇上的砸錢修繕之後，越發的富麗堂皇，而香火也是越發的旺盛，以至於最近京城信道觀的貴婦們，都快跟拜佛的並駕齊驅了。

「這個宋煊是吃了熊心豹子膽了，居然敢動用武器？」陸庭舟還是想不通這個環節，既然他是用來巴結皇上的，那自然是為了升官，可若是私賣武器的事情被挖了出來，只怕他連命都沒有了。

裴方此時說道：「主子有所不知，宋煊在數月前便已經在私底下透過口風，暗指自己即將升遷回京城了，而且連職位都說得明明白白的。」

「喔？」陸庭舟在京中極少同官吏往來，實在是因為他的身分敏感，若是再結交權貴，只怕會落在有心人眼中。

「吏部尚書。」裴方照實說出。

陸庭舟幾乎是要氣笑了，吏部尚書乃是掌管天下文官品級以及選補升遷之事，若是讓宋煊這等人占了位置，只怕以後大齊朝的官吏便要明碼標價地賣了！「宋煊處處同謝樹元作對，竟還想著占了吏部尚書的位置，這是當謝閣老如無物嗎？」陸庭舟表面雖是個閒散王爺，從不結交外臣，可是這朝堂上的一舉一動，只怕他比任何人都要清楚。

「所以宋煊一心討好皇上，希望能透過皇上直接下旨意，讓他升任吏部尚書一位。」

這古來官員升遷，無非就是兩種途徑：其一，慢慢地熬資歷，若是每年評核都是優等，那自然也能升遷，只是升得快、慢的問題了；其二，便是得了上位者的青眼。

宋煊幼年便是皇上的伴讀，自然同皇帝交情匪淺，可是他常年在江南，這皇上卻遠在京城，他便是想拍馬屁也有些鞭長莫及。久而久之，這伴讀之誼倒也沒那麼重要了。

因此宋煊便劍走偏鋒，知道皇上想要修繕道觀，就乾脆替皇上出了這筆銀子，如此一來豈不是既讓皇帝免去了被文官上書的煩惱，又達成了皇帝想要修繕道觀的目的？

「還有一事，也是屬下近期方得到的消息……聽聞宋煊已經向皇上推薦謝樹元升任江南布政使一職。」裴方想了許久，才將這個消息說出。

「好好好，連替死鬼都找好了！」陸庭舟冷笑。

待裴方出去後，陸庭舟突然陷入了沈思之中。

長庚衛，在太祖起兵平定天下之時，便以鐵血之名威震江山，當時更有「聞其名可止小兒夜哭」的傳聞。可是自立國後，便再無長庚衛。

初時，眾人都以為又是一齣「飛鳥盡，良弓藏」的戲碼，卻不知長庚衛其實早已經由明轉暗。他們勢力之廣，幾乎遍布天下，乃為帝王耳目，監察天下百官。而長庚衛歷經前兩任帝王之手，到了今朝，卻未掌握在皇帝手中，而是執掌在恪親王陸庭舟之手！

陸庭舟透過開著的窗櫺，望著遠方的遼闊天際。

父皇曾經同他說過會保護他，幼時的自己並不知這句話的意思，可如今陸庭舟才明白，父皇為了保護自己，幾乎是冒著禍亂江山的危險。

他天生重瞳，乃是帝王之相，皇兄雖待自己親善，可是經過這麼多年，他豈會不知，在自己的周圍時時都有一些人在監視、在詆毀自己？若不是還有母后在，就算僅是被軟禁，只怕也是最好的結局了。

陸庭舟並無問鼎天下的野心，他所想要的，不過是保護自己以及所在意的人罷了。

皇兄如今雖沈迷美色、不問朝政，可是內閣運作卻是如常。先朝之中帝王十幾年未上早朝的都有，國家也依舊運作有序。正是因為陸庭舟走過許多地方，經歷過這麼多才明白，天子其實並沒有自己想像中的那麼重要。

他緩緩從懷中掏出一串玉葫蘆，串著葫蘆的紅色絲線已經沒了從前的鮮亮，不過那串葫蘆上的每一個小葫蘆卻越發的溫潤，瞧著便是在手心時常把玩著的。

入夜。謝家莊子在經歷了白日的動亂後，此時顯得越發平靜。

謝清溪躺在床上，努力睜著眼睛。原本值夜的丹墨要在自己房間睡的，卻被謝清溪想了個理由支到外頭去了。

謝清駿回來後，便在整個莊子裡布置了守衛，每隔兩個時辰要輪換一班。

林君玄所帶來的鏢隊住在謝家的前院，離謝清溪所住的後院要過兩道門，而這兩道門還是入夜便上鎖的。

「六姑娘。」

就在謝清溪剛閉上眼睛，準備稍微休息會兒時，就聽見一個輕之又輕的聲音在她耳邊喚道。待她睜開眼睛，一轉頭，便看見床榻邊有一雙明亮的眸子，她嚇得整個身子都往後縮了縮。

「倒是嚇著六姑娘了。」林君玄輕聲笑道。

白日之時，倒也沒見著他的眼睛如何亮，如今在這黑夜之中，竟是猶如有星光閃爍在眼中。「林師傅。」謝清溪斟酌了一下，想著叫「林公子」吧，好像不大好；叫「林大哥」吧，又顯得太親密了。想來想去，就只想到「林師傅」這個稱呼。

謝清溪掀開被子起身。雖然丹墨是伺候她脫了衣裳躺進被子中的，不過她自己中途又偷偷摸摸地爬起來穿上了衣服，畢竟有個陌生男人約了半夜三更來見她。若不是她想從這個林君玄口中得知陸庭舟的消息，估計她早就將字條交給大哥哥了。

謝樹元曾明確地同她說過，即便陸庭舟救過她，可陸庭舟是王爺，是聖上的親弟弟，是不能結交外臣的人。所以她同他之間不能有聯繫，以至於謝清溪雖然夢到他被馬踩傷，卻不能去問任何一個人。因為他是不能接觸的人，是天邊的人。

林君玄見她掀被子，剛要別過頭去，突然有一道柔和的光亮起，照在謝清溪的身上，只見她的衣衫完整，僅裙襬因躺在被子裡而略皺了下。

他看著她手中的夜明珠，驀地笑了。「看來六姑娘早有準備。」林君玄滿意地點頭，結果剛點完頭，就看見憑空出現在謝清溪手上的箭弩。

她冷靜地說道：「這乃是我父親的珍藏，據說可連發十次，一次可發射兩支箭。」

「我對六姑娘絕無不敬之處。」林君玄立即說道。

謝清溪淡淡地道：「夜半闖入姑娘的閨房，林師傅你說，這是敬還是不敬呢？」

「林某這番行事，實在是有難言之隱，還望姑娘見諒。」林君玄說道，不過他卻一點都不氣謝清溪拿著箭弩對準自己，反而略有些安心。在經歷了這麼多之後，她總算是開始學會保護自己了。「不知六姑娘為何不直接讓人將林某抓起來呢？」林君玄問這句話的時候，竟是連他自己都沒覺察到，他語氣中帶著的欣喜和淡淡的期待。

謝清溪冷笑一聲。「明知故問。若非你救了我以及那字條上的落款，你以為你能這麼隨意地進出我的閨房？不過單憑一個落款，我自然是不能信你的，除非你能拿出讓我信服的物件。」

林君玄輕笑一聲，不知是在笑謝清溪的謹慎還是其他，只見他伸手進懷中。

謝清溪一手拿著夜明珠，一手將箭弩對準林君玄，手指頭微微按住上頭的機關。若是林君玄有所異動，她便能將他射殺在當場。

「不知此物，姑娘可還記得？」林君玄將那葫蘆串拿出，稍稍遞近些，讓謝清溪看清。

謝清溪將手中的夜明珠拿近些，看見他手中放著的是一串玉葫蘆，用紅色絲線串起來，她一見此物便微微驚訝地問道：「這串葫蘆原來是被他撿去了？」

「王爺當年救了小姐後，無意中撿到此物，後來竟是不得機會還給小姐，是以一直保存在身邊。」林君玄正色道。他絕對不會承認，他是有意要留下這件東西的。

「那好，我現在只有一事要問你。」謝清溪這會兒算是相信了他，畢竟這串葫蘆末端串著的流蘇，是她自己親手做的，參差不齊得很。

「姑娘請問。」若不是此時夜明珠被謝清溪拿在手中，絕大多數的光都照在她的身上，林君玄嘴角的那抹微笑是絕對藏不住的。

謝清溪突然咬住了唇，過了許久才問：「他還好嗎？當真被馬踩傷了嗎？」

「不知六姑娘問的是何人？若是姑娘不說出來，在下又如何替姑娘解惑呢？」林君玄淡淡回道。

謝清溪一下子便將箭弩對準他，哼笑了一聲，微微怒道：「給臉不要臉！要嘛說，要嘛滾！」

林君玄突地愣住了。在他的印象中，這個姑娘一直是甜甜糯糯的，猶如軟糯的小湯圓般，每次看見都讓人忍不住想咬一口。結果，現在小湯圓長大了，居然會罵人了。

其實林君玄今日再見到謝清溪時，由於情況太過緊急，所以來不及感慨，直到替她施針的時候，他才真實地感覺到，當年那個白白胖胖、猶如湯圓糰子的小姑娘真的長大了。雖然臉頰依舊還有些肥嫩，可是眉目卻已經長開，當年的湯圓糰子，漸漸長成傾城美人了。

一想到這裡，林君玄突然想起遠在京城的湯圓。若不是恪王爺身邊時時帶著一隻白狐狸的形象早已傳遍京師，他是如何都捨不得扔下湯圓的。好吧，其實這裡也還有一顆湯圓糰子。

「王爺確實被馬踩傷了。」林君玄正色道。

「真的？」謝清溪雖心底早有準備，可是真的聽到確切的消息時，還是忍不住心悸。在這個連感冒都能要了人命的年代，被馬踩傷，若是傷及內臟，只怕是大羅神仙都救不了他啊！

「是的。不僅傷了左臂，當時還吐了血。」林君玄認真說道。

謝清溪立即緊張得連手中的箭弩都拿不住地放下，顫聲問道：「他身邊不是應該有很多侍衛保護的嗎？為什麼還會傷著？」

「就是說啊！」林君玄也皺眉跟著說道。

「……」謝清溪一時傻眼，接著又著急地問道：「那如今他怎麼樣了？」

林君玄突然嘆了一口氣。謝清溪的心忍不住揪了一下，這是……不好？

「太醫看了，說是傷勢不大好，榮養了好一陣子都沒養好。這會兒王爺已經上了摺子，上錦山別院休養去了。」林君玄說道。

「嗯，是要好好養著，若是手上落了傷，只怕是一輩子的大事呢！」謝清溪憂慮道。

「姑娘實在是心善，竟是這般擔憂我家王爺。」林君玄半真半假地說。

謝清溪臉上突然一紅，幸好這夜明珠的光輝有些微弱，這才沒洩漏。她問得倒是太急迫了些，讓這人白看了笑話，好在謝清溪現在還是個小孩子。她正色道：「王爺在我幼年時曾對我有救命之恩，如今他有事，我理應關心。」嗯，就是這樣的，她只是太關心了點而已。

「六姑娘果真是宅心仁厚，若是王爺知道了，也定會高興的。」林君玄真誠地說。

謝清溪聞言突然急急地擺手。「別、別，千萬別告訴他！我只是關心一下而已，不用讓他知道的！」

「喔？不知道六姑娘是否有何難言之隱？」林君玄見她這般抗拒便問道。

「……我爹爹說，他是王爺，君臣有別。」謝清溪垂下頭低低地說。

這個謝樹元！林君玄在心中冷哼一聲。虧得自己還打算替他擺平宋煊呢，沒想到他倒是在這裡坑了自己一把！

林君玄低聲對謝清溪說：「其實我此番前來蘇州是為了一件要緊的事情，但是我需要一個身分替我掩護，所以王爺特命我來找姑娘，他說姑娘靈敏聰慧，必會助我成事。」

「我要如何替你安排身分啊？」謝清溪好奇地反問。雖說她爹是謝樹元，可她到底還是個女孩啊！要是換作她大哥哥的話，倒是能替他安排妥當的，可是爹爹都已經說了，讓她不要再和小船哥哥有糾葛，她又怎麼能去求大哥哥呢？

「如今謝家遭此大難，六姑娘更是受了驚嚇，不如六姑娘便同大少爺說，妳想要請個護院師傅，到時候林某自有方法讓大少爺請了林某。」林君玄深思了會兒後說道。

謝清溪嘿嘿一笑，又說：「要不我直接和大哥哥說，讓林師傅做我的師傅吧？就教騎射之術。二哥哥和六哥哥都有自個兒的騎射師傅，就我沒有，若是我同大哥哥說了，他肯定會答應的。」

「那就有勞六姑娘了。」林君玄為了留下來，也算是坑矇拐騙俱全了。其實他一個閒散王爺，能有什麼要緊事情啊？不過現在，他還真的有了。白日那些人若不是仗著宋煊給的狗膽，如何敢在蘇州大開殺戒？哼，他不是很介意替他皇兄出手，清理一下大齊朝的渣滓。

宋仲麟依舊躺在床上。從三日前開始，他便處於昏迷不醒之中，若不是馮桃花和馮小樂兩人日夜照顧，只怕是活不下去了。

不過他因著傷口發炎，全身發高熱，跟煮熟的沒區別。後頭還是謝清溪問起宋仲麟的消息，聽聞他這樣的情況後，趕緊讓人送了兩罈烈酒過來，讓馮小樂每日給他擦拭。

馮小樂剛開始就給他擦了一回，馮桃花見好像有些效果，便逼著他一日三回地擦。不過馮桃花也怕這烈酒傷身，還特地兌了些水進去，效果雖沒純烈酒好，不過好歹也有些效果。

就這麼悉心照顧了三日，宋仲麟這會兒總算是醒了。

一見他醒了，頂著兩團黑眼圈子的馮小樂立即高興道：「你可總算是醒了！你若是再不醒來，我和我姊就得累死了！」

「就你廢話多！」此時正好掀簾子進來的馮桃花見他醒了，也很是高興，不過隨即又斥責弟弟。「你還不趕緊回去，將家裡頭爐上熬著的燕窩粥端過來！」

「哎喲，那粥不是給我和馮小安留著的嗎？」馮小樂一聽，頗心疼地說道。

馮桃花對準他的腦袋就敲了一下。「那是六姑娘送來給宋公子用的！若不是宋公子前幾日一直昏迷，我哪會給你們吃？」

「妳還是我親姊嗎？」馮小樂嘀嘀咕咕地說道。

馮桃花瞪了他一眼。馮小樂嘿嘿一笑，趕緊往外面跑。

宋仲麟一直迷茫地看著這對姊弟，過了好久他才微微張開嘴，喊了聲。「水……」

「你想喝水啊？」馮桃花立即到旁邊的桌子上倒了杯水給他。這幾日她已經將這房間打掃了下，不過因著實在是太長時間未住人，也只能粗略地收拾而已。

馮桃花本打算將人挪到自己家中養傷的，可是她母親如今寡居，家中還有兩個年幼的弟弟要照顧，實在是抽不出時間來了。這幾日為了照顧宋仲麟，她可是連大件的繡活都未做呢！

「謝謝姑娘。」宋仲麟一口氣喝了三杯水後，這才放下水杯。他如今再也不是錦衣玉食的貴公子，旁人倒了杯水給他，說聲謝謝也是應該的。

馮桃花見他面色依舊慘白，便安慰道：「睡了這麼久，想必是餓了吧？公子略等會兒，我弟弟已經回去拿燕窩粥過來了。」待她說完後，便安靜地坐在旁邊的凳子上。桌上放著的是一個繡筐，她這幾日雖做不了大件的繡活，不過仍是抽空繡了些荷包。如今她繡的荷包若是拿到外頭去賣，也能值百十個大錢呢！

宋仲麟看著她，面色脹紅，幾次張嘴想說話都沒好開口，一直過了好一會兒，他實在是忍不住了，這才輕聲問道：「不知馮小兄弟什麼時候回來？」

「你說小樂啊？他不過是回我家院子裡端碗燕窩粥，去去便回了！」馮桃花用銀針在頭上捋了捋，見宋仲麟一副欲言又止的模樣，便將手中的活計放了下來，輕聲笑道：「公子是不是有什麼事情要吩咐？只管同我說也是一樣的。」

宋仲麟雖落魄了幾日，可骨子裡到底還是大戶人家教養出來的翩翩公子，這會兒讓他如何當著一個少女的面提出那等要求？於是他含糊地說道：「還是等馮小兄弟回來吧，我不著急。」可是越說不著急，他的臉色卻越是憋得慌。

待過了會兒，馮桃花瞧著他的臉色，驀地明白了什麼，也慢慢羞紅了臉，小聲道：「我去叫小樂回來。」她一個箭步衝了出去。

只餘下宋仲麟躺在床上，越發難忍。

此時馮小樂正端著小陶罐走來。這樣的陶罐本來是他家放糖用的，為了盛這金貴的燕窩粥，他姊可是把他家的糖都掏了出來呢！

「姊，妳這是幹麼去？」馮小樂走到院門口時，正好碰見馮桃花急匆匆地往外走。

馮桃花見他過來了，便鬆了一口氣，趕緊伸手接過他手裡的陶罐，急急說道：「宋公子裡頭有事呢，你快進去瞧一下！」

「我還成了他的奴才不成？」馮小樂小聲抱怨道。

若不是馮桃花手上正端著陶罐，這會兒又要伸手打他了。她恨恨地道：「先前吃了那樣多的燕窩粥，可不就是託了人家宋公子的福氣，如今讓你做這點小事，就推三阻四的！」

「那燕窩粥是馮小安吃得多好嗎？」馮小樂一邊往裡頭走，一邊碎唸道。

待進去後，他問了半天，宋仲麟才支支吾吾地說自己是尿急了。

馮小樂還以為發生了什麼了不得的大事呢，見他這模樣，又知道他是少爺脾氣作祟，只得好生去家中拎了夜壺過來。

待將他伺候好了，又餵著他吃了一碗燕窩粥後，宋仲麟便又昏昏地睡了過去。

馮小樂這才出了門，依照著謝家大少爺吩咐的，往鋪子裡頭遞了消息。

沒一會兒，鋪子裡的夥計便趕了車，往莊子上頭報信去了……

第十四章

謝清駿此時正在審問犯人，按理說這樣的犯人實該交給衙門，不過如今還未扳倒宋煊，且宋煊曾經在蘇州任過布政使一職，若是真將人交給蘇州衙門，只怕人剛送出去就被滅口了。

當初帶頭的兩人都還活著，只是那個年紀略長的傷勢有些重，當初被林君玄一劍當胸刺了個穿，不過謝清駿卻是請了蘇州的名醫，好生替他醫治了，別說一時半會兒死不了，估計秋後問斬都能等得到。

因著林君玄已經知曉了此事，且謝樹元也特地派人查過林君玄的底細，確實是天津衛一帶的鏢師，因押了一批價值不菲的貨物從天津衛過來，所以帶的人都是頂尖的好手。既然人家的身分都弄清楚了，謝清駿又有求於人，便毫不避嫌地將林君玄拉了一塊兒來審人。

不過謝清駿做慣了豪門貴公子，讓他識文斷字他自然是精通的，審人可真是難為他了，於是「江湖草莽」出身的林君玄便成了主角。

此事涉及朝廷從二品大員，因此參與審問的人那自然是越少越好。謝清駿身邊只帶了一個面目普通的中年人，此人乃是謝樹元的幕僚，因謝樹元不好親自過來，只得派他來；至於林君玄，就乾脆獨身一人來了。

那領頭人就被關在謝家平日裡放雜物的倉庫裡頭，不過這會兒他被鐵鏈銬住手腳，根本沒有還手之力。

「聽說你是海盜出身？」林君玄淡淡地起了個頭，不過這句明顯是廢話，對面的人連頭都不願抬。「你也該知道，你落到我們手上是落不得什麼好的，可誰讓咱們想從你嘴裡問出點東西呢，如今倒也不好直接把你殺了。」林君玄說完後，突然有些無辜地輕笑了下。

連謝清駿都忍不住笑了，這位林兄可實在是位妙人，讓他審問吧，他倒是好了，將自己的底牌一股腦兒地全告訴了對方。

此時對面的海盜領頭總算是抬起頭看了他一眼，估計是在想，這個傻子究竟是怎麼問話的？

「可是你不說，我也知道。」林君玄同他對視，笑咪咪地說道。

海盜領頭將頭別到一邊去，顯然是不願再聽林君玄故弄玄虛了。

林君玄見他這般無狀，也不惱火，只接著往下說了下去。「你叫陳全，家中共有九個兄弟姊妹，排行老大，所以你有個外號叫陳老大。」誰知這麼簡單的幾句話，卻讓這個陳老大轉頭朝他死死地瞪著。

「你家裡是蘇州吳中縣梧桐村人，你父母都尚在。喔，對了，你老婆、孩子住在吳中縣城裡頭，聽說你孩子如今還在讀書呢！不過咱們大齊朝若是要考科舉的話，是要查這家庭背景的，若是讓人知道他爹是做海盜的，就算是再飽讀詩書，只怕是連這考場都進不去吧？」

林君玄彷彿沒瞧見對面那人殺人般的目光，只安靜地說道，接著又莞爾一笑，倒是讓他平淡無奇的面容有些許鮮亮。「不過聽說你在老家早就是個死人了。所以你這是一邊做著海盜，一邊供著兒子讀書考科舉吧？」

這個陳全倒也是個厲害人物，當初也是憑著力氣吃飯的莊稼人，可不知怎麼的，竟是跟撞了文曲星一般，家裡頭三個兒子各個讀書不凡。原也不過是想讓三個兒子略識得幾個字，不做睜眼瞎罷了，可是到了後頭，便是他自己也捨不得任何一個兒子輟學。

這古代要供養一個讀書人，實在是太困難了，所以寒門學子雖也有中舉的，可到底是占了少數，這科舉大多還是有錢人的遊戲。畢竟寒窗苦讀十年，那就得要家人供養十年，這期間的筆墨紙硯、上學的束脩費用、趕考的盤纏，豈是一個普通莊戶能供得起的？

更別提，陳全還妄想著供養三個兒子。

「你是如何得知的？」這人竟將自己的身家調查得這般清楚，若是再拚死抵賴也不過是徒增笑話。陳全當海盜也有七、八年了，早已經不再是從前那個普通老實的莊稼漢子了。

此時林君玄突然站起身，起足了架勢，看著陳全蒼白的臉色說道：「這裡是哪裡，想必你也知道了。你們殺了蘇州布政使謝大人家的家丁，又險些害了謝大人的嫡出姑娘，別說是你這一條命，便是將你陳家一家六十一口人命全填進去，都不夠數的。」到底是做慣了上位者的人，這幾日裝裝草莽也只能不露餡，如今這麼一審問，倒是將身上的氣勢全都激發了出來。

林君玄這般話冷冷地說出，別說是陳全，就連旁邊的謝清駿都忍不住一凜，只覺得他還真做得出這等事情。

「所以我勸你還是將知道的都同我說了，若是這消息夠重要、夠讓我滿意了，你這命我收下了，倒是可以饒恕你家人。」

林君玄將這取人命的事說得輕飄飄的，旁邊的謝清駿倒是依舊含笑端坐著，但站在謝清駿身旁的那名中年人卻是忍不住看了林君玄一眼。此人如今還只是一介匹夫，若是真讓他得了謝家的助力，日後便是一飛沖天也未可說……

待三人步出這陰暗的倉庫後，林君玄站在門口，頭頂溫暖的陽光照在身上，竟是越發的暖意洋洋。謝清駿剛在他旁邊站定時，就聽他突然哈哈笑了兩聲，壓低聲音道：「這裝神弄鬼倒是真不簡單，恒雅覺得我方才那幾句話可有唬住那人？」

「豈止是唬住，我覺得君玄兄已是掐住這個陳全的七寸了。」謝清駿笑意盎然地道，不過說話間卻是突然多了幾分疏離。

林君玄能分毫不差地說出陳全的來歷，竟連陳家幾口人都能知曉得一清二楚，若是他再將林君玄看作是普通的江湖草莽，那他謝恒雅往日那些名聲全都是唬人的了。不過謝清駿卻能感覺到，林君玄這是在向自己示好，畢竟他完全可以在私底下審問陳全的時候，再將這番話說出，可他偏偏當著自己的面說。

「其實知道這陳全的來歷並不難，恒雅還記得關在另一處的應生嗎？」林君玄笑著望向院落的另外一角。

謝清駿點了點頭。

林君玄接著說道：「這應生也算是這海盜之中的智囊吧，不過這等自作聰明的人，最喜歡的便是收集各種人的把柄，以備不時之需。陳全的家人便是陳全的把柄，應生無意發現之後，還特別派了兩人去吳中縣調查了一番。」

「所以，君玄兄是從這個應生口中得知這消息的？」謝清駿這回倒是覺得有些意思了。

「聲東擊西略加上些嚴刑逼供的手段罷了。」林君玄不在意地說道。

這兩人不過是一介土匪罷了，如今能讓當今赫赫有名的恪王爺親自審問他們，也算是三生有幸，便是日後做了這刀下亡魂，都不枉來這世上走一遭了。

「成先生，我如今可是個病人，先生居然這般不知憐香惜玉，還要讓我默誦這《孟子》……」謝清溪捧著書本假哭道，可是那眼睛卻溜溜轉地朝著書上看過去。

說實話，自打她認真讀書之後，才發現自個兒的潛力也是無窮的，便是這樣一篇幾千字的文言文，她竟能在半個時辰內將它全部背誦出來。這會兒，謝清溪才終於堅信自己果真是謝樹元和蕭氏親生的。經過醫學鑑定，子女的智商絕大多數是遺傳於母親，而謝家三兄弟能這般聰慧，自然是少不了蕭氏這等雙商齊高的奇女子。如今謝清溪終於也明白，不是自己沒繼承那份聰慧，實在是以前懶得可以啊！

成是非自然也知道她這是藉機擾亂自己，正抓緊背書呢！不過成是非這人素來劍走偏鋒，她要背書，他就偏偏要一直同她說話。

「我見六姑娘前兩日一直在擺弄一把箭弩，聽說那是一把可連發十次，每次可雙發的箭弩，不知這等好東西，可否讓先生一看？」成是非坐在前頭，閒閒地說道。

謝清溪正在默背呢，便隨口說道：「先生若是喜歡，只管來看便是。」

「嗯。」成是非老神在在地說道。

結果到了下午，謝清溪就對她說過的話後悔了。

下午時，成是非不僅讓謝清溪提前下課，還對她今日臨的帖子好生稱讚了一下，謝清溪還未從這種突如其來的幸福中醒過來呢，就見成是非一路跟著她走到門口。

成是非素來對她要求多多，這尊師重道更是首要的，如今見先生居然親自送自己到門口，謝清溪不禁感動地說道：「學生自己回去，就不煩勞先生親送了。」

「誰要送妳？」成是非居高臨下地看了她一眼，用一種「妳想太多」的表情回道。

「……」待謝清溪轉頭就要走的時候，卻聽成是非的聲音在她身後響起——

「妳不是說要將那箭弩借給我瞧瞧的嗎？」

謝清溪簡直要昏過去了，合著是為了這個？她說嘛，怎麼這位素來油鹽不進的成先生，今兒個居然這麼慈眉善目了呢？簡直是白感激他了！

於是謝清溪拎著書袋，帶著成是非一路往自個兒的院落走。

待謝清溪進屋後，便請成是非到裡頭一坐。

成是非瞧了一眼裡頭，就說道：「你們大戶人家的姑娘規矩重，閨閣我就不進去了。」

「不過是到正堂坐坐而已，您是我的先生，又怎會惹出非議呢？」謝清溪假笑著說道。

說成是非桀驁不馴吧，他還得在某些事情上存心噁心你一下呢！也不想想，如今她才幾歲的娃娃，誰會說閒話啊？要是誰敢說閒話，不等謝清溪知道，估計她大哥和她娘就已經料理掉了吧？

待成是非拿了這箭弩之後，好生把玩了一下，突然又問道：「妳可有騎馬裝？」

謝清溪略點了下頭，不過卻是有些猶豫。

自從那幫歹徒闖進莊子之後，謝清溪便變得安分起來，尋常別說是去騎馬了，就連花園都等閒不去，如今除了去前頭跟著成是非讀書，便只是待在自己的院子中繡花。

謝清溪倒是覺得自己的繡活得到了質的飛躍，畢竟她本就不是愚笨的人，又有丹墨這樣的巧手在旁邊指點，如今再勤加練習，繡的荷包倒是越發能拿得出手了。如今她給蕭氏、謝清懋、謝清湛還有謝樹元的荷包都已經繡好了，就差一個謝清駿的。

不過林君玄師傅到底對自己有救命之恩，她也不好什麼表示都沒有，但若是送荷包，未免太親密了些，她雖年紀還小，可也不好授人話柄，所以謝清溪這幾日也正煩著呢，想來想去都不知道該送哪樣答謝禮物給林君玄好。

思及此，她突然想起那日，她朝林君玄討要那串葫蘆時，他義正辭嚴地說道：「這乃是王爺給我的信物，我自是要交還與王爺的。若是小姐想要，還請小姐以後見了王爺，親自要了便是。」

嗟，你家王爺在京城呢，我怎麼去要？

不過那串葫蘆也不是什麼要緊的物件，她也就沒放在心上。

「怎麼，平日妳不是最願去騎馬的？」成是非似笑非笑地看著自己這個女學生。

謝清溪垂了下頭，沒有說話。這回她也算是瞧出來了，自己這是容易招禍的體質，還是不要出門，好生待在家中才是最好的。

看門上那兩人已經下葬了，他們的家人也被謝清駿安排到別處，不再在府上當差了。可是，即便彌補了再多的銀子，到底是兩條人命，因此謝清溪只覺得寢食難安。

成是非摸了下手上的箭弩，突然笑了，問道：「六姑娘可是覺得自己這會兒惹了大禍出來，不願出門了？」

謝清溪這點小心思如何能瞞得過成是非？不過被人這般直白地點出來，她還是忍不住低了頭。

「六姑娘可知，成某初見六姑娘時便覺得六姑娘與其他閨閣姑娘實在是不同。」成是非放下手中箭弩，含笑說道。

謝清溪覺得奇怪了，反問。「可先生你剛見我時，不是說我資質尋常，若是努力些只能勝過大多平庸之人嗎？」

成是非險些噎住，虧得他還覺得這個學生先前不大高興，想著法子要開解她，不料她倒是鬥嘴從不輸人。

謝清溪一見成是非臉上紅紅白白的，便立即噤聲，再不說話。

「六姑娘可知自己這會兒最大的錯在哪裡？」成是非咳了兩聲後便直接問道。

其實這個問題謝清溪也思索了好久，她是該怪自己運氣不好呢，還是怪自己做事不經思慮？

成是非倒也覺得這問題實在是有些為難一個八歲的女娃，可是人無遠慮，必有近憂。若是經了這回這般大的事情後，她還沒有一點長進，倒是真白瞎了自己做她先生。

「六姑娘最大的錯，就是自不量力。」成是非拿出嚴師的派頭，一句話就說得謝清溪面紅耳赤。

謝清溪忍不住低下頭。

「救人本是好事，可是這宋仲麟一身是傷，六姑娘便該想到他必是被極厲害的仇家所追殺，想來六姑娘也是知道的吧，所以才會想著立刻將他送走，可是六姑娘卻沒想過這後果。」成是非看問題辛辣，又能說出旁人所不能說的話。

謝清駿心疼自己的妹妹，見她受了這樣的驚嚇，哪裡還會想著要教訓她？

至於林君玄，他恨不得將那幫匪徒千刀萬剮，又怎會覺得此事是謝清溪的過錯？

「六姑娘無救人之力，卻又逞了救人之能，方招惹了這樣的大禍。」

謝清溪這會兒抬頭了，恭恭敬敬地起身，給成是非行禮，認真地問道：「那依先生之高見，學生該當如何呢？」

她因著自己的奇遇，仗著自己內心乃是成年人，行事便同一般孩童不一般，可是她光顧著救人，卻沒有將自己和家人的安危顧全，才會招來如此大禍。

「世上哪有周全之法？我便問六姑娘一句，若是讓六姑娘再重新行事，妳當如何？」

謝清溪很認真地想了一遍後，緩緩說道：「若是再重新來過，人我自還是會救下的，只是我會派人立即請哥哥們回來，將此事稟告哥哥。當然在這期間，也會讓人關上莊子大門，集中健壯的家丁防衛，以防止意外出現。」

「很好，六姑娘總算沒讓成某失望到底。」

謝清溪感激一笑，還要再說話呢，便聽成是非懶散地說道——

「唉，咱們還是趕緊去騎射吧！我今兒個約了人比試呢，要不然也不會借妳這弩箭一用。不用太感激為師的教導，只當這是妳借給我箭弩的報酬便是！」

謝清溪那個恨啊，她就不該自作多情！

正德十三年十月九日，金陵知府劉嘯上書彈劾江南布政使宋煊，指責他勾結鹽商、收受賄賂，致使江南鹽課艱難。

隨即，江南布政使宋煊也上書彈劾劉嘯，反指他誣衊上官，身為金陵知府不僅未盡到父母官之責，還縱容其地富商搜刮民脂民膏。

因江南富庶，所以但凡能在江南任職的，那都是皇帝的心腹。布政使宋煊出身京城安平公府，乃是國公爺的嫡次子，更是當今聖上昔日的伴讀；至於劉嘯來頭倒也不小，他是皇上老師文淵閣大學士劉吉的兒子。

這兩人都是皇上的心腹，如今卻互相上書彈劾對方，實在是略有些匪夷所思。因此，朝廷便讓南直隸巡按御史上書，將此事說個清楚。

南直隸巡按御史好生待在家中，竟是有這樣的事情落在頭上，便趕緊寫了奏摺。可是就他平日看來，劉嘯同宋煊的關係良好，也不存在什麼黨爭問題啊！至於金陵，那更是一片繁榮向上的盛世之景。

只是，誰都不知道，宋煊還有一本八百里加急的密摺，在兩日之後遞到了聖上案頭。

皇帝看了密摺之後，氣憤不已，當即宣了內閣三位閣老入宮。

如今擔任內閣首輔的乃是許寅，他先看了皇帝扔下來的奏摺，待略掃過之後，語塞了半晌。

旁邊的次輔謝舫，身子微微頂了下許寅，許寅忙急急將手中的奏摺遞給他。待謝舫看完之後，心頭也是一驚，只不過卻沒皇帝和許寅的震怒。

待兼任兵部尚書的陳江看完之後，這頭上立即有豆大的汗珠開始往下落，他雙手拿著奏摺，抖了半晌，跪下請罪道：「金陵軍務出現此等之事，是老臣監察不力。」

宋煊上密摺彈劾金陵總兵私賣武器給海盜，這可是抄家滅族的重罪啊！

「地方之上有紕漏，也實所難免。陳大人雖是兵部尚書，但地方上素來有巡按御史監察，如今出了這樣大的事情，巡按御史上書時也未有言及，只怕兩者之間有所勾結。」許寅想了半晌後說道。

倒是謝舫立即奏請說：「皇上，此事事關重大，不可偏聽一面之詞。以老臣之見，還是應派欽差前往金陵，將此事調查個水落石出。」

皇帝聽了謝舫的話，倒是點了點頭，問道：「那依照謝卿家的意思，應該派何人過去才妥當呢？」

「依老臣之見，都察院素有監察百官之責，如今出了這等事情理應由都察院派人前往。」不過謝舫突然又說：「不過，那都察院御史前往必是大張旗鼓，難免著了痕跡，讓有心人利用，所以老臣以為還應再派一位欽差暗訪，兩人各自辦案，互不干涉，這樣也避免了欽差和地方官員勾結的事情發生。」

「謝卿家果真是慮事周全，那好，便依謝卿家的提議去辦。至於兩位欽差人選，內閣議定後呈給朕便是了。」皇帝滿意地說道。

沒一會兒，皇帝便讓三人都回去了。

離開乾清宮時，就見許寅含笑朝謝舫說道：「謝大人素來有急智，如今更是越發對了皇上的心。」

「許閣老謬讚了。」謝舫客氣地回了句。

按說，以謝舫的資歷，應該早就進入內閣的，可是他也不過是前年才遞補入閣，這其中就不乏這個許寅的「功勞」。在官場上，有時候並不需要鬥個你死我活，略使些手腳便可讓人停滯不前。

謝舫進入內閣之後，原本內閣也是有按資歷排輩一說的，可謝舫不管是官場資歷還是本身能力，自然都在眾人之上，況且他也是除了許寅以外，內閣裡年紀最大的。

許寅的意思，是按著進入內閣的時間排資歷，可是那些素來在謝舫跟前持半個後生禮的閣臣，又哪敢這般？最後還是皇帝出面，點了謝舫做這內閣次輔。

三人急急回了內閣之後，就召集眾位閣臣，商議這欽差的人選，待欽差人選定了之後，便由許寅上書呈給皇帝。

皇帝自然沒有意見，大筆一揮，兩位欽差便分為一明一暗，前往金陵查訪。

待兩位欽差前後腳到了金陵，剛準備展開調查的時候，又有一驚天大事發生了——江南布政使宋煊之子宋仲麟，身負絕密帳冊，上京告御狀，告的便是他親生父親宋煊！

宋仲麟跪在大理寺門口，手持訴狀，一告江南布政使宋煊勾結海盜、私賣武器；二告他寵妾滅妻，縱容家中妾室毒害主母！

此事一出，整個京城幾乎都沸騰了。

宋仲麟幾乎成了京城這幾日風口浪尖的人物，沒人知道這個少年是如何從江南孤身一人跋涉千里來到京城的？

至於安平公宋家則是閉門謝客，家中不論是男丁還是女眷，再未於京城行走過。可是誰都知道，若此事是真的，安平公一家不僅這爵位到頭，只怕連性命都危險了。

這勾結海盜、私賣武器，那可是抄家滅族的大罪啊！

話說，這許寅夫人家的妹妹如今便嫁到安平公宋家，是宋家的三太太，所以許寅與宋家還有一層轉折親呢！

非議這宋仲麟的人，罵他是不孝子，欺上罔顧、滅絕人倫，日後是要遭天譴的；而有非議的自然也有讚賞的，不過讚賞宋仲麟的就多是後宅女眷了。畢竟這主母被妾室所害，當兒子的為了替母親報仇，連親爹都敢下手，這些個貴婦內眷們雖不敢明面上叫好，可私底下誰不稱讚一聲宋仲麟？

兩位欽差原本是要去查金陵總兵的，可如今又收到了內閣的急函——江南布政使宋煊也不得放過！

私賣武器，這可不是一人能辦到的，其中還不知牽扯了多少官員進去呢！

首當其衝的便是金陵總兵，也不知誰透了風聲給金陵總兵，說宋煊早就上書將他給賣了，於是，欽差幾乎沒費什麼工夫便從金陵總兵那裡得知了此案的來龍去脈。

原來宋煊鼓動金陵總兵，說江南乃是富庶之地，如今又是太平盛世，根本不會有戰事波及到江南，與其眼看著那些兵器爛在倉庫之中，還不如倒手出去，到時候這一本萬利的事情，大家自然都有份。

金陵總兵也是個貪財的，剛開始倒也不敢做大，可是兩回之後，發現這實在是一本萬利的事情，又沒有被人發現，所以膽子倒是漸漸大了起來。倒賣了幾回之後，他和宋煊兩人拿了大頭，其中還有涉及的也不過都是些小吏罷了。

此案並不複雜，只是審問的時候卻出了點事情。在宋煊被押解進京後，大理寺便著手此事的審查，因著宋仲麟已將最重要的罪證帳冊呈交大理寺，因此只需再審問宋煊便可。只是審問之後，倒是出了些狀況，因為宋煊在審問中交代了，他私賣武器所得的部分銀子，已經獻給皇上用作修繕皇家道觀。

得了，這查來查去，最後居然查到了皇上的頭上？於是，各處又是各種搗亂。

而宋仲麟雖揭發了這樣的大案，對朝廷、對國家有功績，可是他告的卻是自己的親生父親，不管是前朝還是本朝都格外看重孝道，一個狀告自己生父的人，是注定無法入官場的。

宋仲麟已經斷絕了自己以後的錦繡前程，而他狀告自己生父的事情一出後，宋家便已經傳出消息，將他逐出宋家，以後宋家再無宋仲麟此人。

「林師傅，你說宋仲麟的作為到底是孝還是不孝呢？」謝清溪忍不住問旁邊的林君玄。

上次林君玄當眾與成是非比武，成是非以箭弩之威都未能敵得過他，謝清溪當即便順杆子說自己也要請一位騎射師傅，便是不習武也可教自己一些防身的招式。

謝清駿本就對林君玄有拉攏之意，如今又見謝清溪非要留下他，只得找了機會同林君玄一說。不過他也沒抱著多大的希望，畢竟林君玄這樣的江湖人浪蕩慣了，怕是受不了謝府這等大戶人家的規矩呢。

林君玄剛聽到謝清駿這個提議時，看來確實也頗為苦惱，不過想了一會兒後還是當場拒絕了。然古有三顧茅廬，謝清駿自然也不會只提一次便放下，於是他再次提及，自然就又一次被拒絕了。結果，當謝清駿第三次純粹禮貌性地問林君玄，是否能留在謝家教兩位弟弟武藝時，他答應了。他答應了！

就連一向淡然的謝清駿都震驚了，是的，他震驚了。合著林君玄前兩回就只是客氣地拒絕一下而已？原以為江湖人士最是爽快，沒想到也有這麼迂的。

「為母報仇乃是孝，揭發這等偽君子乃是利國利民之大事，是為忠，妳說他是孝還是不孝呢？」林君玄轉頭含笑問她。

「天地君親師，而這親中又以父最為重要，宋仲麟只怕以後再難在京城立足了吧？」謝清溪在這裡這麼久，讀了這樣多的書，自然也瞭解了歷朝歷代對於孝的定義。

宋仲麟雖以孝出發，可他告的終究還是自己的親生父親。

「宋公子只怕已經有了這等覺悟了。」林君玄點頭稱是。說著，他將一支箭架在弩上，衝著對面的箭靶就射了過去，只見箭勢極為凌厲，直奔著箭靶中心的那支箭而去，箭頭對準那支箭的尾羽，竟是從中間將那箭劈作兩半！

「師傅，你真是太厲害了！」謝清溪興奮地拍掌。她以前從電視上看奧運的時候，只覺得那些射箭選手們實在是太厲害了。可待到了這裡，她才發現原來咱們的老祖宗們更加剽悍，他們不僅可以百步穿楊，還可以在馬背上百步穿楊！

「師傅，我娘親想我了，你會跟我回府去嗎？」謝清溪眼巴巴地看著林君玄。說實話，她這個師傅真的是沒話說呢，雖說長相普通了點，可是身材頎長、肩寬腰窄，實在是穿衣的好架子，若是從背後看，那也妥妥地是個背影殺手呢！況且人家又會騎馬、又會射箭，聽他說，若不是家中之人犯事了，他也會考科舉的。唉，這古代的連坐制度太坑爹了，害得多少能人入不了官場。見林君玄不說話，以為他是不喜謝府的規矩束縛，於是她雙手合十，眼巴巴地說：「師傅，我還想天天跟著你學呢！求你啦，求求你了……」

此時小女孩圓滾滾的大眼睛盯著他，本就水汪汪的眼睛滿是乞求之情，他見狀，突然輕笑了一聲，她這表情可真是像極了湯圓大人想要吃肉時的樣子。

「我生性不羈，只怕是受不住這府上的約束。」林君玄假意推託。

「師傅，不會的、不會的！」謝清溪一著急便上前拉他的袖子，說道：「師傅您反正是住在前院的嘛，根本就不會有人約束你的！況且我娘到時候肯定會給你找兩個漂亮的小丫鬟伺候的！」

兩個……漂亮的小丫鬟？林君玄原本還含笑的嘴角，一下子凍住了，隨後便冷著臉說道：「那真是多謝六姑娘美意了，只怕林某這等性子的，還是受不住高門大宅的約束。」

謝清溪也不知道自己是哪裡得罪了他，只得眼巴巴地看著他，可憐地說：「師傅，若是我說了讓你不高興的話，你也別生我的氣，好不好？」

原本還冷著臉拒絕的某人，在聽見這拐著調的「好不好」三個字後，瞬間失去了抵抗力。

嗯，所謂的剋星就是她說一句話，他就會言聽計從的吧？

「娘，我回來啦！」謝清溪剛到院子門口，就歡快地叫了聲。

因得知這個小魔星今日要回來，蕭氏早已經坐立難安，這會兒聽見她在院子門口的叫聲，忍不住朝沈嬤嬤假意怪道：「我就說這丫頭定是在莊子上玩瘋魔了，如今竟是連規矩都不懂了，瞧瞧，在這院子裡就這般大呼小叫的！」

沈嬤嬤笑了，說道：「還不是姑娘念您念得緊了。」

「若是真想我，便不會在莊子上住這樣久了。」蕭氏雖這麼說，可眼睛還是巴巴地盯著門口瞧，這會子謝清溪已經進來了。

謝清溪提著裙子進來，在蕭氏跟前站定後，便說道：「女兒見過母親，給母親請安了。」

蕭氏見她這般正兒八經地請安，早已經是捂著嘴笑了。

謝清溪一見她笑，也忍不住撲上去，抱著蕭氏的胳膊。她將頭靠在蕭氏的手臂上，聞著蕭氏衣裳上頭淡淡的清香，心裡無比的安定。

「娘身上的味道真好聞！」謝清溪感慨地說道。

蕭氏笑開了，說道：「這是御用的香料，妳舅舅特地讓人從京城送過來的。我倒是替妳留了一盒蝶戀花，是妳們小女孩家最喜歡的香味。」

「哎呀，娘妳這麼說，好像女兒張嘴就要討東西一般！」謝清溪撒嬌道。

蕭氏笑她。「妳同我要的還少了？」

謝清溪只笑不說話。

蕭氏轉頭便打量起她，又問她身子可好些了？不過看著她的臉頰確實比走的時候要紅潤些，想來她在莊子上過得挺好的呢！

晚上的時候，因著謝清駿和謝清溪都回來了，謝樹元特地將其他三個姑娘也叫了過來用膳。

不過晚膳用到一半的時候，謝明嵐就略有些不好意思地開口道：「有一事原想同母親商量的，便想著趁這機會同母親說說。」

謝清溪正在吃飯便聽見謝明嵐開口，不過一聽她這話卻是不樂意了。什麼叫「趁這機會」？好像她平時壓根兒見不著蕭氏一樣。

還真不是謝清溪多想了，因為蕭氏此時也抬頭看了謝明嵐，只是這臉上的笑沒了。

「四姊姊說這話倒是有意思，四姊姊和母親乃是母女，有什麼話不能私底下好生說，非要當著這麼多的人面前說？」謝清溪將碗筷放下，含笑看著她說道。

謝明嵐素來便看不上謝清溪，覺得她除了嫡女的身分壓了自己一頭外，其他地方是再沒比得過自己的，如今她竟一回來就給自己使絆子！謝明嵐素來便會審時度勢，所以這會兒可憐兮兮地看了一眼謝樹元，才說道：「不過是些小事罷了，只隨口提了一句。」

「食不言寢不語，便是有緊要的事情，四姊姊也該讓母親先用膳才是。咱們不是每日都要同母親請安的嗎？到那時說不也是一樣？」

謝明芳見嫡母都沒說話呢，謝清溪這個小丫頭倒是教訓了四妹一通，她雖也不喜歡謝明嵐，可在外頭她們到底是嫡親的姊妹，所以她張嘴便說：「這幾日母親免了咱們的請安，四妹妹想來是沒機會同母親說吧！」

嗯，謝清溪一直覺得她二姊就是個豬隊友，有了謝明芳的神助攻後，旁邊一直沒說話的謝清駿便要摔筷子了……當然，他也只是將筷子放在桌子上而已啦！

謝清駿看了三個庶妹一眼後，便恭敬地問謝樹元說：「父親，這家中姑娘給母親請安，應是尋常的規矩吧？」

「那是自然。」謝樹元此時也冷眼看了謝明芳等人，不過他卻是對謝明貞說道：「妳是長姊，按理說應該給妹妹做些榜樣的，即便妳母親憐惜妳們，也不該這般鬆散。」

「是，女兒知錯了。」謝明貞趕緊起身，垂眸說道。

謝清溪一向喜歡她這個大姊姊多些，見她遭了無妄之災，立即就說道：「爹爹何必怪大姊姊？大姊姊從五歲開始便堅持每日給太太請安，除了生病起不得身外，一日都沒斷過，不像某些人……」她最後這半句雖是壓低聲音，但也足以讓在座的所有人聽到。

蕭氏雖管教謝清溪嚴，不過從來不會在幾個庶女面前落了她的面子，所以即便她這會兒逞了口舌，蕭氏也是事後收拾她去。但看在她也是為了自己，這回便收拾得略輕些吧。

「雖說咱們是女孩家，母親疼惜咱們，可這百善孝為先，若尋常無事都不給母親請安，只怕傳出去後，旁人還以為咱們謝家的姑娘都是這等不守規矩的呢！反正自明日起，母親可不要再免了女兒們的請安了，雖是疼惜我們，可咱們到底也要守著規矩才行啊！」謝清溪一下子拔高到孝道上，任誰都說不出話來。

此時謝明嵐突然開口道：「女兒不過是想同母親說，過幾日想請閨中好姊妹到家中賞菊，倒是女兒思慮不周，應私下再同母親講的。」

謝清溪忍不住白了她一眼，都到了這分上了，她都有本事將目的說出來，果真是百折不撓。

「不過是這點小事，只管同妳母親說了便是。」謝樹元看了她一眼，略有些責怪地說道。

「女兒知錯了。」謝明嵐嘴上雖這麼說，可嘴角卻忍不住翹起。

她之所以選擇在全家都在的場合提這事，就是為了防止蕭氏不同意，畢竟，這次是請詩社中的小姊妹到家中玩耍——謝清溪都沒能進的詩社，她謝明嵐便是有本事進！

可見出了這個家，這嫡庶之分又哪會那般明顯？

妳有才學便能進詩社，同蘇州這些有頭有臉人家的小姐交際；妳若是沒真本事，就算有著嫡女的身分，照樣也擠不進我們的圈子裡頭！

謝明嵐得意地看了謝清溪一眼。

謝清溪覺得奇怪，她這個四姊姊不是一向喜歡裝沈穩的，怎麼這會兒得意成這樣了？

然後，謝清溪很快就知道為什麼了。

這官家小姐們到了一定的年紀都會出外交際，如謝明貞這般十三歲的，正是交際的年齡。若是有些人家思慮周到些，這會子當家主母就會在交際圈子裡頭相看起來，畢竟這姑娘的婚姻大事可是一輩子的事情，不認真相看豈不是坑害了姑娘的一輩子？

雖說謝明貞不是蕭氏生的，可她到底待蕭氏極為尊敬，又有其他兩個不討人喜歡的在一旁襯托著，因此蕭氏也對她的婚事頗上心。不過謝樹元也隱隱露出口風來，若無意外，他明年就能回京城去了，不如到時候在京裡頭再相看人家，畢竟是頭一個女兒，謝樹元也不捨她嫁得遠。既然謝樹元都這般說了，蕭氏自然就省了心，只等回京再說。不過為了寬慰方姨娘，她也隱隱在方姨娘跟前漏了一、兩句話出來。

方姨娘原本就擔心謝明貞會被嫁在這蘇州，雖說蘇州富庶，可老爺以後定是要回京的，這到時候母女倆便是天各一方，所以蕭氏的話透出來後，她是止不住的歡喜，恨不得把蕭氏當成菩薩供起來。

謝明貞素來就是貞靜的性子，謝家四個姑娘當中，她的繡活最好也最耐得住性子做，所以謝家兩位長輩得了她不少的繡活，就連前頭三個少爺也都有她繡的書袋。

謝清湛時不時就要拿謝明貞的繡活出來教訓謝清溪，讓她好生跟謝明貞學習。

就因為謝明貞的性子這般，所以她極少外出交際，同蘇州其他官家小姐也沒有什麼格外好的閨中密友，這花會、詩會她是一回都沒參加過，所以自然也不用在家宴客回請別人。

也因此，謝明嵐提出要在家中辦詩會請小姊妹們過來玩這事，倒是謝家姑娘的頭一宗呢！蕭氏雖不喜歡庶女，可她是侯府嫡女出身，受的教養也不會讓她苛待庶女的。

不過這做席面自然是要花銀子的，這又是四姑娘單獨請的，因此蕭氏特地找謝樹元說了這事。

「按理說，大姑娘和二姑娘倒是到了出去交際的年紀，只是大姑娘性子貞靜，不喜外出走動，二姑娘我瞧著倒是活潑些，沒想到倒是四姑娘先說起這請客的事情。」因謝明嵐挑起了這頭，蕭氏就要說清楚，她可不想在謝樹元心裡頭落下一個苛待庶女的名聲。

不過蕭氏講話向來有技巧，就算是告狀都告得格外有水準。前頭說大姑娘安靜、不喜歡交際，後面再說但其實二姑娘挺活潑的，結果話鋒一轉就說「哎喲，我都沒想到居然會是四姑娘先請客呢」！

於是，謝樹元也皺了下眉頭，因為他已經領會了自家夫人的意思——四姑娘年紀這麼小卻只顧著四處出風頭，居然都沒想著自家姊姊們！

「不過好在也是在咱們府上請客，到時候讓大姑娘和二姑娘都下了帖子，請她們各自的好友過來，熱熱鬧鬧的倒也好。」蕭氏淡淡地開口。

謝樹元點了點頭，然後又開口問了。「那溪兒呢？她可有交好的姑娘？也讓她一併請了吧？」

「溪兒年紀還小，倒是不著急交際。我瞧她平時出門可同在家裡不一樣，端正地坐在那裡，也不鬧騰，連我都覺得奇怪呢！」蕭氏一提到自家的小棉襖，真是有說不完的話。

謝樹元也點頭了，還略有些得意地說道：「我早就說過，溪兒雖說在家性子活潑了些，可到底是在家裡頭，妳瞧，這一出門，規矩可不就是極好的？」

「老爺說的是呢，我原還擔心不拘著她讓她玩野了性子，不過如今看來，她年紀雖小，可是分寸卻是極有的。」蕭氏私底下雖然沒少說謝清溪行為無狀，不過在謝樹元跟前，她就是「我的女兒天下最好」的態度，畢竟她就這麼一個寶貝女兒，可謝樹元的女兒卻不止一個呢！雖說蕭氏平時表現得很端莊大方，可到底也是個女人，再瞧著這些不安分的庶女，雖沒出手教訓，也不是沒在等著機會。
不過謝明嵐只比謝清溪大一點，卻已呼朋引伴地開詩會了，便是謝樹元都不由得覺得這個四女兒確實有些不安分。
既然都已經提出了這事，蕭氏倒也照辦了。只不過謝樹元也說了，都是閨閣姑娘，倒也不好弄得太鋪張，只精緻妥當些便可。
蕭氏倒也不會親自招呼，只讓身邊的管事嬤嬤去收拾出開詩會的地方。謝家的花園自然是不小的，更何況如今的謝府只有謝樹元這一房的主子在，所以僕婦、下人倒是不缺。
謝明嵐生怕這些僕婦弄得不精心，因此親自過來看著，一會兒覺得這邊的圓桌子擺的位置不好，一會兒又嫌棄給小姐們作詩的長條桌弄得不夠雅致。
「這梨子我瞧著怎麼不像咱們尋常吃的雪花梨？」謝明嵐一看見丫鬟端過來的水果，臉色便有些不好。
旁邊劉才家的便是這回蕭氏派過來操持的，一聽謝明嵐說這話，臉色立即拉了下來，說話的時候揚起一臉假笑。「哎喲，我的好姑娘，您可真是不當家不知柴米油鹽貴啊！這雪花梨您知道多少銀子一顆嗎？來了這樣多的姑娘，便是一筐也不夠啊！」
「咱們還在乎這點銀兩嗎？劉嫂子，母親讓妳過來是幫我操持詩會，可不是讓妳來教我這些俗物的！」這次的詩會是謝樹元也同意了的，所以謝明嵐自然不怕她。況且這婆子算個什麼東西？仗著在太太跟前略有些臉面，就敢在自己這個正經小姐面前吆五喝六！

兩人的對話自然引得旁邊的丫鬟、僕婦都朝這邊瞧過來。

劉才家的環視了眾人一眼，淡淡說道：「還不趕緊幹活？若是咱們四姑娘瞧著不滿意咯，待會兒有妳們好看的。」

「妳！」謝明嵐見她明嘲暗諷的，一張小臉氣得險些滴出血來。

「四姑娘，若是這裡頭還有不滿意的，您只管同咱們提，畢竟咱們這些做奴婢的，只管聽主子吩咐就是。」劉才家的話說得很有道理，只是聽著卻不是這個意思罷了。

她這話無非是在暗諷謝明嵐飛揚跋扈，不將主母身邊的得力管事看在眼裡。

「劉嫂子，妳若是有不服氣的，只管到母親面前說。」謝明嵐冷著一張臉，下巴微微抬起，臉上露出譏誚的神情，語氣蔑視地說：「不過一個奴才！」

「……」劉才家的因著在蕭氏面前有些臉面，在這府上誰不敬重她幾分？就連大姑娘見著她都會客氣地叫聲劉嫂子呢！

「好了，前兩日不是從京城送來了好些東西？我記得裡頭就有兩筐哈密瓜吧，明兒個就切兩個擺上吧！」

劉才家的方才還氣得半死，這會兒突然就笑了，得意地說道：「喲，四姑娘怎麼不早些說啊？那哈密瓜可不是一般的東西，是京裡頭的舅老爺送來的，總共就兩筐，加起來也就十來個。先前太太給每位姑娘分了一個，少爺們分了兩個。因著六姑娘不在府裡，便單獨給她留下了，如今六姑娘回來了，這哈密瓜倒是一個都不剩了呢！」

謝明嵐就是因為蕭氏讓人給自己送了一個哈密瓜，這才知道原來京裡頭還送了這樣的好東西來。因著哈密瓜是西疆那邊的特產，光是從西疆運到京城就要十來天，再從京城運過來，這一路上的冰塊都用了幾車，所以這哈密瓜可是江南難得一見的好東西。

原本謝明嵐只是嫌拿來的水果都太普通，不夠分量，這會兒才想起那兩筐哈密瓜來的。她冷著臉問道：「咱們姊妹一人一個，三位少爺一人兩個，統共加起來也只有十個瓜而已。若是劉嫂子不好拿來，我去同太太說便是了！」

「四姑娘這麼算可就不對了，這哈密瓜是京城的舅老爺送給咱們太太嚐嚐鮮的，咱們太太總得吃幾個，這才不拂了舅老爺的美意啊！」劉才家的低低笑了兩聲。

這會兒謝明嵐真是再講不出話來，她氣得都糊塗了，竟是犯了這樣愚蠢的錯誤，只算了幾個兄弟姊妹間的。都怪這個該死的奴才！

謝明嵐冷笑一聲，領著自己的丫鬟走了。

「林師傅，這可是我舅舅從西疆讓人運過來的哈密瓜，你吃一瓣吧！」謝清溪從盤子裡頭拿了一瓣遞給林君玄，討好地說道。

旁邊的成是非無語地搖了搖頭，過了好半晌才無奈地說道：「都說教會了徒弟，就忘了師傅，這還沒教會徒弟呢，師傅就沒處站嘍！」

「成先生，你也吃瓜！」謝清溪趕緊又替成是非拿了一瓣，乖巧地雙手捧上去。

誰知成是非不僅沒接，還用眼睛斜了那瓜一眼，略痛心地說道：「明明我是先來的，如今倒是排在了後頭去，可見這人心偏了，是怎麼都回不來了啊！」

「成先生，你不吃是吧？那就留著吧！」謝清溪說著，就要將哈密瓜拿回來。

成是非趕緊上前奪過去，對著中間最甜的地方便是一口，然後搖頭晃腦地感慨道：「想當年我遊歷大江南北，從葉城出發，前往西疆……對了，葉城妳知道嗎？」成是非原本是想炫耀一番自己去西疆遊歷的經歷，結果話題一轉，就拐到葉城去了。

「沒去過。我長這麼大，除了蘇州，哪兒都沒去過。」其實謝清溪覺得自己還挺可憐的。想當初在交通那麼便利的現代，她除了江浙滬之外，居然沒去過別的地方；如今在這個交通如此落後的年代，她就更出不了門了。

「葉城可是個好地方啊！幅員遼闊，那整片肥沃的草地、遍地的牛羊……」成是非忍不住回憶起葉城的美好。

「風吹草低現牛羊！」謝清溪嘴快地說道。

成是非愣了一下，跟著重複了一遍。「風吹草低現牛羊……哈哈，好句、好句！妳這丫頭連草原長什麼樣都不知道，竟能想出這等絕妙的句子！不錯，不錯！」

謝清溪不好意思地低下頭。

林君玄看著謝清溪，柔聲問她。「六姑娘想去草原上看看嗎？」

「想，當然想啦！師傅，你瞧我騎馬騎得這樣好，若是在草原上騎，那該有多暢快啊！」謝清溪忍不住想像起那樣美好的畫面——她騎著駿馬在肥沃的草原上飛馳，獵獵狂風吹起她的長髮，連衣襬都像要飛起來一樣！

不過，這樣的畫面也只能出現在夢中吧？她知道自己的身分，也知道不論是蕭氏還是謝樹元，定是不捨她遠嫁的。

葉城那樣美好的地方，估計只能存在於她的夢中。

「只怕我只能作夢夢到自己在草原上騎馬了……」謝清溪垮著小臉說道。

成是非笑她。「我早便同妳大哥說過，他這個妹妹日後只怕是最不省心的！妳這樣的小姑娘竟是不喜歡珠寶首飾，偏偏愛好騎馬射箭，怪哉、怪哉！」

「若是妳喜歡，師傅以後帶妳去葉城可好？」林君玄沒管成是非說的話，含笑看著面前的小丫頭。她居然這樣喜歡葉城……她這樣江南長大的閨閣小姐，竟不嫌棄葉城地處偏僻。

謝清溪雖然知道林君玄或許只是在哄她，可還是歡快地點頭，臉上是抑制不住的高興，甚至伸出右手的小拇指，興奮地說：「那師傅同我拉鉤！」

「好。」林君玄也將手伸出。他的手格外的細嫩白皙，五根手指不僅修長還骨節流暢，若不是手掌和各關節處的繭子，旁人也只會當這是一雙養尊處優的手。

「拉鉤上吊，一百年不許變！」謝清溪說道。

結果，過了半天都不見林君玄說，謝清溪忍不住說道：「師傅，光是我一個人說沒用的，你也得說啊！」

「哈哈，林老弟，我看你是被這丫頭吃定了！」成是非忍不住大笑。

「拉鉤上吊，一百年不許變。」林君玄不顧成是非的嘲笑，認真地重複了一遍誓言。

謝清溪盯著林君玄的眼睛，認真地說道：「師傅，你答應過咯，那就不許變的。」

林君玄淡笑不語。

你有沒有試過嫉妒你自己？想必很多人都不會有這樣的想法，可偏偏現在的陸庭舟卻嫉妒，他嫉妒著這個叫林君玄的自己。

因為林君玄可以光明正大地聽她說「師傅，你實在是太厲害了」，也可以光明正大地教訓說「謝清溪，妳練習又不專心，要是再敢偷懶，就讓妳再練十遍」。

陸庭舟忍不住苦笑了一聲，他還真是搬石頭砸了自己的腳啊！

第十五章

「六妹妹，我這裡要請的人都擬定了，不知六妹妹可有想請的姑娘？」謝明嵐趁著早上請安的時候，將這下帖子的事情在蕭氏跟前說了下。

謝清溪眨了眨眼睛，看了眼謝明嵐。所以她這個四姊現在是什麼意思啊？她不出門應酬，在外頭更是沒交好的小姊妹，這只怕是這個家裡頭誰都知道的事情吧？

好吧，其實現在想一下，她人緣還真是不咋的。

不過謝清溪有意逗弄謝明嵐，因而問道：「我想請沈寶珠可以嗎？」

謝明嵐的臉不禁僵了一下。她們這詩社裡的姑娘，哪人的父親不是有官身在？最差的也是正五品的。這個沈寶珠不過是個商賈的女兒罷了，若是真讓她來參加她們這個詩會，到時候還不弄壞她謝明嵐的名聲！

於是她朝蕭氏看了一眼，希望嫡母能阻止謝清溪的這個想法，畢竟自己的女兒同商賈的女兒交往，實在是有失身分，只怕嫡母也是不願的，可誰知蕭氏愣是沒說話。

其實在蕭氏眼裡，沈寶珠不過就是女兒逗悶的伴兒罷了，實談不上什麼閨中密友。

「那四姊姊便幫我一同下帖子吧，我只請沈寶珠一個就行！」謝清溪微微笑地說道。

嗯，她很樂意看見她這個素來喜歡裝純良的四姊變臉。

謝明嵐實在忍不住了，她依舊是朝著蕭氏看了一眼，不過這回卻支吾地開口道：「六妹妹，不如妳換個人選吧？」

「怎麼了？四姊姊，妳不是瞧不上我請的人吧？」謝清溪提高嗓子問道。

蕭氏這會兒轉頭淡淡地看了一眼謝清溪，不過眼底的警告還是準確無誤地傳遞給她了。

謝清溪衝著她娘眨了一下眼睛，接著就調皮地轉過頭。

謝明嵐為難地說道：「六妹妹，姊姊不是瞧不上妳請的人，實在是沈寶珠並不是咱們詩社的成員，若是貿貿然請了，只怕是不好。」

「這話倒是奇了，若是只讓詩社的成員參加，那四姊姊妳自己請人便是了啊！我同她們又不熟，怎麼好請她們？不過四姊姊妳既然讓我請人了，自然是該請我自己熟的人吧？」謝清溪口齒伶俐地說道，然後還沒等謝明嵐開口解釋呢，謝清溪又先一步地堵住她的嘴道：「那四姊既然不願，我就不請了吧。」

謝明嵐被她氣得，身子都直抖！

謝清溪深深地看了她一眼，心裡卻是想著：果然是同這個成先生待久了，連嘴炮的功力都見長！可見，名師確實出高徒。

不過謝明嵐如今一心要辦好這詩會，倒也顧不得同她多生氣。她委委屈屈地同蕭氏說：「原本太太讓劉嫂子過來替女兒操持，倒是好意的，只是劉嫂子是太太身邊的得力人，女兒並不敢用她許久。」

「妳既這麼說，今兒個讓她別過去就是了。」蕭氏只淡淡地說道。

謝明嵐忍不住咬唇，一臉不甘心的模樣。那賤奴當著那樣多的人讓自己落了臉面，如今蕭氏竟連一句責怪的話都沒有？謝明嵐不信蕭氏會不知她昨日同劉嫂子的爭執！

蕭氏身為一家主母，別說對這後宅之事要瞭若指掌，就連前院的事情都未必能瞞得過她。劉才家的同謝明嵐之間的那點齟齬，不過是她不說罷了，卻不代表沒她的態度。如今她讓劉才家的回來，就已經表明了她的態度。

待到了下午，謝明嵐讓人去庫房裡頭取青花瓷器具的時候，便出了岔子。那庫房的人說，若是要取東西，得取夫人的對牌過來。

謝明嵐雖稟過蕭氏，可卻沒拿回對牌，於是她又急急地去蕭氏的院子，只是過去的時候，正碰上蕭氏午休，她只得先回去。

待她再估著時間過去時，蕭氏倒是醒著，聽她要對牌，便讓丫鬟去拿。

旁邊的秋水正端了茶盞給蕭氏，一聽蕭氏要對牌，便脆生生地說道：「太太，這對牌素來是劉嫂子保管的，不過太太不是惱了她辦事不經心，讓她回家反省去了？」

「我倒是忘了這事，那這對牌如今可還是在她身上？」蕭氏慢悠悠地問道。

原本筆直坐在蕭氏下首的謝明嵐，此時耳朵發燙，連眼睛都憋得有些紅，不過她心性到底不是真正九歲的小女孩，因此只是背貼著後頭冰冷的椅背，眼睛一眨也不眨地盯著前面。

秋水回道：「太太只是打發劉嫂子回去反省，沒說要免了她的差事，這對牌自然還是放在她身上的。」

「好了，妳只管派人去找劉才家的要，只說是我要的就行。」蕭氏吩咐道。

此時謝明嵐起身，微微福身，表情恭謹地說道：「謝謝太太。都是女兒不懂事，讓太太費心了。」

「妳說的本就是對的，她劉才家的再有臉面，也不過是個奴才罷了。妳是咱們謝家正經的姑娘，可不能委屈了妳。」蕭氏不鹹不淡地說道。

可是，她這話卻讓謝明嵐的臉又赤又燙。這大戶人家規矩大，不僅要孝敬長輩，就連長輩身邊的阿貓阿狗都要給臉面的，更別提像劉才家的這樣的，是蕭氏跟前得力的管事嬤嬤。如今謝明嵐罵了劉才家的，無疑就是打了蕭氏的臉。

這對牌的事情雖小，可卻是讓謝明嵐明白了蕭氏的意思：妳雖是謝府的正經姑娘，可要是想用這府裡的一個杯子、一雙筷子，都得經過我的同意！

也就謝清溪這會兒不在，不然又要跪倒在她娘的石榴裙下了。

謝明嵐離開的時候，脊背挺得格外的直。

謝家小姐設的宴席，可是蘇州官宦家的小姐們爭相要參加的，不過因著謝明嵐是詩社的成員，這會兒又是以詩社的名義開的詩會兼賞花會，所以她下帖子請的都是詩社裡的成員。

然而這些入了詩社的姑娘，不管是家裡頭還是親戚家，自然也有沒入詩社的姑娘。於是，一張謝家發出來的帖子，即便只是一個庶女設的詩會，都讓蘇州的貴族小姐們趨之若鶩。

今日謝明嵐和謝明芳打扮得都格外的鮮亮，兩人都將各自最好的首飾戴上，只不過謝明嵐的打扮還是往清雅貴氣上靠，這謝明芳的打扮就是富貴逼人了。

謝清溪倒是沒怎麼打扮，只穿了尋常的衣服，不過首飾卻很貴重，只因謝清溪的首飾用料都是頂好的，首飾上嵌的寶石有蓮子那麼大。

因著如今是十月份，快到了入冬的時節，所以宴席便擺放在花園中的花廳裡頭。這臨水的建築是兩層小樓，這次宴席是設在二樓，各位小姐的位子早已經布置好了。

只見每個圓桌上頭，都擺著清一色的青花瓷器，這樣一整套的器具，不僅看著精緻，便是價格也是不菲的。這樣一整套東西，可不是處處能見著的，若是尋常官員家得了一套，只怕是要來了貴客才能用上，不過謝家只是小姐開個詩會，便能將這樣好的一整套器具拿出來用，可見謝家確實有些底蘊。

謝清溪到的時候，其他三位姊姊都已經來了。謝明貞倒是一如既往的貞靜打扮，整個人站在那裡，還真合了那句「人淡如菊」的話。

小姐們都是守時的人，皆是差不多時候到的。

駱家姊妹來的時候，謝明嵐便扔下先前到的參政家小姐，急急過來招呼。

誰都知道駱大人雖然官聲不顯，可人家有個好妹妹在宮裡，所以駱家姊妹出外交際，也很有些體面，尤其姊姊駱止藍可是連衣裳、首飾都被人模仿的。

不過那參政家的小姐也不氣惱，因為謝清溪正同她一處說話呢！

「妳這荷包繡得倒是精緻呢！」謝清溪指著她腰間懸掛的小小荷包，上頭繡的竟是一隻黑貓。這黑貓用線雖簡單，但卻靈動逼人，那一對碧綠的眼睛，竟是跟活了一般。

「若是謝姑娘喜歡，我倒是可以教妳一下。」參政家的小姐客氣地說道。

謝清溪點了點頭。若是趨炎附勢的人，只怕立即就會說「我送妳一個」，雖說這小姑娘之間相互送繡活是尋常的，不過若是初見便急急地送，那可落了下乘。她倒是覺得這個參政家的姑娘，性子還真不錯。

「嵐妹妹，妳家這園子竟是這樣大，便是到了這秋日都這麼花團錦簇呢！」駱止藍也是去過蘇州不少大戶人家的，不過這謝家卻是頭一回來，如今這麼一看，竟是這樣氣派呢！這謝夫人不是個熱絡的性子，尋常也不喜歡辦些宴會，害得她竟是今日才能入府一看。

駱止藍拉著謝明嵐往湖邊去，謝家的人工湖是引了外頭的活水進來的，裡頭養著各色的錦鯉。因平日看管園子的人照料得好，這些錦鯉見人過來，竟是一點都不害怕，反而搖著尾巴，衝她們吐泡泡呢！

「妳瞧，這錦鯉可真是可愛，我好想餵牠們！」駱止藍立即開心地拉著謝明嵐說道。

謝明嵐沒想到她會突然這麼說，不過卻還是讓旁邊的丫鬟去拿了些魚食過來。

正當兩人一處說話時，就看見一個穿著月白色錦袍的少年帶著兩個小廝，匆匆從那頭進來，沿著這邊走了一會兒後，似乎是看見這邊影影綽綽的人影，便又轉身往後走了。

駱止藍本不過是隨意看了下，沒想到竟是一下子看呆了，那少年身姿頎長，雖只看了幾眼，可那面容之精緻卻是深深烙在了駱止藍的心中，她一時看得愣住，竟是連旁邊謝明嵐的叫喚她都未察覺。

「駱姊姊，這是看什麼呢，竟是看得這樣入神？」

駱止藍雖心中羞澀，可還是忍不住指著已經往回走的人問道：「那人瞧著竟是有些面熟？」

謝明嵐看了一眼她指的方向，又看了看駱止藍，突捂著帕子嬌笑道：「我看駱姊姊是瞧錯了吧？我大哥哥是剛從京城過來的，還沒在蘇州城裡同人交際過呢，姊姊如何瞧著面熟啊？」她突然壓低聲音調笑道：「莫非是在夢中見過？」

「妳、妳……」駱止藍被她逗得面色羞紅，追著便要打她，嘴裡還嬌嗔道：「讓妳亂說，看我不撕了妳的嘴！」

待兩人安靜了後，駱止藍又忍不住看了一眼方才那方向，只是再沒了那人的身影。

原來，他就是那個傳說中十六歲便得了解元的謝家大少爺啊……

此時謝明嵐還在招呼其他剛到的姑娘，因此這些已經坐著的姑娘們，便由謝清溪和謝明貞招呼著。

謝明貞雖不喜交際，可是這交際手腕卻是不少的。因為她本身繡活好，略起了個頭便有了話題。周圍的姑娘雖都是以詩會的名義過來的，可是琴棋書畫還有繡活都是不差的，再加上謝明貞說了好幾種繡法，所以好幾個姑娘都圍著她問呢！

至於謝清溪，她年紀雖小，可卻是謝家唯一的嫡女。嫡女與庶女身分之間的差別，那可是誰都知道的。光是從四位姑娘的穿著打扮上，不少姑娘都能看出端倪。

當然，不是說謝家其他三位姑娘穿的不好，恰恰相反，其他三位姑娘不管是穿著還是首飾，都比在場的姑娘要好上許多，單單是四姑娘身上穿著的那條正紅色珠光緞裙子，在場不少姑娘便是嫡女都未必有一條。

謝清溪雖不像二姑娘和四姑娘那樣盛裝打扮，可是她那條淺草色遍地蝴蝶長褙子，光是上頭遍地蝴蝶的繡法，不少繡工不錯的姑娘都不禁看了好幾眼呢，因為這針法實在是好，看著便不是一般繡娘能做出來的手藝。她今兒個梳著的還是小女孩常梳著的花苞頭，不過兩邊的花苞上都簪著一支赤金蓮花，蓮心裡都鑲著一顆赤紅的寶石，這樣的首飾不少姑娘看都沒看過，更別提上頭鑲著的鴿子血紅寶石了。

「六姑娘，妳這首飾可真好看啊！我瞧著上頭的寶石，好像是鴿子血的呢！」駱止藍坐在靠近謝清溪的地方，高興地說道。

謝清溪奇怪地看了她一眼，因為自己不像別的姑娘那樣捧著駱家姊妹，所以這個駱止藍是不大喜歡自己的，怎麼這會兒倒是同自己親熱起來了？

不過詩會的其他姑娘卻是一點都不覺得奇怪，誰都知道這個駱止藍素來有點捧高踩低，詩社裡但凡出身略差些的，駱止藍都對人家橫眉冷對。其實不少詩社裡的姑娘，都有些瞧不上她，畢竟這駱家也不是好出身的人家，如今若不是有個娘娘在宮裡頭頗為得寵，誰認識她家是哪戶人家啊？

畢竟人家是在自己家中做客，謝清溪也不好太過冷落，便淡淡地回了句。「駱姊姊可真是好眼光。」嗯，沒了下文。

駱止藍沒想到自己主動示好，卻被謝清溪不冷不淡地回了回來，於是她咬著唇，臉色微微脹紅。

一旁的駱止晴見她姊姊這般模樣，心頭一驚，生怕她同謝清溪起了衝突。

原本這次駱止晴就勸過她姊姊，要不乘機拉著謝家這個嫡女入了詩社，這樣她們詩社在蘇州貴族小姐的圈子裡，那便會是鼎鼎有名的，畢竟連一個布政使家的嫡小姐都沒有的詩社，哪裡能算是最有名的？

駱止晴雖比駱止藍年紀小，可素來就是有心計的那個，這會兒她趕緊打圓場說道：「六姑娘這樣的紅寶石可真好看！我瞧著上回見六姑娘時，妳戴著的是一頂紅寶石花冠，也是極好看的。」

「駱二小姐的眼光也好。」謝清溪客氣地說道。

這會兒，先前被謝清溪拉著，說她繡活好的那位參政家姑娘顧蕊，一下子捂著嘴輕笑了起來。她見駱止藍恨恨地瞪了自己一眼，便無辜地說道：「我只是覺得謝六姑娘說的對而已。」

謝明嵐對這次的詩會活動可是極重視的，不僅詩社裡所有的姑娘都請了，就連有些未能入詩社、但是家中也極有地位的姑娘，她都沒落下。

這些姑娘雖說是打著詩會的名頭聚集，可其實不僅是作詩上頭要比，這琴棋書畫可是樣樣都要提的。這家的小姐琴藝出眾，便借著旁邊放著的琴隨意彈了一曲，贏得眾位小姐的聲聲稱讚；那家小姐畫功出眾，實在推託不過眾人，便隨意畫了幅魚戲蓮花，那活靈活現的圖簡直是羨煞眾人；至於這繡活出眾的，自然也是不落人後。而那些什麼都會又什麼都不懂的，心寬的就稱讚兩句，心胸狹窄的就說兩句酸話，大家說說話，這時間倒也過得快活。

不過駱止藍這邊卻顯得心事重重，就算駱止晴拉了她好幾回，都擋不住她不停地發呆，所以駱止晴趁著謝明嵐同旁人說話的空隙，俯著身子靠近她耳畔，焦急地問道：「姊姊，這是怎麼了？」

「沒什麼。妹妹問這話做什麼？」駱止藍還是死鴨子嘴硬，一副「我什麼事都沒有」的口吻。

可是駱止藍素來是個沒城府的，高興、不高興都擺在了臉上，駱止晴這樣聰慧的性子哪會瞧不出來？

於是駱止晴微微笑地看著眾人，卻又壓低聲音說道：「姊姊，可別忘了娘親先前說的話，這可是旁人家，便是再不高興也稍微忍耐些吧。」

駱止藍哪裡是因為不高興才這般的？可她又不好將自己的少女心事同駱止晴明說，於是便支支吾吾地說道：「妹妹別亂說，我沒什麼不高興的。」

「什麼不高興？」此時，謝明嵐假裝只聽到了半句的模樣，面帶微笑地瞧著駱止藍，又上前拉著她的手說：「若是有招待不周的地方，止藍姊姊可得多多擔待啊！」

「哪裡，妹妹設的宴席自是處處都好的，便是這茶我嚐著都不是一般的呢！」駱止藍趕緊說道。

旁邊的駱止晴也附和地說：「我聞著這茶水格外的清香，入喉也很是甘爽呢！」

「妹妹真是好品味呢！這是雀舌茶，我素來便愛喝，這會兒因著要請眾位姊妹，所以特同爹爹討了半斤來呢！」謝明嵐輕聲笑道。

「謝大人可真是疼妹妹呢！」駱止晴奉承地說道。這聲音不大不小，可卻堪堪讓周圍的姑娘們都聽見了。

那些姑娘瞧了眼謝清溪，又看了眼滿臉笑意的謝明嵐，這心裡是變了又變。

謝清溪卻只是輕笑了一聲。她倒也愛喝茶，不過她愛喝的是白茶，這白茶乃是中國六大茶類中的貴族。但其實各種茶類都有頂級茶葉的存在，只是眾人口味不同罷了，謝清溪倒也不覺得誰又真比誰好了。

但凡謝家得了好的茶葉，除了謝樹元留了外，就是往謝清溪的院子裡先送。謝家那三位少爺便是疼她都來不及了，更別說同她爭這點茶葉了。至於謝明貞，她素來是老實的，蕭氏不管賞了什麼東西，她只管謝了，也從不問其他姑娘得了什麼。因此謝明嵐說的這話，在謝清溪眼裡就跟個笑話似的。這種話也就在外人面前說說罷了，這真正得了實惠的，誰會到處去宣揚？

「咱們這詩倒是作好了，只是我看每回都是眾位姊妹之間相互品評倒也無趣，不如這回請了旁人來看看，讓人家來選個高低優劣如何？」駱止藍輕輕說道。

「只是咱們該請誰品評呢？」旁邊一位姑娘立即提出意見

駱止藍就等著旁人問這話，好將下面的話引出來呢！她微微笑著道：「我聽說府上的大公子不過十六歲便得了直隸省的解元呢，我想著解元郎定是博學廣智、學富五車的人物，何不請他來品評咱們的詩作？」

「我也聽我爹爹罵我哥哥的時候提過此事呢！」旁邊一個性子活潑的小姐立即附和道，不過她隨即壓了壓嗓子，學了她爹爹低沈的聲音說道：「同是十六歲，你瞧瞧你，再看看人家謝大人的公子，都已經是直隸解元了！你便是給我考個舉人回來，我都能半夜笑醒！」

「蕙妹妹，妳這個促狹鬼，若是讓妳爹爹和哥哥知道妳在他們背後這般編排他們，還不得打妳一頓！」旁邊的小姐幾乎是笑彎了腰，伸手便去掐那學舌女孩的腰。

「我爹爹也在家中說過，只說這文曲星都落到謝家了，怎麼人家的子弟讀書就這般靈通呢！」又有個姑娘也跟著誇讚。

緊接著，這誇讚的話更是沒邊了。

畢竟蘇州誰人不知道，謝樹元當年就是探花郎出身，如今謝家大公子居然又得了直隸省的解元，只怕明年三甲都有一個席位呢！

倒是謝清溪這會兒沈下了臉，因為她看見駱止藍那羞答答的臉色，又瞧見她低頭同謝明嵐說悄悄話的樣子。這個駱止藍不說旁人，單單提出她大哥哥，她就覺得肯定沒好事。

「既然大家都說謝公子文采好，那咱們便請謝公子給咱們品評一下詩作嘛，也讓咱們見識見識直隸省解元郎的風采！」駱止藍沒想到竟是這般順利，滿面紅霞地將話又接了下去。

其他姑娘雖沒她這樣多的心思，卻也都是抱著好奇的心理，畢竟十六歲的解元可不是年年都能見著的，便是大齊朝開國至今，這也是頭一回啊！想當初蘇州有個二十歲解元的時候，這位解元郎的名字可是傳遍了蘇州的大街小巷呢！

謝明貞雖覺得不好，可還是沒開口，但她轉頭看見謝清溪那沈下來的臉色，想了想，還是說道：「我大哥雖年少，可到底是外男，咱們閨閣女子的詩作，哪好輕易給外男瞧見啊！」

謝明貞說的有理有據，讓原本就覺得不妥的姑娘也點了點頭。

不過這會兒想讓解元點評的姑娘卻是占了多數，只聽她們左一句、右一句的，說得好不熱鬧。

特別是駱止藍，她一聽謝明貞的話，便橫著眼睛瞧她，頭顱抬得高高的，下巴更是揚起，一副凜然不可欺的模樣。「瞧謝大姑娘這話說的，咱們只讓丫鬟將這詩拿到前頭去請謝大公子品鑑一番罷了，便是傳出去也不過是一段佳話，何來閒話？若是真有人敢說閒話，那也是他心中齷齪，同咱們又有何干？」

駱止藍說得正氣凜然，還真有姑娘被她唬住，一愣一愣地點頭呢！

謝清溪這會兒真是忍不住冷笑了。「我大哥哥這會兒不在家中呢，只怕是不能品評各位姑娘的詩作了。」

駱止藍開口便駁道：「可我剛剛還——」只是她還沒說完，左邊的衣袖就被人抓了一下，她一轉頭，就看見謝明嵐朝她使眼色，她忙急急住嘴，可算是沒將剛剛的話頭往下說去，要不然她這臉面真真是要沒了！

「難不成我還會騙駱姊姊不成？若是駱姊姊不信，我派丫鬟再往前院問一聲便是了。」謝清溪這話說得實在太打臉了！一個陌生的姑娘拚命要見主人家的公子，這要是傳出去，只怕駱止藍的名聲也是壞了。

駱止晴只得出來打圓場說道：「六姑娘說得倒是嚴重，我姊姊不過仰慕謝大公子的才學罷了，畢竟以十六歲之齡便得了解元郎，實在是天資絕豔，我想在場諸多姊妹也都是這樣的想法吧？」

先前諸位姑娘被駱止藍攛掇起了心思，這會兒見謝家六姑娘的樣子，便趕緊不再提這品鑑詩作的話茬，只說了些誇讚的話便頓住了。

這時，一個陌生的小丫鬟提了一個紅木盒子進來，說是給諸位小姐們換茶盞的。

謝明嵐看見她後，便趕緊起身，接了她手上的盒子，問道：「這點心可是剛從廚房那頭領過來的？」

「是呢，這點心是剛做好的，一拿出來奴婢便過來了，生怕冷了呢！」那小丫鬟恭敬地說道。

謝明嵐笑了笑。「妳趕緊拿出來吧。」

這邊小丫鬟正給諸位小姐上點心，謝明嵐便找了個藉口，將駱止藍拖了出來。

駱止藍因之前謝清溪的話正生悶氣呢，她明知謝清溪是睜眼說瞎話，卻又不能當眾戳穿，可真真是窩火。

「駱姊姊還生氣呢？」謝明嵐攙著她的手臂，嬌嬌地問道。

駱止藍自認同謝明嵐關係好，又知謝明嵐同她這位嫡女妹妹素來不對盤，便說道：「我不過是想請大公子這等有學問的人替咱們看看詩作罷了，免得咱們姊妹之間整日在一處玩著，不好意思點出各自詩裡頭的不足，偏生就她想得多！」駱止藍這時候還是一副「我最清白」的口吻，說的話也是極有理的。

謝明嵐輕嘆了一口氣，壓低聲音說道：「姊姊是有所不知，我這個六妹妹素來被太太慣著的，便是咱們這些做姊姊的都不敢多說一句呢！

「況且，她自認是大哥哥的親妹妹，比咱們這些庶出的要和大哥哥更近一層，平日就霸著大哥哥，便是咱們這樣的親妹妹同大哥哥多說兩句話，她都要生半日悶氣呢！」謝明嵐一副同仇敵愾的口吻說道。

駱止藍大驚，她說：「她竟是這樣霸道的性子？那日後大公子若是娶了妻子，她還能霸著大公子不成？」

「她可是正經的小姑子，便是日後的嫂嫂都要好生奉承她呢！」謝明嵐無奈地說道。有這樣的小姑子，可真是不得了呢！駱止藍這麼想著的時候，臉上飛起了兩片紅雲。

謝明嵐覷了她一眼，這會兒心中已經確定了。

因著謝明嵐是找了藉口過來的，所以這會兒兩人便只是坐在休息室內說話而已，這時旁邊沒了別人，駱止藍先前有些不好問的話也好問了。

「我爹爹先前一直誇讚謝家大公子聰慧呢，還讓我家哥哥同大公子好生學習學習，只是我那哥哥讀書又不精通，哪裡好到大公子面前擺弄？」

謝明嵐也含笑，只恭維道：「其實這讀書是為了通人世，若是真說走科舉這一途，咱們這樣的人家倒是不急的。便是我大哥哥這樣的，在京城也是少的。」

「那可不是？我娘也總說呢，有我姑姑在，何愁我大哥沒個前程啊？我……」駱止藍提起她那個宮中的寵妃姑姑，真是有說不完的話，畢竟這可是駱家的起家之本，若是沒她姑姑，這駱家如今不過就是蘇州城中的普通人家罷了，更別提說在布政使家裡都有個位子坐呢！

謝明嵐雖表面恭維她，可是這心底卻是止不盡的嘲笑：就憑妳這樣的家世，也敢肖想我大哥？可真是白日作夢呢！

蕭氏是何等的身分？侯府嫡女出身哪，那眼界更是高到天邊去了，別說一個妃嬪的姪女，便是皇帝的女兒，只怕在蕭氏心中都只堪堪配得上她兒子吧！

不過估計皇帝的女兒蕭氏都看不上，畢竟本朝駙馬可是不能有任何官職的，謝清駿那樣的人，若是真尚了主，便是連謝家老太爺都得想盡辦法拒了這榮耀吧？

可偏偏謝明嵐不說，反倒還說：「要我說，就憑著娘娘如今有兒子傍身，姊姊在這蘇州府裡便是頭一份的！」

駱止藍被她這麼一說，瞬間也是輕飄飄的。她先前還覺得秦家二公子是個好的，可如今再看這謝家大公子，那真是天外有天，人外有人啊！

兩人說了會兒話出去的時候，就聽外頭一直守著的丫鬟笑著說道：「姑娘，咱們家大少爺剛從太太的院子裡出來，若是這會兒出去的話，只怕會撞上呢！不如等大公子過去了，咱們再回去吧？」

謝明嵐只得不好意思地看著駱止藍說：「姊姊，真是不好意思，還得麻煩妳略等會兒。」

駱止藍聞言，一顆心猶如被貓爪子撓一般，就想出去看看，可人家都這般說了，她哪還好意思再出去啊？

兩人只得站在這廊廡下面說話，略說了幾句，只見謝明嵐突然捂著肚子說道：「哎喲，我這肚子……」

「謝妹妹，妳這是怎麼了？」駱止藍見她臉上疼痛極了的模樣，趕緊扶著她問道。

謝明嵐似乎疼得連話都說不出了，只咬著牙說道：「不知怎的，我這肚子竟是絞痛得很，我想進去裡頭略方便一下……」她說這話的時候極是不好意思。

駱止藍想著，她大概是吃壞肚子了，便讓她的丫鬟趕緊扶了她進去。

這會兒，廊廡下就只剩下駱止藍及自個兒的丫鬟，她突然想起先前那小丫鬟的話——

若是這會兒出去的話，只怕會撞上呢！

會撞上呢……

於是，她輕輕提了裙襬，看著不遠處一株極普通的花，一派天真地道：「那花開得可真是好看極了，咱們過去瞧瞧吧！」身旁的丫鬟還沒來得及反應，她便已經奔了過去。

謝清駿剛走到花園處，便突然停住腳步，轉頭問身邊跟著的小廝觀言。「今日是小姐們在府裡頭設宴？」

「是啊，少爺，你先前不是還瞧見的？」觀言有些奇怪地問道。

謝清駿的眼睛直盯著前方。若是再看得仔細點，便能瞧見花叢間若隱若現的衣袂。他淡淡道：「咱們還是等等再走吧。」

「可是林師傅還在等著咱們呢？」觀言不明所以，有些奇怪地問道。

謝清駿冷笑了一聲，說道：「你去幫我找個小丫鬟過來，就說前頭有位小姐崴了腳，去找些婆子過來抬她回去。」

觀言一聽，哪還有不明白的？他是跟著謝清駿從京城到蘇州來的，在謝清駿身邊也待了好些年，這兩年來少爺年紀漸長，別說是自家府裡的丫鬟動心，就算是偶爾外出赴宴，若是哪位千金小姐撞見了，那也是心跳臉紅的。不過因著老太爺發話，少爺如今要專心於科舉上，根本不許少爺身邊有丫鬟近身，若是府上有誰敢勾引少爺的，也一律打死了不論。

倒是有個小丫鬟真不信這個邪，畢竟京城裡頭的少爺們到了這樣的年紀，誰房中沒個丫鬟伺候啊？不料連少爺的身都沒近到，就被少爺透露給了老太爺，結果別說是丫鬟本人被打個半死，那丫鬟一家子也都一併被發賣出去了！

觀言趕緊去找了小丫鬟，而謝清駿則往回走。

因著謝家的花園不小，所以這歇息的涼亭也有不少，謝清駿走到離這處最近的秋濤亭，索性便坐了下來。

觀言沒回太太的院子裡，而是找了個在花園裡當值的小丫鬟，給了她一錢的碎銀子，同她說前頭有位小姐崴了腳，讓她去找些婆子來抬小姐回去。

小丫鬟一見這一錢銀子，可比她一個月的月例都多，便趕緊去找婆子了。

觀言給了銀子之後，便趕緊回去給謝清駿報信。「少爺，我已經讓人去了。」

接著，主僕兩人便在亭內等著。

再說那駱止藍，身邊的丫鬟一直勸她回去，她卻只說這處花開得格外好看，根本不聽丫鬟的話。由於駱止藍平日脾氣便有些大，略有些不如意便會對身邊的丫鬟喝斥，因此這丫鬟雖說是一直勸著，可話到底不敢說得重。

正當駱止藍還在欣賞花的時候，突然腳底下一個打滑！

旁邊的丫鬟沒來得及扶她，只看見她整個人已歪歪地倒在一旁。

「小姐，您怎麼樣？」丫鬟嚇得立即上前要扶她。

可駱止藍只柔柔地扶著腳踝，嬌弱地喊道：「我這腳好像是崴了，疼得厲害……」

「小姐，您別怕，我這就叫人來救您！」丫鬟一聽自家小姐受了傷，嚇得臉都白了。駱家如今雖也算官宦人家，可到底只能算是新貴，別說是小姐們，就連幾位太太對家中丫鬟都是想罵便罵，哪有一點大戶人家待人寬厚的樣子？所以這丫鬟見駱止藍受了傷，心裡便害怕極了，覺得回去只怕是逃不得一頓打了。

旁邊的丫鬟都哀哀切切了半天，謝大公子怎的還沒走過來？駱止藍一邊揉著腳踝，眼睛一邊往花園的另一邊偷瞄，正失望的時候，就見有一群僕婦匆匆地過來了，甚至還抬著一頂軟轎！

只見其中有一個丫鬟急急說道：「就是前面那位小姐摔倒了！」

駱止藍見突然來了這樣多的人，心頭驀地一驚。

倒是她的丫鬟高興地說：「小姐，有人來救咱們了！」

這個蠢貨！駱止藍見她一副歡喜的模樣，恨不得立即賞她一巴掌，不過那幾個僕婦正朝此處過來，她倒也不好有所動作，只得扶著自己的腳腕，哀哀地叫喊著。

這會兒謝明嵐也「正好」出來了。她見這樣久都沒動靜，便派了自己的丫鬟出來瞧瞧，可誰承想竟會是這幾個僕婦出現，所以她恰到好處地帶著丫鬟出來，一瞧見駱止藍便急切地喊道：「駱姊姊，妳這是怎麼了？」

駱止藍垂著眼，低聲道：「不過是崴了下腳，是我自個兒不小心。」

「都怪我先前突然肚子疼，沒留下丫鬟照顧姊姊！」謝明嵐自責地說道，便招呼家中的僕婦將駱止藍扶了上轎。

駱止藍見她們要將自己抬回花園，便一臉自責地說：「前頭姑娘們正玩得高興，若是因我而攪了大家的雅興，我這心裡倒是過意不去。」

「那可怎麼辦啊？」謝明嵐覺得惱火極了，這女人明明花癡得要死，卻又一點用都沒有！原本還指望讓她噁心一下蕭氏呢，沒想到居然連謝清駿的一片衣角都沒看見！

謝明嵐當然也不可能覺得這個駱止藍真能和謝清駿如何，只怕便是讓她給謝清駿當妾，人家都不樂意呢！不過這會兒她冷靜了下來後，又覺得自己這主意實在是不夠細緻穩妥。還好沒生出什麼事情，要不然以蕭氏之能，定能查出自己的小動作。

謝明嵐一邊慶幸，一邊讓人叫了駱止晴過來。

駱止晴一過來，瞧見自己姊姊腳崴了，便立即提出要回家去。

駱止藍還不願意呢，可這話卻正對了謝明嵐的心思，於是她趕緊說了好些話，將駱止藍哄住。其實說以後會經常請她入府這種話，謝明嵐還真的就只是隨口說說而已。

這邊駱家兩位姑娘不見了，自然有些人注意到了，因此待謝明嵐回去後，便有些惋惜地對眾人說方才駱止藍崴了腳，如今只得先回去了。「好在咱們這詩會也不是只辦這一回，剛巧下次正是輪到駱姊姊作東呢，咱們到時候去駱府上也是一樣的。」謝明嵐如此說道。

她忙又招呼其他姑娘，這吟詩、作對子自然又是不少的。

花園中發生的事情，又如何能瞞得過蕭氏？況且這又是叫了僕婦、又是抬了軟轎的。謝清駿走後，蕭氏便歇息了，所以待她醒後，身邊的大丫鬟秋水才將此事告訴她。

蕭氏沈默了半晌才問道：「妳是說，大少爺身邊的觀言拿了一錢銀子給花園裡的丫鬟，讓她去叫來僕婦抬轎子的？」

「奴婢聽那小丫鬟說的正是如此。」秋水恭恭敬敬地回道。

蕭氏手掌一緊，趕緊又問：「那大少爺呢？可曾同那駱家大姑娘撞個正著？」

「奴婢聽說大少爺在秋濤亭坐了會兒，待觀言交代完小丫鬟回去後，大少爺又坐了好一會呢！」秋水如實說道。

蕭氏這才放下心來。這個駱家雖說在蘇州官場不過平平，可他家卻是出了一位端嬪娘娘，如今膝下育有一位十三皇子，聽說聖眷也是正濃的，要不然這駱家如何在蘇州這般高調？

不過端嬪再受聖眷也不過就是個嬪位而已，若她如今是四妃，蕭氏倒還能對駱家客氣一番。不過是這樣家庭出身的，也敢肖想她的清駿！

「四姑娘呢？不是說是她中途帶著駱小姐離開的？」蕭氏多問了一句。

秋水如今能將此事告訴蕭氏，自然是將這中間的枝節打探得清楚了，畢竟她可是太太身邊的大丫鬟，在這府中的耳目，不說比得上沈嬤嬤這樣經年的老嬤嬤，可比之旁人卻是厲害得很的。

所以當她將「給姑娘們中途換糕點的那個廚房丫鬟，曾有人看見她在靠近正院的花園處轉悠」一事告訴蕭氏後，蕭氏一直冷淡的臉色突然變成怒氣沖沖。

她甚少這般動怒，可若是真有人觸了她的逆鱗……蕭氏的目光沈了又沈。

待將這些姑娘都送走了之後，這後頭的收拾自有丫鬟在，就沒各個小姐的事情了。

「六妹妹，妳這會兒是要去母親院子中嗎？」謝明嵐見謝清溪領著丫鬟要走便問道。

謝清溪早就待得不耐煩了，若不是那個參政家的顧蕊小姐還略有些意思，她還真的待不住呢，這會兒她自然是要去蕭氏院中的。她雖然有自個兒的院子了，可一天除了上學的時間外，倒是有大半的時間都在蕭氏的院子裡待著。

謝清溪只淡淡地點了下頭，說道：「是的。」

謝明嵐見她連問都沒問自己要不要去，也不在意，只說道：「若是妹妹不介意，我便同妹妹一道兒去吧！」

「若是我介意呢？」謝清溪歪著頭，認真地問。

旁邊的大姑娘謝明貞早已經起身，見她們說話，正聽著；而二姑娘謝明芳卻還坐在宴席上，手裡拿著一塊糕點，正細細地品著，突然聽了謝清溪的話，猛地抬頭看她，一下子被糕點嗆住，咳得險些背過氣去。

謝明嵐沒想到她居然會這麼直白，簡直是不顧姊妹之間的臉面了！

就在謝明嵐的臉色白了又白的時候，謝清溪臉上又淡淡地笑開，說道：「我同四姊姊說笑呢！」

待四位姑娘齊齊去給蕭氏請安的時候，蕭氏卻沒像往常那樣面帶笑意，就連謝清溪都覺得她娘看人的目光帶著微微的冷意。

「好了，妳們也招呼了一天的客人，只管回自個兒的院子裡歇著吧。」沒說多久的話，蕭氏便打發了她們各自回自個兒的院子。

謝清溪一向是要留下來的，所以這會兒她還像往常那般留下來。

蕭氏見狀，發話道：「溪兒，妳也回去歇著吧。」

「娘，我不是一向待在妳院子裡的嗎？怎麼，如今都嫌女兒煩了？」謝清溪以為她只是說說，便撒嬌道。

蕭氏突然提高聲音道：「娘讓妳回院子去歇息，妳只管回去便是了，哪裡有這樣多的話！」

謝清溪驀地被蕭氏不耐煩的口吻震住了，她委屈地看了蕭氏一眼後，便帶著朱砂轉身走了。

她長這麼大以來，別說蕭氏沒對她這樣說過話，就連謝樹元都沒這般說過她。這人啊，被人捧在手心裡慣了，突然聽見這樣的一句話，即便只是口吻有點不對，也覺得滿心委屈。

謝清溪覺得，她娘肯定是不愛她了！

謝樹元從衙門裡頭回來後，依舊是先回前院換了身衣裳，這才去了蕭氏的院子裡頭。只是他進門後，卻沒如往常一般，聽見裡頭說話的動靜。按理說，這會兒清湛他們都已經下學了，清溪肯定也在啊！這兩人明明是同胎所生的，若是說他們親熱吧，卻動不動就拌嘴；可若是說他們不喜歡對方吧，每每兩人卻有說不盡的話。

待謝樹元進了正屋後，掀了簾子便進了蕭氏尋常喜歡待的東捎間。他掃了眼屋子裡，見居然只有蕭氏一人在，便笑著問道：「今兒個倒是奇了，溪兒和湛兒他們怎麼都沒過來？」

「我今日略有些累，便讓他們回了自個兒的院子裡用晚膳了。」蕭氏淡淡地說道。

謝樹元一聽便趕緊上去，見她臉色確實有些不好，立刻關心地問道：「可有請了大夫過來？」

「不過是覺得累罷了，不妨事的。」蕭氏仍是淡淡地說道。

就在此時，一隻修長白潤的手掌貼在她的額頭上，微熱的肌膚猶如滾燙的熱鐵般，讓蕭氏一下子驚著，往後縮了下。

謝樹元淡笑著看她，問道：「這是怎麼了？」

這樣英俊又有成熟魅力的男子，這樣貼心又熨貼的動作，便是蕭氏這樣成熟的婦人都抵擋不住。想當年，她的蓋頭被掀起時，雖早已經見過這謝探花，可在那樣滿室正紅的映襯下，穿著大紅喜服、頭戴金冠的他，更是面如冠玉、少年風流。

洞房花燭夜，新郎在挑起蓋頭時，看見低垂著頭、面帶嬌羞的娘子時，心底會露出無限的欣喜，可是新娘子心中難道就沒有對丈夫的期望嗎？蕭氏不僅有，還帶著無限美好的遐想。

她的丈夫是新科的探花郎，是京城中有名的俊美少年，她與他的婚事是人人豔羨的。

早在家中備嫁時，蕭氏便已經暗暗下定決心，無論如何她都要將自己的未來經營得完美。

可任何人的人生都不會完美的，即便她的生活讓人無限羨慕，可這內裡的酸甜苦辣，卻不是外人所能品嚐的。

新婚之初，丈夫疼愛，婆母雖有些嚴厲，卻也不會故意折磨兒媳婦，可是這樣的日子卻是好景不長。當那姓江的一家人頻頻入府時，蕭氏竟還天真地覺得，這不過是一戶落魄親戚罷了……

「怎麼了？想什麼呢？竟是這樣入神。」謝樹元替蕭氏挾了一筷子的糖醋肉。蕭氏喜歡吃糖醋類的菜餚，所以這每日桌子上都會有一、兩道糖醋肉或者糖醋藕合。

蕭氏淡淡地笑了下，卻是沒回話。

所以，果真是老了，竟是開始回憶起從前的那些事情了。可蕭氏一想到，如今連清駿都快要到了說親事的年紀，她可不就是已經老了？

待晚膳撤了後，丫鬟們上了茶點過來，謝樹元端起茶盞喝了一口，方悠悠道：「婉婉，我瞧著妳竟是有心事一般，就連晚膳的時候都不停地走神。」

「妳們都下去吧。」蕭氏見他喚了自個兒的小名，一直未說出口的話便再也忍不住了。

謝樹元慢慢將手中茶盞放下。他如何能看不出蕭氏心事重重的模樣？如今她願意說，他作為丈夫自然是要聽的。

「阿元，你我成親快十七年了……」蕭氏原想直接將話說出來，可是一想到她若是將這話說出，只怕從此他們的夫妻情分也便是到了頭，她就忍不住感慨。

謝樹元見她這般感慨，也不著急問她心事，反倒隔著兩人之間的小桌子，抓住她的手溫和地說道：「可不就是？就連咱們的駿兒都已經這般大了。我每每瞧見他，便忍不住欣慰，這是我們的兒子。」要說這煽情，只怕謝樹元並不比蕭氏弱。

說實話，若是真論起來，謝樹元實在是一位完美到不可多得的丈夫。從少年時代起，他便是京城中有名的出息子弟，父親那樣的身分，卻還能靠著自己，一步步地走出來。如今誰提一句謝樹元，都不會覺得他是靠著「有一個閣臣父親」才能有如今這般地位的。

內宅之中，他的妾室更是少得可憐，對待子女亦是嫡庶分明。

若不是有個江姨娘的存在，蕭氏真的是再挑不出他的不好了。

「若我說，我不願讓四姑娘再留在家中呢？」蕭氏的手依舊還握在他的手心中，她抬頭直直地看著他的眼睛說道。

謝樹元即便想過無數的可能，可卻從來沒想過，有一天蕭氏會同自己說這樣的話。

「你定是覺得我作為主母，居然連個庶女都容不下，實在是心思歹毒、為人不寬吧？」

蕭氏瞧見了他眼中的震驚，卻還是看著他說道。

謝樹元沈默了半晌，只問道：「為何？」

這樣淡淡的兩個字，卻猶如點燃了她心中的怒火一般。若她真是個心思歹毒的人，如今早已經讓江姨娘母女三人死了一千次、一萬次了！就是因為她寬厚，她不願傷了同謝樹元之間的夫妻情分！她是玉瓶，那母女三人不過是瓦罐罷了，她不願讓那母女三人傷了自己的名聲，所以她處處無視她們，卻沒想到養虎為患，那謝明嵐小小年紀心思便如此歹毒！

「好，老爺若是想知道個是非曲直，我便讓老爺聽個明白！」蕭氏突地朗聲喊道：「秋水！秋水！」

秋水垂著頭從外頭疾步進來，剛進來便聽蕭氏吩咐道——

「妳去將那廚房的丫鬟給我帶過來！」

今日給姑娘們送點心的廚房丫鬟早先一被僕婦們抓住時，便已經嚇得半死，不料整日下來誰都沒有審問她。結果這會兒卻一下子就被帶到了太太和老爺跟前，她這小腿早已經嚇得顫個不停了，連磕頭的時候手臂都險些撐不住地！

「太太饒命、太太饒命……」她也不知道太太究竟抓自己幹麼，只一味地叫饒命。

「妳若是想活命，只管同我和老爺說，今日四姑娘究竟吩咐妳做什麼了？」蕭氏冷著聲說道。

那小丫鬟就是個廚房幫傭的，因著平日會給各處院子送些點心，所以謝明嵐才會瞧上她的用處，如今蕭氏居然點名問了，她哪敢不說！

她立刻害怕地說道：「是四姑娘身邊的丫鬟給了奴婢一錠銀子，說讓奴婢去太太的院子附近轉轉，看看大少爺究竟什麼時候離開？」

這丫鬟剛說完話，謝樹元的臉色便已經沈得猶如冰凍了十年般。就在這丫鬟還要討饒的時候，謝樹元那兒一個茶盞已朝她兜頭砸了過來！這小丫鬟也不敢躲，結果這茶盞竟是砸了個正好，只見她滿頭的茶葉沫子，接著便有殷紅的血混著茶水從額頭上流了下來！

蕭氏見狀趕緊又喊道：「秋水！」

秋水一直在外面伺候著，這會兒立即就進來了，只見這小丫鬟滿身的水漬，頭上流著血，地上鋪著的猩紅地毯上還滾著一只茶杯。她衝著兩人福了福身子，便將這丫鬟拉了下去。

「窺視主母院子，打探兄長行蹤，便是單單這一條，我都足夠讓她去領家法。」蕭氏說道。

謝明嵐到底是得過謝樹元喜歡的，她同蕭氏沒有血脈關係，卻是謝樹元的親生女兒，所以此時他眼睛微微泛紅，質問道：「便是這等事情，妳就張口要將她送走？」

這話一問出，便是蕭氏那樣滾燙的心都突然冷了下來。

她處處忍讓，處處以他們的夫妻情分為重，可是他呢？雖是一句話，可是卻將她看作什麼樣的人了？

「我與老爺成婚十七載，我如何對待這家中的妾室，我如何對待這幾個庶出的女兒，老爺難道看不到嗎？」蕭氏問的話猶如字字滴血，她看著他，突然狠戾地說道：「謝明嵐當年不過四歲而已，便敢將自己的姑母推入水中；如今不過九歲，便敢窺視主母的院子，處處打聽兄長的行蹤！」她每說一句，謝樹元的臉色便白了一分，不過她還是繼續說道：「若只是這般，我倒是還能忍了她，可如今她卻想壞了清駿的名聲，我卻是連一次都不願忍的！」

謝樹元聽到最後一句，臉上更是掩不住的驚詫。

蕭氏便將下午所發生之事，一字一句地告訴謝樹元。她為人正派，自不會添油加醋地去為難一個庶女，只是謝明嵐行事實在太愚蠢了。

「清駿是何等的人品，我的兒子怎麼能和那樣不守規矩、沒有教養的姑娘拉扯在一處！有千年作賊，豈有千年防賊的道理？她處處想著要如何害人，這次被清駿看破，那下次呢？下下次呢？」

蕭氏每說一句，便如同在逼問一般，就是謝樹元都顯得狼狽不堪。

他手掌微微顫抖，顯然也是不願相信。自己的女兒居然會是一個小小年紀便心思歹毒、想要謀害兄長的人？

可是他也瞭解蕭氏的為人，正因為瞭解，才會明白若是無真憑實據，她決計不會這般生氣，也不會這般決絕。

然而，如今蕭氏是要將謝明嵐送出府啊！一個九歲的女孩被送出府，能送到哪裡去？莊子上？那日後是不是只隨意給她許配個人家，將她草草發嫁了？還是廟裡？讓她小小年紀便去佛祖跟前，守著青燈古佛了此一生？

謝樹元或許不是個好丈夫，可他卻是個好父親。他時時想著兄友弟恭，想著兄弟姊妹之間和睦，可就算是同一個娘生的兄弟姊妹間，都時常會有爭執發生，更別提這些不是一個母親所生的兄妹了。

「若是好好教導——」謝樹元還想要說服蕭氏。

「老爺從她四歲開始，便找了嬤嬤來教導，如今都已經五年過去了，她不僅不知收斂，反倒還變本加厲，更加惡毒！我不能讓我的孩子同這樣惡毒的人住在一個院子裡頭！」蕭氏既然已經將話提了出來，自然便不會再鬆口。

即便謝樹元從此責怪於她，但為了保護幾個孩子，她是在所不惜！

謝樹元見她一口一個惡毒，忍不住皺著眉頭說道：「她到底是個孩子。」

「這樣大的孩子，最是膽大包天的時候，又仗著自己有些聰慧，自認不凡。可你看看她幹的哪一件事情，不是想當然的？連個顧慮都沒有就敢動手，如今做出這樣的事情來，她能承擔這樣的後果嗎？」

蕭氏見謝樹元的表情一僵，突然又冷笑道：「幸虧清駿機警，未鬧出什麼樣的事情，若是真讓那姓駱的賴上咱們的兒子，老爺，您的臉面又要往哪裡放？」

駱家在蘇州府素來高調，同不少官員家交往過密，謝樹元一向自詡清流，不屑同這種外戚交往，從來都是看不上他家的。

若是今日真傳出謝家大少爺同駱家大姑娘的風言風語，只怕謝樹元的官聲都沒了。那些人指不定在背後如何詆毀他，說他一面不屑駱家，另一面自己的兒子又同駱家大姑娘有了這樣的傳聞，只怕一個偽君子的名聲是賴不得的。

謝明嵐以為她只是略整治謝清駿而已嗎？殊不知這官場後頭的枝枝節節，豈是她那樣涉世未深的小姑娘所能懂得的！

「那妳要如何？」謝樹元的臉色變了又變，卻還是問了。

「老爺放心，我不過是想將她遠遠地送走罷了，並不會真如何了她。」蕭氏冷著臉說：「既然莊子上如今無人住，讓她去便是了。」

「不行！」謝樹元立即拒絕。上次那樣多的人在莊子上保護，清溪都險些出事，他自然不放心明嵐一個小姑娘去住。謝樹元想了許久，才說：「正巧我要去西鳴寺做法事，那裡的方丈一向有得道高僧的名聲，到時候我自會有安排。」

蕭氏到底忍住了，沒問他要做什麼法事。

不過謝樹元卻自己開口解釋道：「清溪自出生以來，一直磕磕絆絆地長大，我已請了西鳴寺的高僧為她做法事，要為她誦經七日祈福，到時候她要同我一起住到寺中去。到時候……我會安排明嵐住到西鳴寺附近的庵堂中，妳再也不用擔心了。」

蕭氏一直沒說話，可眼淚卻突然流了下來。

第十六章

謝清溪看著朱砂和丹墨忙前忙後的樣子，無奈地道：「我不過是去七日罷了，妳們怎麼好像要將整個屋子都搬空啊？」

「何止是七日啊！太太那邊的秋水姊姊過來說了，小姐這回去，光是法事都得做上七日，若是有幸得見高僧，說不定還得耽誤半日的工夫呢！」朱砂趕緊辯駁。

丹墨素來寡言，不過她卻比朱砂細心得多，這會兒收拾東西，也多是以她說的為主。朱砂倒是跟個小孩子一樣，還帶了好些首飾，若不是丹墨提醒她，自己這會兒是去寺中齋戒，只怕她得把整個首飾盒子都搬空了。

「好了，妳們也別忙活了，轉悠得我頭都疼了。」謝清溪指著下頭的兩張小凳子讓她們坐。

這會兒兩人也收拾得差不多了，於是便各自落了座。

謝清溪看著她們兩人說道：「這回是爹爹帶我去的，而且聽我娘說了，西鳴寺重清靜，讓我只帶一個丫鬟過去。」

「怎麼能就帶一個呢？那豈不是委屈小姐了！」這會兒倒是丹墨不滿地叫喚了起來。

「就是！小姐去哪兒都是我和丹墨姊姊跟著的，這次怎麼就只能帶一個呢？」朱砂也嘛著嘴，不高興地說道。

倒是謝清溪沒多大的反對聲，畢竟這寺廟乃是清淨之地，此次又是以齋戒的名義去的。當然，蕭氏私底下也同她說了，雖說是打著齋戒的名義去的，可其實是謝樹元特地花了重金，請了西鳴寺的高僧給她祈福祛災的。

蕭氏還以為是為著謝清溪突然發病那事，因那回實在是古怪，若不是謝清駿將她帶到莊子上休養去了，就連蕭氏都動了請高僧做法事的心思。

這回謝樹元親自出面，謝清溪自然得配合她親爹的關心。不過謝清溪也知道，估計她爹實在是被她生病加被追殺這一連串的衰事給嚇著了，才會連這種祈福的法事都能想到。

雖說謝清溪是接受現代教育長大的，可是當一個再不信鬼神的人，在經歷了她這一系列的事情後，都會忍不住要相信一回吧？

謝清溪擺擺手說道：「寺廟乃清淨之地，咱們去了這樣多的人，難免會打擾大師的清修，這回就丹墨同我一起去吧。」

丹墨歡喜，趕緊起身謝過。

倒是朱砂轉頭看著歡歡喜喜的丹墨，再看了眼謝清溪。若論這主僕關係，自然是她和謝清溪更親密些，平日小姐去上學、去太太院子裡頭，都是她陪著去的，可這回去廟裡齋戒，小姐居然不帶著自己。

於是，朱砂一下子便紅了眼圈，連聲音都抽抽噎噎的。「小姐……妳不要奴婢了……」

「妳看看妳，不過一點小事就要掉眼淚！」謝清溪故意板著臉說道。

朱砂還以為她真生氣了，趕緊憋住，不敢真的哭出來。

「好了，廟裡生活清苦，頓頓都只能吃青菜豆腐，妳這樣愛吃肉的，肯定不喜歡。」謝清溪見她這樣可憐，便不逗弄她了，趕緊安慰她道。

其實是蕭氏特地提出讓她帶丹墨去的，畢竟丹墨的年紀比朱砂大些，性子也穩重。若是尋常在家中，謝清溪愛和朱砂玩，那自是無礙的，可這回也算是出門在外了，自然得帶穩重點的丫鬟出去。

朱砂被謝清溪的話說笑了，不過她還是回嘴道：「小姐不是也最愛吃肉的？如今到廟裡只吃青菜豆腐，只怕小姐比我還不適應吧？」

謝清溪忍不住嘆了一口氣。作為一個吃貨，要去寺廟裡生活個七、八天，這實在是太過折磨了，於是她立刻就讓朱砂去廚房拿點東西回來吃。

待謝清溪點好了菜後，朱砂便顛顛地去廚房了。她每回去廚房都是從不走空的，因為府裡主子多，所以為了防止哪位主子突然要點吃的，這廚房白日裡灶頭上都是備著點心的。江南點心精緻又可口，朱砂一個人就能吃掉一盤，可這會兒她卻是一點心思都沒有，甚至都沒等在廚房，將吃食親自拿回去，因為她聽到了一個天大的消息，急著回去告訴小姐！

「小姐，老爺這次居然不是只帶妳一個人去廟裡耶！」朱砂趕緊跑回來告密。

謝清溪也驚訝了，問道：「難不成六哥哥也去？」

「才不是呢！我剛才去廚房的時候，正好撞見四姑娘的丫鬟宣文剛走，聽廚房幫傭的廚娘說，剛才宣文在那裡炫耀，說四姑娘也要跟著老爺一塊兒去齋戒呢！」

朱砂不忿地說道：「真是的，不是說只帶小姐的嗎？怎麼這會兒又要帶上四姑娘！先前聽太太說老爺要帶自家姑娘去齋戒的時候，別說是其他三位姑娘沒得去，就連幾位少爺都沒帶呢！」

這大家族裡頭，因著姑娘們多不是一個娘生的，這嫡女和庶女之間有苗頭要別，這庶女與庶女之間更是明爭暗鬥的。謝府因著有蕭氏這位鎮宅大佛在，姨娘都被治得挺老實的，幾位姑娘之間也頂多是小吵小鬧，但是這爭首飾、爭衣裳、比父親的寵愛，還是免不了的。

平日六姑娘就是最得寵的姑娘，連帶著六姑娘院子裡伺候的丫鬟都隱隱比別人高出一頭，這會兒自家姑娘獨有的尊寵居然被四姑娘分了去，連朱砂都憤憤不平了。

倒是謝清溪立即喝斥道：「別說了！既然爹爹能帶著她，自是有爹爹的道理。」

謝清溪雖沈了臉，不過倒不是因為此事而不高興。前兩日的聚會中，駱家姊妹先行離開時，謝清溪就覺得很不尋常了。好在朱砂是個包打聽，又因為她奶奶是沈嬤嬤，所以在府裡特別有臉面，基本上是想打聽什麼，那就是一個準的。

所以駱家小姐跟著四姑娘離席，卻不小心在花園裡摔倒了，關鍵是她摔倒的時候，大少爺就在附近一事，她也知道了。

謝清溪素來就是聞一知十的人，且她同謝明嵐也算是一起生活了這麼久，對於她的招數不算陌生。自從表姑那件事之後，她便開始學得聰明了，做什麼都不自己親自動手，最喜歡的就是借刀殺人。原本謝清溪還想著跟她娘告狀來著的，不過她才剛開口，就被她娘堵住了嘴。

謝清溪忽然有些洩氣，娘親最近對自己好冷淡啊……

不過因著她要去寺中齋戒了，蕭氏讓人送了好幾身素淡的衣裳過來，說是要到廟中穿的。

「可是四姑娘，那丫鬟別提有多得瑟呢！」朱砂不高興地嘟囔道。

謝清溪突然發火。「都說了讓妳別說了！如今我說話竟是一點用都沒有了嗎？」

不僅朱砂立即噤聲，就連一直在旁邊的丹墨都忍不住抬頭看了眼謝清溪。

待過了會兒，謝清溪才淡淡地道：「妳去廚房拿了東西只管回來便是了，這些亂七八糟的事情不聽便罷。」

「奴婢知道了。」朱砂低低地說道。

謝清溪明日便要走了，蕭氏自然是百般不捨，就將她叫到院子裡頭多番囑咐，什麼「到了那裡要聽爹爹的話」、「千萬不要淘氣」等等。

謝清溪低著頭不說話。

蕭氏看了眼，突然微微嘆了口氣，問道：「可是還生娘的悶氣呢？」

「沒有。」謝清溪嘟著嘴回道。

「還說沒有，連飯都不到娘這邊來吃，再看看妳這張小臉，簡直就是耷拉下來了。」蕭氏雖心中也存著事，可見女兒不高興，到底還是哄了哄她。

謝清溪被蕭氏這麼一說，到底也不好意思了。不過她娘一向疼她，從前連一句重話都不願對她說，這幾天卻對她連著發了兩回脾氣，她難免會有些生悶氣。如今蕭氏只這麼提了下，她就頓時覺得果然娘親還是在乎自己的！

「我去了之後，會好想好想娘親的！」謝清溪抱著蕭氏的手臂，嬌嬌地說道。

「妳爹爹這次是請了西鳴寺的得道高僧替妳做法事祈福，所以妳到了寺廟中，對大師們可要恭敬些。娘知道妳愛吃肉，不過寺中都是齋菜，妳略忍耐些，待回來後，娘必給妳弄些好吃的。」蕭氏哄她。

謝清溪黑線，所以她吃貨的名聲已經遍及謝家每一個人的腦海中了？

不過她還是挽著蕭氏的手臂問道：「原先娘不是說了，爹爹是帶我去西鳴寺的，怎麼如今又有旁人一起去啊？」

謝清溪不願再叫謝明嵐「四姊姊」，只用「旁人」替代，倒是蕭氏也沒在意。

蕭氏立即正色說：「她去自是有原因的，妳也別管她，若是可以，離她遠些。」

這話一說出來，連謝清溪都忍不住看著她。要知道，平日謝清溪就是稍稍在蕭氏跟前抱怨一下謝明嵐，都會被蕭氏好一頓教訓呢！畢竟蕭氏是謝家的主母，這對待庶女要寬厚大方，要不然這名聲可就沒了。

正因為礙著名聲，謝明嵐這些年的所作所為，蕭氏才會睜一隻眼、閉一隻眼。

謝清溪見蕭氏看著自己，趕緊點頭表示「我離她是能有多遠就多遠」。

結果，離開的那天，謝清溪就發現，她娘並不是說說而已。一共就兩位姑娘坐馬車，蕭氏居然還特地將她們分開，一人安排了一輛馬車。

丹墨扶著謝清溪上車後，便看見謝明嵐也攙著丫鬟的手上車了。

謝樹元並沒有騎馬，也選擇了坐馬車，因此加上裝行李的一輛馬車，四駕馬車浩浩蕩蕩地往前走去。

西鳴寺在蘇州府的北邊，與寒山寺並列蘇州府兩大寺廟。只是寒山寺的名聲更顯盛些，但西鳴寺卻因寺中有一位卜算極靈驗的大師，這幾年也聲名遠播。

「小姐，我聽府裡去過西鳴寺的嬤嬤說，有位大師卜算可是極為靈驗的，也不知老爺這回是不是請了這位大師替小姐做法祈福呢？」丹墨雖然話少，不過如今能說的朱砂不在了，她自然得起個話頭。

謝清溪坐在馬車裡，好在車裡鋪著錦墊，馬車趕得也不快，所以並不覺顛簸。她淡淡地說道：「反正都是得道的高僧，不論哪位大師出面，那都說明我與佛祖有緣啊！」

丹墨愣了下，大概是沒想到自家小姐臉皮這般厚吧！

待到了西鳴寺，寺中的知客僧早已經等候多時，上前迎著謝樹元。

謝樹元見這知客僧年紀倒也不大，估摸著只比謝明嵐大一、兩歲的樣子，便笑著說道：「小師父，這是兩位小女，謝某同小女三人要在此處打攪多日，還煩請小師父前方帶路。」

這知客僧年紀雖小，可自小就出家，後來又因為年紀小，做了好幾年的知客僧，都是替寺中招呼那些來上香的貴夫人們，倒是少有見到爹爹帶著兩位女兒過來的，況且這位大人還是蘇州的布政使呢！先前方丈還特別吩咐過自己，定要好生接待這三位。

西鳴寺早已經收拾了一處院落給謝家，謝樹元住在三間正房中，正房兩邊有兩間側房，兩位姑娘便住在這兩間房中。

謝清溪只帶了丹墨過來，而謝明嵐則只帶了宣文。兩人微微瞥了對方一眼，便帶著自己的丫鬟，一言不發地進了房間。

待宣文回身關上房門後，便問謝明嵐。「姑娘可要喝點茶水？奴婢這就讓那小師父提點熱水過來。」

「不用了，妳先將包袱裡的衣裳放置起來吧。」謝明嵐坐在椅子上，淡淡地說道。

不知怎麼的，這次出來，她竟是有些心神不寧。按理說，父親這回除了謝清溪外，便只帶了她一個女兒，可見自己在父親心中還是極有分量的。

可謝明嵐卻隱隱覺得不安，特別是那日詩會後，她越想就越覺得後悔，生怕蕭氏追究自己，到時候別說是蕭氏不會放過自己，只怕連父親都會責怪她吧。

不過，謝明嵐又暗暗慶幸那日什麼事都沒發生。

到了第二日，便有僧人請謝清溪到前面的大殿去，待謝清溪進了佛殿後，才發現佛殿之上早已經點燃了同臂粗長的蠟燭，而在地上更是擺著一圈的黃色蒲團。

也許是這佛殿太過恢宏，佛祖雖慈悲，可她到底是回頭看了謝樹元一眼。

謝樹元今日只用一支佛簪將頭髮束起，通身除了一件灰色錦袍外，竟是無一裝飾物。再看謝清溪，及腰的長髮披在背上，身上穿著一件灰色袍子，手上一串紫檀佛珠，每一顆佛珠上都刻著小小的「佛」字。

「去吧，爹爹在外面等妳。」謝樹元安慰她。

可謝清溪走進去時，還是一步一回首，一直到佛殿的門被緩緩地關上。她在小和尚的指導下，坐在最中間的蒲團，剛坐下沒多久，就見一個穿著紅色袈裟的和尚領頭過來，後頭跟著的都是穿紅色袈裟的和尚。

謝清溪好奇地看著他們，直到這九個和尚圍著她坐下。

「小施主命格雖貴重，可命魂不定，是以易招邪祟。老衲與眾位師弟將會為小施主誦經七日，望能助施主辟邪氣、驅邪魄。」為首的那和尚緩緩說道。

謝清溪眨了眨眼睛，原來她的命格真的貴重。

當謝清溪在佛殿內閉目聽高僧們替自己誦經時，謝樹元則在另一處的佛堂之中，他每抄一頁佛經，口中便誦唸不停。

白日裡，謝清溪和謝樹元都各自有事，只有謝明嵐孤孤單單地待在寺廟之中，也不敢四處走動。

待七日過後，別說謝清溪覺得解脫了，就連謝明嵐都鬆了一口氣，她可是將這佛堂裡的經書都看了一遍。

而謝清溪則覺得，她這輩子都不想再聽人誦經了。整整七日啊，九位得道高僧圍著她，就替她一個人誦經！雖然這種方式實在太過霸氣，但謝清溪真覺得她不想再來一次了。

當然，她也日日祈禱自己能趕緊別像現在這般多災多難了。

就在謝明嵐以為自己可以回家的時候，又聽說他們還需到附近的庵堂走一趟才能回去。

謝明嵐無不譏諷地想著，難不成是大師覺得她這個六妹妹有慧根，這是要渡她出家了？她想著，左右沒自己的事情，便跟著謝樹元一道過去。

就連謝清溪都以為，謝樹元這是打算一次性給她做全了法事，所以才會帶她來庵堂的。

可誰知到了庵堂之後，父女三人見了庵堂的住持雲慈師太，待雲慈師太方離去，謝樹元便淡淡地對謝清溪說：「清溪，妳帶著妳的丫鬟先到外頭去，爹爹有話要同妳四姊姊說。」

謝清溪一見沒自己什麼事情，又見她爹這樣嚴肅的臉，便趕緊帶著丹墨出去了，以免被颱風尾掃到。

「爹爹要同女兒說什麼？」謝明嵐臉色僵硬，可還是硬擠著笑容說道。

謝樹元看了一眼還站在謝明嵐旁邊的宣文，冷冷道：「妳也出去。」

宣文不敢辯駁，趕緊出去了。

待房中只剩下父女二人的時候，謝樹元只靜靜看著謝明嵐，可那眼神中有不捨也有決絕，看得謝明嵐一陣膽戰心驚。

「不知女兒做了什麼，爹爹可是有話要教導女兒？」謝明嵐受不住這樣的煎熬，還是率先開口問道。

謝樹元看著她，突然心疼地說道：「妳自幼便聰慧無比，又勤奮好學，除了妳兩個哥哥外，這些子女當中，妳也是極像我的。」

「女兒何德何才，若是能及得上爹爹一分，也是女兒莫大的福氣。」謝明嵐僵笑了下。

「可妳自小就處處想著同清溪爭，因著妳是嬌客，我從不多說，太太也極力待妳們寬厚……」謝樹元突然嘆了一口氣，說：「然而，我終究是做錯了。嫡庶有別，從來便是禮法規矩，若我能在妳行為不端時，及時地教導妳、責罰妳，妳也不會養成如今這樣的性子。」

「爹爹?!」謝明嵐聽到謝樹元這樣的話，忍不住驚叫了一聲。突然間，她眼淚盈滿眼眶，可憐巴巴地看著謝樹元哭道：「爹爹這樣說，豈不是生生地要女兒的命？女兒這些年來用心讀書，哪次考校時先生不是誇了又誇？可六妹妹呢？雖有嫡女的身分，卻處處懶散，仗著爹爹和太太的寵愛，何曾將我們這幾個庶姊姊看在眼中？如今爹爹只一味地說女兒，女兒卻是不服的！」

「是，妳飽讀聖賢書，可妳再看看妳自己做下的事情，哪一樁是聖賢書上教妳的，又哪一件是一個名門淑女該做的？妳不過四歲就敢將自己的表姑推下水，當初我只將責任一味地推在江氏的身上，實是不願相信我自己千辛萬苦教養出來的女兒，竟是這樣惡毒刻薄之人！」謝樹元勃然怒道。事到如今，她不僅不知悔改，還妄想著拖累旁人！謝樹元看著她說道：「清溪雖不如妳這般刻苦，但她卻有一顆赤子之心。妳呢？可有一絲憐憫之心？」

謝樹元的逼問讓謝明嵐啞口無言，可謝明嵐卻不願這樣就範，剛要開口時，卻又聽見謝樹元冷漠的聲音響起——

「妳不顧兄妹之情，竟是意圖敗壞妳大哥哥的名聲，便是這樁，我定是不能再將妳留在家中，貽害他人！從今以後，妳便在這庵堂之中好生悔過吧！」

謝明嵐抬頭，萬分不敢相信一般。不過一丁點的小事，爹爹就要將自己送到這庵堂之中？

突然，她大笑了起來，臉上恍若癲狂，眼淚卻是止不住地流。

她看著謝樹元說道：「所以爹爹便要將女兒送到這庵堂之中？女兒如今才九歲，爹爹就要女兒從此青燈古佛，了此殘生嗎？」

「妳若能及時悔改，我定會接妳回去的。」謝樹元終究還是捨不得。

謝明嵐雖在蕭氏眼中不堪，可她到底待謝樹元至孝，又處處好學，在幾個女兒當中最是有才學的。從謝樹元對謝清溪這樣的寵愛來看，他也絕不是那種心狠至極的人，哪能捨得就這樣斷送了謝明嵐的一生。

「妳好生在這庵堂中待著，爹爹會讓人將每個月的供奉送來，定是不會讓妳吃苦的。待妳反思過來，妳依舊是爹爹的好女兒，爹爹還是會替妳尋一門好親事的。」

謝明嵐撲坐在地上，整個人面無表情，目光渙散地看著對面的白色牆壁。這間休息室極為簡陋，除了一張方榻和幾張凳子外，便是對面那高高懸掛著的佛字和蒲團了。

「我不要、我不要……若是讓我留在這裡，還不如讓我去死！」謝明嵐搖著頭。

謝樹元聽她這般尋死覓活的，終究是漸漸沈了臉下來。

他朗聲喊道：「古嬤嬤、陳嬤嬤！」聲音剛落，就見兩個早已經等候在外面的嬤嬤進來了，他看了眼依舊坐在地上的謝明嵐，然後一下子別過臉，可聲音還是又緩又沈地說道：「日後四小姐便交給兩位嬤嬤教導，還請兩位嬤嬤上心。」

「老奴定不負大人所託。」兩人齊齊福身，對謝樹元說道。

「妳在這好生待著，爹爹走了。」謝樹元眼眶一熱，終究是承受不住，起身便要往外頭走。

謝明嵐見他要走，立即上前便抱著他的腿，一邊哭一邊喊道：「爹爹！別不要女兒，別不要我！」

她哭喊的聲音極淒厲，謝樹元的眼眶已經紅了。

旁邊的兩位嬤嬤早已經得了蕭氏的吩咐，務必要將四姑娘留在庵堂之中。當然，蕭氏也吩咐過了，要好生伺候著四姑娘，並將她往正途上引，別讓老爺失望了。這會兒見四姑娘這般不顧臉面，她們趕緊上前，一左一右便扒開謝明嵐的手臂。

謝明嵐到底年紀小，如何是這些老嬤嬤的對手？沒一會兒，她的手就被扒開了。

可她卻還是哭喊道：「爹爹，我知道錯了，你別不要我！我再也不敢了！爹爹、爹爹——」

謝樹元疾步往前走著，待走到門口的時候，卻又突然停住。他扶著門框，後面的謝明嵐聲音卻沒有了，想必是給兩個嬤嬤堵住了嘴。謝樹元扶在門框上的手，連青筋都暴了起來。他忍了又忍，就在忍不住想要回頭的時候，突然，外面一個清亮的聲音喊道——

「爹爹，你站在門口幹麼？」

原來是謝清溪帶著丫鬟轉了一圈後，見庵堂沒有什麼好玩的，便又回了這個院子。只不過一進來，就看見謝樹元站在門口，而旁邊的宣文卻跪在地上。

謝樹元看了一眼手上拿著一根枝條、正歡快地衝他笑的謝清溪，終究邁開了腳步。

他身後的謝明嵐絕望地搖著頭，卻是怎麼都掙脫不開兩個嬤嬤的手。

「好生照顧四姑娘。」謝樹元走到宣文的身邊，還是忍不住說了句。

謝清溪站在院子門口等他過來，又往他身後看了眼，奇怪地問道：「四姊姊呢？她怎麼還不出來啊？咱們趕緊回家吧。」

「妳四姊姊要在這裡住段時間，今日就咱們兩人回家。」謝樹元紅著眼睛說道。

謝清溪也注意到他的眼睛紅紅的，驚詫了半天，可還是說道：「四姊姊為什麼要住在這裡？是不是她也要像我這樣祈福？我們可以等她的啊！」

「妳真想讓妳四姊姊同我們一起回家？」謝樹元突然轉頭問著謝清溪。

謝清溪還真覺奇了怪了，她爹這話問得也未免太怪。要是什麼事情都能按著我喜歡的來，那你能不能別生這麼多庶女啊？要是我不喜歡謝明嵐回家，難道她就真能不回家了？

於是謝清溪沒說話了。

謝樹元黯淡了眼神，終究是什麼話都沒說。

謝清溪跟在謝樹元身後，朝著蕭氏的院子走去，待走近後，見蕭氏早早得了消息，已經在門口等著了。

蕭氏看見父女二人走近時，臉上一喜，待看見身後再沒旁人的時候，突然又頓住了腳步。

待兩人走近後，謝清溪才抬頭看著蕭氏。

一時間，氣氛完全沒有久別重逢的喜悅。

謝清溪這一路上想過無數個可能性，但是她怎麼都想不出，謝樹元竟會將謝明嵐留在庵堂之中？

要知道，這庵堂只有家中犯了大錯的妾室或者主母才會去的，尋常姑娘家即便犯了錯，也頂多是送到莊子上養起來。

謝清溪現在才發現，她爹狠起來，實在是能算得上心狠手辣。

就連她和謝明嵐鬥成那樣，她都沒想過將謝明嵐送到廟裡去……不過也是，她再得寵也不能張嘴就把自家親姊妹送到莊子上吧？

「你們回來了。」蕭氏看了兩人一眼，過了半晌才緩緩開口。

謝清溪看了一眼謝樹元，又看了一眼蕭氏，最後只能深深地將自己的頭低下。

謝樹元看了眼蕭氏，卻久久沒說話。

就在蕭氏以為他會掉頭離開的時候，突然，他抬腿進了院子中。

「娘。」謝清溪拉著蕭氏的手臂，小心地叫了一聲。

蕭氏摸了摸她的小手，貼心地說：「這幾日在廟裡只能吃素齋，瞧著小臉都瘦了。」

謝清溪是個好看的小女孩，準確點說，她是個特別好看的小女孩。不是她自誇，她還沒在蘇州府遇見比自己更好看的小女孩呢！

可是再好看，也不能擺脫一件事，那就是——她是個肉乎乎的小姑娘！特別是臉頰上的肉，肥嘟嘟、軟乎乎的，就連謝清駿每回瞧見她，都是用捏她的臉頰來打招呼。

因此蕭氏這麼一說的時候，她感動的眼淚都要流下來了！所以，她是總算瘦了下來嗎？

「好了，進去吧，娘親早讓人備了膳食，就等著妳回來用呢！」蕭氏笑著說道。

謝清溪看了一眼已經走進院子中的謝樹元後，突然壓低聲音說：「娘，爹爹將四姊姊——」

「噓。」

蕭氏突然輕輕噓了一聲，讓準備提前給她招呼的謝清溪一下子沈默了下來。

待謝清溪攙著蕭氏的手臂進去後，謝樹元看了兩人，突然說道：「若是無事，便早些開膳吧。」

蕭氏想說話，可是看著謝樹元並不大好看的臉色，還是頓住了。

因著他們回來得有些晚，蕭氏就沒叫謝清駿他們一同過來用膳。待丫鬟們從廚房裡拎著紅色膳盒回來後，便魚貫地進入，將膳食好生擺上。

這是謝清溪吃的最沈默的一頓飯，以至於她連最喜歡的糖醋肉都有些吃不下去了。

就在三人沈默地吃飯時，突然聽見院子裡響起淒厲的叫喊聲——

「老爺、老爺——」

砰！謝清溪手中的飯碗掉了下來，在桌子上轉悠了幾圈後，滴溜溜地從桌邊滾落了下去。好在地上鋪著地毯，因此這紅牡丹描金小碗倒也沒摔壞，只是裡頭晶瑩剔透的米飯都掉了出來。

蕭氏看了一眼被嚇住的謝清溪，立即臉色陰沈，一下子就起身。

謝樹元見她起身往外頭去，也放下碗筷跟著出去。

這芝蘭院是蕭氏的院子，她整治府裡這麼多年，積威甚重，尋常別說是這樣撒潑大鬧了，就連稍微高聲說話的都沒有。

待她出去後，就看見江姨娘一身月白衣裳，頭上的髮髻只鬆鬆地綰著，正跪在院子裡拚命地磕頭。旁邊雖站著芝蘭院的婆子，因著沒主子發話，並不敢將江姨娘如何。

「老爺，你要給我們四姑娘做主啊！她才那樣小的年紀，就讓她住在那樣清苦的庵堂裡頭，這不是要了她的命嗎？」江姨娘一邊哭、一邊拚命地磕頭。

她跪在芝蘭院的正中央，院子裡的地磚皆是大塊青磚鋪就，沒一會兒，她的額頭已是隱隱地泛著紅。

「妳們都是死人嗎？就看著江姨娘這樣鬧騰！若是驚嚇著六姑娘，妳們是拿命填補嗎？」蕭氏冷冷地看著旁邊的婆子。

那幾個婆子本就在等著主子吩咐，如今見蕭氏開口了，就上前要去捉她。

可誰知一直在磕頭的江姨娘，卻一下子貓著腰竄了幾步，奔到了蕭氏的面前。

「太太，我求求妳了！以前是我不好，一味霸著老爺，還整天同太太妳鬥氣，妳可憐可憐我，看在我自小就流放，不懂事也不懂規矩的分上，饒了我們四姑娘吧！太太，我給妳磕頭了，妳饒了四姑娘吧……」江姨娘的話猶如連珠炮一般說了出來，那頭磕得更是厲害。

這會兒謝樹元也正好出來了，他站在門口處，冷眼看著江姨娘不停地給蕭氏磕頭。

江姨娘抬頭的時候，也注意到了蕭氏身後的謝樹元，她猶如看見救星一般，用膝蓋跪著爬了過去，隔著高高的門檻就抱住謝樹元的腿。這會兒她倒是一句話都沒有，只哭得淒厲。

蕭氏轉頭看著謝樹元，而謝樹元一張臉卻冷漠得沒有一點表情。

待過了許久，他才低頭看著抱著自己腿的江氏，說道：「妳看看妳現在的樣子。」他的聲音又柔又輕，讓江姨娘心中一喜，只恨不得將他的腿抱得更緊。

謝清溪也跑了出來，她看見謝樹元站在門口，而江姨娘只管抱著他的腿一味地哭，她的心驀地猶如墜入萬丈深淵中一般。

突然間，她想起謝樹元替她抄經書祈福的樣子。抄經書祈福素來是晚輩為了孝順長輩所做的，可是她的爹爹卻可以為了女兒的平安，一字一句地抄著那些繁瑣的經書。她甚至還曾慶幸地想過，幸虧自己是爹爹的女兒，可現在……

「明嵐與佛有緣，雲慈師太留她在庵堂中小住，若是妳實在擔心，便去陪她吧。」謝樹元的聲音依舊又輕又柔，可是說出的話卻猶如利刃般，直插進江姨娘的心裡。

「不要、不要！」此時，一直站在門口的謝明芳突然跑了進來，她拚命搖著頭，看著謝樹元，眼帶著淚說：「爹爹，不要啊！六妹妹是你的女兒，難道我和四妹就不是嗎？為何爹爹要這樣對四妹？要這樣對姨娘？」

謝明芳這會兒真的被嚇壞了，雖然江姨娘從來沒在蕭氏手上討過便宜，可是除了蕭氏外，這謝府裡就數她的姨娘最有臉面了。姨娘還時常同她們說，待回了京城，有了祖母替她們撐腰，便是連太太都不用怕的！所以她處處同六妹妹爭，同大姊姊爭，就連自己的親妹妹都不願差了去。可為什麼，突然間都變了呢？

她想起謝明嵐走的時候，笑得不知多得意，還說爹爹疼她不比六妹妹少。可是現在看看，只怕那會兒爹爹帶著她去，就是為了送她去庵堂裡吧？謝明芳不由得打了個冷顫，如今她才突然發現，她們雖是謝府的女孩、是謝府的嬌客，可是一切的命運都掌握在父母的手上。即便是那樣慈和的父親，即便他曾對明嵐那樣的好，可是該狠下心的時候，依舊沒有手軟。

明芳嚇壞了，她哀切地哭著，可跪在江姨娘旁邊的時候，卻是一直拉著她的衣袖。

「來人，將江姨娘和二姑娘送回各自的院子。」謝樹元低頭看了她們兩人，又緩緩道：「若是江姨娘還要哭鬧，便將她也送到庵堂中去。四姑娘是與佛有緣，但江姨娘好歹也生了四姑娘，母女一場，便去照顧四姑娘吧。」

江姨娘聽著謝樹元這樣絕情的話，兩眼一翻便要昏厥過去。

謝明芳哆嗦地拉著江姨娘，現在只敢小聲地哭道：「姨娘，不要，不要丟下我！姨娘……」

待江姨娘和謝明芳被拖下去後，蕭氏依舊還站在那裡。這一切原本該由她來做的，可謝樹元卻替她做了。

謝樹元的臉色依舊如冰霜般冷漠，他冷冷地盯著蕭氏，過了好一會兒才開口。「如今，一切都如妳所願了吧？」說完，他便跨過門檻，頭也不回地離去。

蕭氏看著他一步步離去的背影，突然身子一軟，整個人便倒下。

「娘。」謝清溪坐在旁邊的凳子上輕輕叫了一聲。

在假寐中的蕭氏勉強睜開眼睛，衝著謝清溪淡淡地笑了下，有些心疼地說道：「娘不是說過，讓妳早些回去歇息的？不用在這裡陪著我。」

「我不要。」謝清溪說道。她起身指揮著旁邊的秋水將蕭氏扶了起來，自己則趕緊將她枕著的枕頭墊高起來，待她放好枕頭，秋水便慢慢扶著蕭氏靠在後頭。

「這樣舒服嗎？」謝清溪盯著蕭氏的臉，關切地問道。

蕭氏點了點頭，臉色依舊蒼白，可面色卻露出些許喜色。「舒服，我的溪兒弄的，自然舒服。」

「藥已經熬好了，該吃藥了。」謝清溪叫醒她，便是想餵她吃藥的。

謝清溪端起藥碗，小心地吹了吹還冒著熱氣的湯藥，那小口小口呼氣的模樣讓蕭氏看得既心酸又高興。

她的小清溪好像一天之間就長大了。她那日暈倒，原以為會將清溪嚇得不輕，可誰知清溪不僅沒哭，反而鎮定地指揮婆子將蕭氏扶到內室中，又派人去請了大夫過來，一直到謝清駿過來的時候，都那麼的鎮定。

「燙嗎？」謝清溪小心翼翼地給蕭氏餵了一口後，認真地問道。

蕭氏笑著搖頭，說道：「一點都不燙。這些事情還是讓丫鬟們來吧，妳每日都要上學堂，別累著了。」

「我已經同成先生請假了。母親生病了，我作為女兒，自然該隨侍身邊。」謝清溪認真地說道，接著又給蕭氏餵了一口湯藥。

那日大夫來了，替蕭氏把脈後也只是說「夫人勞累過度，又一時急怒攻心，這才會暈倒」。可是謝清溪看她娘躺在床上都養了好幾日了，臉色雖比先前好多了，人卻還是乏力無勁。

「好了，我不過是累了些，再躺幾日便好了，妳可不能耽誤了功課。」蕭氏一片慈母心，忍不住說道。

謝清溪點頭，卻沒有說話。

自從謝明嵐入庵堂後，因著爹爹發了那樣的狠話，江姨娘不知是念著謝明芳，還是真的怕了，如今也在院子裡老實待著，並不敢鬧了。

不過她還是請了自家的嫂子邱氏過來，讓她趕緊上西鳴寺去，謝明嵐就在附近的庵堂裡住著。也不知邱氏去了沒，反正她後頭又進來一回後，江氏便再也不敢鬧騰了。

因著謝清駿給謝清溪請了一位成先生，所以謝清溪回來後，便再也沒同其他姑娘一起上過學，現在白先生的學生就只有兩位。謝明貞過來的時候，曾同謝清溪悄悄地說過，如今就連明芳都老實了許多。

蕭氏雖不讓謝清溪在她跟前伺候著，可是謝清溪卻是個執拗的性子，如今蕭氏吃飯喝藥，她是一點都不假旁人之手，統統要自己來。

就連蕭氏歇息了，她都要在旁邊坐著陪她。

這麼幾天下來，就連謝清溪自己照鏡子的時候，都覺得臉頰瘦了一圈。她從寺中回來當天，蕭氏就說她消瘦了，如今又連著數日侍奉蕭氏，那小臉更是尖得讓人心疼。

謝清駿當然也有過來，不過他到底是男子，又這般大了，即便是母親的房中也不好久待。至於其他兩個，別說是蕭氏不允許，就連謝清駿都不許他們耽誤了學業，除了下學後被允許過來陪一會兒。

蕭氏因著謝樹元的那句話，心頭有種萬念俱灰的感覺。她嫁入謝家這麼多年，同他夫妻十七載，到頭來，終究是壞了夫妻情分。

可是一看見謝清溪這日益消瘦的臉頰，蕭氏自然是心疼萬分，於是這藥喝得下去，就連飯都比先前多吃了半碗，沒過幾日就能扶著丫鬟的手下床走幾步了。

「成先生，我大哥哥若知道是你教我這法子，只怕要生你的氣吧？」謝清溪托著腮幫子，看著成是非在書桌前揮毫潑墨的樣子。

成是非轉頭看了眼謝清溪，突然嘆道：「果真是好人沒好報啊！我聽清駿說，令堂如今都已經能下床了呢，可不是比前幾日好多了？」

「那還得感謝先生出的好主意呢！」謝清溪呵呵地說道。

「不用謝，我聽說妳手裡有一盒江正所製的墨錠，拿兩塊給我就行！」成是非看了眼所寫的字，有些不滿意地搖頭。

謝清溪微微張大嘴，她那盒墨是她爹給她的，到如今她自己可是一錠都沒捨得用呢！一盒也就六塊，這位倒是好，張嘴就要了兩塊呢！

不過，若無成是非教的法子，她娘估計這幾日還躺在床上呢！女人啊，為母則強，果真是一點都不假。

蕭氏病倒了，謝清溪雖表現堅強，沒像往常那般哭哭啼啼，可到底還是難過得很。如今這年代，可不像她所在的現代，現在只是勞累過度，萬一積勞成疾怎麼辦？謝清溪想都不敢想這事。

結果成是非就教她一招：妳只管在妳娘跟前死命盡孝，最好就是妳娘還沒醒來，妳就在跟前守著，她喝藥妳親自餵，她吃飯妳也餵她，她要是吃不下，妳也難過得吃不下，最好能把自己瘦得像根豆芽菜一樣。

於是，謝清溪還沒瘦成豆芽菜呢，蕭氏就已經能下床走動了。

雖然這法子略有些不人道，不過為了她娘的身子，她自然是豁出去了。於是在她苦肉計兼真實情感的流露下，她娘迅速地恢復了。

不過讓她傷心的是，不管是謝清駿去說還是謝清溪去請，謝樹元除了讓人送了兩支人參過來，就再也沒來過蕭氏的院子。

這幾日謝樹元獨自住在前院的書房裡頭，擺出一副「誰都不要來打擾我」的架勢。

於是，謝家進入一個前所未有的冰凍時期。

「也不知林師傅現在在做什麼？」林師傅前些時候說了有事，要出門幾日。

謝清溪托著腮，看著外面。如今已經臨近冬日，轉眼又要到年末了。

成是非突然笑了一下，睨了她一眼嘆道：「可見遠香近臭這話是一點都沒錯！如今我日日杵在這裡，六姑娘可是一點都不掛念成先生的好啊！」

「好了好了，成先生，那兩塊墨我下午便讓丫鬟送過來。」謝清溪趕緊說道。

成是非突然放下手中的毛筆，笑道：「孺子可教，孺子可教也！既然夫人這病已經大好，那今日咱們就來下兩盤棋，讓先生我看看妳這棋藝可有退步？」

謝清溪：「……」

幾日之後，謝清駿難得雅興而至，居然願意帶謝清溪去蘇州城中新開的一家酒樓。這還是謝清溪長這麼大，頭一回到外頭的酒樓呢！謝清駿將謝清溪押著走在最後，上去的時候還牽著她的手，生怕她這樣不老實的性子，連爬個樓梯都能摔倒。

結果，他們居然在此處遇見了回蘇州的林君玄。

林君玄看著她黃黃的小臉蛋，愣是半晌沒說話，想著自己不過出門一趟罷了，再回來竟看見白湯圓變成了黃湯圓？

謝清溪看著坐在對面、一直沈默寡言的宋仲麟，偷偷問林君玄。「林師傅，你這幾日出門，便是去接宋公子嗎？」

「我同宋公子只是在路上偶遇而已，他說想來蘇州府，我便帶了他一程。」林君玄淡淡地道。

謝清溪點頭。她看著一身布衣，臉上布滿滄桑的宋仲麟，這人說起來也不過同自己二哥差不多大，可如今卻經歷了這樣多的事情。

她也聽說了，雖然宋煊有皇上力保，可是終究還是因為罪責太大，被流放到三千里之外。至於那個害死宋夫人的妾室，已經被判處斬立決了。

此時宋仲麟起身，衝著在座眾人便是深深地作揖鞠躬，道：「當初宋某得諸位相助，才能為母報仇，因當日走得匆忙，未能向謝大公子和謝姑娘道謝，所以待京城事定後，宋某便專程回來謝過兩位。」

謝清溪見他這麼鄭重，有些不知所措，好在謝清駿起身了。

謝清駿同樣還禮，說道：「宋公子的事情並非簡單的家事，若是換了旁人，也定是會出手相助的。」

因此事涉及宋仲麟的父親，眾人倒也不好多問。

還是謝清駿見他孤身一人，便問道：「不知宋公子接下來有何打算？」

謝清溪茫然地看著謝清駿，難道宋仲麟接下來不是靜心讀書，安心準備科舉考試嗎？

「我已經被安平公府剔除族譜，從此不再是宋家人了。當初我的小廝假扮成我往京城逃去，已被歹人所害。如今我將前往金陵接我的奶娘，待找到奶娘後，再作打算。」宋仲麟說這話的時候，沒有怨天尤人，反而是一片坦然的模樣。

「他們將你逐出家門了？那你以後怎麼辦啊？」謝清溪一聽，便忍不住問道。

一個少年，無父無母，還被家族給放逐。她看了眼宋仲麟身上的衣著，說實話，連自家哥哥身邊的小廝穿得都比他好！一個原本錦衣玉食的世家公子哥兒，如今卻落得這番田地。

「我母親有些嫁妝還在金陵府，雖說宋家被查封，但聖上開恩，允許我取回母親的嫁妝，大不了到時候置幾畝薄產，做田舍翁便是了。」宋仲麟在經歷了這樣的大風浪之後，反而有一種看透世間的淡泊。

經歷了生死之後，有些事情真的會看淡。

謝清溪倒是不以為然，直言道：「你還這麼年輕，做什麼田舍翁啊？我記得以前爹爹誇過你胸中有錦繡，文章做得也好。不如你安心讀書，待日後科舉一飛沖天，讓宋家知道，如今這般對你是多麼大的錯誤！」

可誰知她說完之後，房間突然一片死寂。

最後還是謝清駿對宋仲麟抱歉地說道：「舍妹不懂事，還請宋公子海涵。」

謝清溪眨眼。我這是安慰他，怎麼就成了不懂事了？

不過宋仲麟倒是一臉「沒關係」的表情，跟她解釋道：「歷朝皆是以孝為首，像我這等狀告自己父親的，已是忤逆之舉，而科舉是要查究每位考生背景的，我既是罪臣之子，又是忤逆之人，自然不能再參加科舉了。」

所以，在要狀告自己的父親時，你便已經斷了自己科舉的前途？

謝清溪突然覺得眼睛酸酸澀澀的，為宋仲麟，也為他這份無畏和坦然。

在場眾人都有些沈默，林君玄看見謝清溪有些消沈的模樣，突然開口問宋仲麟。「我有一位兄弟，他有一隊商船即將出海，不知你可有興趣？」

「出海？」宋仲麟有些疑惑。

「嗯，如今海外貿易日益興起，我朝的茶葉、絲綢到了西洋諸國皆是珍貴之物，而從西洋帶回來的舶來品也受到我朝百姓的喜歡。」林君玄侃侃說道。

宋仲麟從未想過這樣的事情，可如今經林君玄一提，突然便生出一種心思。

自此案落定之後，他便有一種「天下雖大，卻無我歸處」的漂泊感，原本他便是想要去五湖四海遊歷的，未料如今卻有一個到更遠的地方、更廣闊的世界見識一番的機會。

「西洋舶來品確實是新奇呢，溪溪不就有個音樂盒？她都快當成寶貝了！」謝清駿隨後拿謝清溪舉了個例子，以說明西洋舶來品如今在江南確實受歡迎。

倒是林君玄突然轉頭盯著謝清溪，嘴角露出一絲絲笑意。

他送的。

待告別時，宋仲麟謝過林君玄的推薦，不過他需要先前往金陵將自己的奶娘接到蘇州來。宋煊任蘇州布政使時，他也曾在這裡住過許久，如今宋家還有一處小院子在這裡，因當時是以他娘親的名義買下的，所以也未在查封的範圍之內。

待宋仲麟走後，謝清溪抬頭看著高大的林君玄，突然豎起大拇指。「師傅，你一定是全世界最好的伯樂！」

林君玄對她這突如其來的誇讚有些不解。

謝清溪繼續說道：「我覺得宋仲麟絕非池中之物，師傅，你眼光真好！」

所以現在，妳是為了別人來謝我？

林君玄閒閒地看著她，突然生出一種「我好像有些多事」的惆悵感。

他真的忍不住想問一句——

妳還記得蘇州河畔的小船哥哥嗎？

第十七章

轉眼間，就到了臘月，蕭氏要帶著謝清溪去西鳴寺還願，謝清溪有些不大願意。成是非在兩個月前，隨著船隊出海去了，同行的還有宋仲麟，如今他已經改名為紀仲麟。

聽說這隊商船乃是林師傅的朋友所有，是前往西洋諸國的。謝清溪一聽立即便問他，是否可以參股進去？

對於這種一本萬利的事情，謝清溪素來熱衷參與。即便如今再如何貶低商賈的地位，可錢仍是萬能的鑰匙。

林君玄初始還不知這參股為何意，待聽完謝清溪之言後，便笑道可以。

於是謝清溪苦求了蕭氏，將她鋪子裡收益的銀子都拿給林君玄，不過給他銀票的時候，她雙手都是顫抖的，還格外認真地囑託他，這可是自己的全部家當。

如今商船不過才出發了兩個月，可謝清溪卻日盼夜盼他們回來。

待到了去西鳴寺這日，謝清溪一起床便被朱砂和丹墨兩人穿成了一顆球，朱砂還特意拿了一個掐絲琺瑯的手爐給她。

謝清溪到了蕭氏的院子裡時，謝明貞和謝明芳都已經到了，待她坐定後，就見謝明芳有些小心翼翼地看著蕭氏。

待過了好一會兒，謝明芳才斟酌地說道：「太太，我聽說您今兒個要帶六妹妹去西鳴寺還願？」

「先前妳們六妹妹在那裡做了場法事，按理說是該去還願的，所以這回才沒帶妳們兩人一同去。」蕭氏緩緩說道。

謝明芳趕緊說道：「原就該這般的！只是，我這裡做了幾件厚衣裳給四妹妹，想託太太給四妹妹送過去……」謝明芳是真不想做這事，可實在架不住姨娘在自己跟前哭訴。

一提起謝明嵐，這屋裡頭便出現了死一般的寂靜。

倒是蕭氏不在意地笑了下，說道：「妳若是早說，上次我讓人給四姑娘送東西的時候，便一塊兒帶過去了。」

謝明芳臉上一紅，知道嫡母這是在告訴自己，她可沒苛待謝明嵐。其實蕭氏讓人送東西給謝明嵐這事，江姨娘和謝明芳也都是知道的，畢竟蕭氏可是讓丫鬟大張旗鼓地去四姑娘院子裡收拾的，聽說蕭氏還自個兒添了好些東西在裡頭，說是生怕四姑娘在廟裡清苦。

不過，蕭氏越是這般大方，江姨娘就越發地傷心，因為這可是明白地告訴她，四姑娘一時半會兒是回不來的！

「我只是——」明芳想解釋。

蕭氏淡淡笑著打斷她。「既是妳的一片心意，待會兒便交給秋水吧。待到了西鳴寺，我讓人給四姑娘送過去便是。」

「謝謝太太！」謝明芳趕緊起身。這會兒姨娘總算能消停些了吧？

待四人用了早膳之後，謝清溪便被丫鬟們伺候著往外頭去，一上馬車，只覺得一股暖氣逼人，馬車裡早已經點上了銀霜炭。

這還是頭一回蕭氏單獨帶著謝清溪一人出門呢，因此一上車，謝清溪就高興得不行，開始嘰嘰喳喳地同她說西鳴寺好玩的地方。

「其實那裡的齋菜挺好吃的，不過我覺得吃一、兩頓就好了。」謝清溪笑哈哈地說道。作為肉食主義者，食素是一種折磨啊！

蕭氏端坐著聽她說完西鳴寺的齋菜後，又說起西鳴寺的風景。

因西鳴寺在蘇州府北邊，這般坐著馬車過去也需要一個時辰，等謝清溪說完，這路程也才走了一半。

「娘，今天外面的天氣不大好呢，妳說會下雪嗎？」她問道。

蕭氏輕聲一笑，直說她孩子氣。

大概是如今二氧化碳排放還沒那麼多，就算是江南，每年冬天還都會有大雪降落。謝家的園子裡有一處角落，植有好幾株紅梅，有一年大雪之時，謝清溪穿著紅色的披風，被打扮得像個年娃娃一般，帶著去到了紅梅樹下。

當時整個世界都是一片雪白，銀裝素裹，美得讓人窒息。那時候謝樹元一時興起，讓她站在紅梅樹下，讓他作畫。

後來畫作好了，謝清溪也病倒了。

她娘可是生了謝樹元好幾天的氣呢！

「小姐，妳小心些。」朱砂過來扶著她下馬車。

謝清溪戴著帷帽，看著周圍密集的人群，驚詫地問道：「今天是什麼日子？怎麼這麼多人？」

蕭氏也在秋水等人的攙扶下，下了馬車。

此時知客僧早已經等在旁邊，謝清溪一看，居然又是上回那個小和尚，便笑著衝他擺了下手。

小和尚沒想到這位小姐同其他姑娘竟是那般不同，會主動同自己打招呼，因此臉頰微微泛紅。

「清溪，不可對小師父無禮。」蕭氏教訓道。

謝清溪在外面也不敢太過放肆，立即衝著蕭氏說道：「是，女兒知道了。」

「夫人莫怪罪，是小僧的過錯，阿彌陀佛。」小和尚見蕭氏教訓她，更是尷尬得不知所措，趕緊唸了聲佛號。

這小和尚同謝清溪差不多的年紀，不過因從小就在寺廟中長大，氣度倒也從容，帶著蕭氏和謝清溪往大殿去。

蕭氏本就是虔誠的，又因上次謝清溪是在西鳴寺做的法事，所以這會兒不論是跪拜還是給的香油錢，都是誠意十足。

謝清溪自然也不敢分心，她娘每在一處佛像前跪拜下去，她也都跟著，可寺廟之中最多的就是菩薩了。

她每跪一處便默默唸叨：希望成先生和紀仲麟一路平安，希望商船一路順風，更希望自己的銀子真的能翻十倍。

待從前殿一路跪到後殿的時候，謝清溪只覺得自己的腿都有些軟了。

就在謝清溪一邊跪下去磕頭，一邊想著「終於到最後了」的時候，突然覺得身子左搖右晃了起來。剛開始，她還以為是自己跪多了、腿軟了才會這般，結果，緊接著是一聲又一聲的驚叫響起，而她的頭頂上也不時有東西砸下來！

她趕緊起身，一抬頭便看見觸目可及的地方都在左搖右晃，連面前這尊一米多高的金色佛像都微微晃動著！

蕭氏一把抓住她，帶著她起身。

旁邊的幾個丫鬟，年紀小、不經事的都已經被嚇哭了，好在秋水等大丫鬟都還算淡定，她們一見這般天搖地動，便趕緊領頭往外跑。

那小和尚也算是個淡然的，說了聲。「只怕是地動，得趕緊出去。」

「地龍翻啦！地龍翻啦！」

也不知是誰喊了幾聲，所有還在殿中跪拜的人都開始爭先恐後地往外頭跑。

蕭氏抓著謝清溪的手，一點都沒放鬆。她們這群人都是女眷，好在還帶了幾個健壯的僕婦，這才護著蕭氏和謝清溪，沒被人群擠翻。

待她們都跑到大殿外頭的空地時，只見在寺中拜佛的人都往這邊聚集了。因今日是佛誕，所以來西鳴寺的人格外的多，不過這麼一會兒，這個原本空曠的廣場都被大殿的人擠滿了。

此時，廣場的西北角處，一個比較矮小的建築，終於在搖晃中坍塌了，而裡頭還有幾個未跑出的人，便在眾人的視線之中被埋在了下面！

這一幕彷彿最後一根稻草般，刺激了在場的人，只聽一時間男人的怒吼、女人的尖叫、孩童的哭喊聲，全都混雜在一起。這一刻，這個偌大的廣場彷彿成了人間地獄一般。

謝清溪從未經歷過地震，可是這卻不妨礙她瞭解地震。當年那場震驚全球的地震發生在中國汶川時，舉國齊哀的場景實在太過震撼，也讓太多的人永生難忘。

那些坍塌的高樓、那些被埋在倒塌房屋下的人們、那些絕望得用雙手去刨廢墟的父母、那一個個散落在廢墟上的書包……當電視上一遍又一遍地放著這樣讓人絕望又哀傷的畫面時，就連謝清溪這個遠在千里之外的人，都能感覺到那片大地的絕望與無助。

當這一刻出現在她的面前時，她突然發現，自己唯一能做的，只有抓住母親的手。

蕭氏將她摟在懷中，見她久久不說話，便哄道：「溪兒乖，別怕，娘親在呢。」

旁邊的人群一直在騷動著，但謝家的僕婦及丫鬟將她們兩人死死地圍在中央。就在這搖晃間，在場所有人都聽見一道悶雷般的聲音，也不知是從何處傳來。

接著，便有人指著上方喊道：「是山塌了！山塌了——」

「我不要留在這裡了，我要回家！我要回家……」

也不知是誰喊了一句，竟是讓許多人都跟著騷動了起來。

謝清溪想讓他們都冷靜下來，因為此時站在這處空曠的地方才是最安全的，畢竟這時的房子可沒有什麼抗震幾級的說法。

好在寺廟中的住持及時趕到，他見有人要穿過走廊離開，便大聲喊道：「諸位施主，請稍安勿躁，如今諸位在這廣場之中方是最安全的！佛殿尚未倒塌，佛祖定能護佑我們的。」

原本害怕得要死的百姓，一聽住持的話，不知是誰先帶的頭，朝著身後大殿內的佛像跪下，待有人跪下後，眾人便一個接一個地朝著佛像跪下，只見沒一會兒，除了這邊的謝家人之外，其他人竟是都跪了下去！

秋水朝蕭氏看了，問道：「太太，這……」

蕭氏拉著謝清溪的手便直直地跪了下去。

謝家丫鬟、僕婦見狀，也緊跟著跪了下去。

此時的廣場之中，只有方丈還有幾位僧侶站著，方丈銜著佛像雙手合十便端坐了下去，幾位僧侶跟在方丈後面坐著，待全坐定後，便聽見方丈帶著僧侶們誦經的聲音。

謝清溪原以為這輩子都不願再聽到這樣誦經的聲音，可是在此刻，這樣誦經的聲音卻讓她內心無比安定。

於是在這天搖地動之間，西鳴寺卻出現這樣奇異的一景——

所有人都虔誠地跪在地上，向佛祖乞求，希望我佛慈悲，免讓百姓受苦。而誦經的聲音在偌大的廣場之中響起，安撫了每一顆顫抖的心。

此時在西鳴寺的人還算是好的，蘇州府內已是一片人間慘境了。

在地動來臨的時候，有許多人都沒來得及跑出來，便被壓在了房屋之下。

謝清駿此時正在家中，房屋剛在搖動時，他便意識到，趕緊跑了出來。此時謝樹元在衙門裡，而蕭氏帶著謝清溪去了西鳴寺，他自然便是這家中說話最管用的人了。

他派人去幾個姨娘處查看，又親自前往兩位妹妹上課的學堂，待他到了春暉園的時候，謝明貞和謝明芳已經被丫鬟們護著出來。

謝明芳已被嚇哭，抓著謝明貞的手就是不放開。

白先生因為年紀大，走路略有些慢，還是身邊的小廝扶著他走了出來。

「大哥哥！」謝明芳一見謝清駿過來，便趕緊哭著喊了聲。

「好了，別哭了，這不都沒事了？」謝清駿安慰她們，接著又對著情緒還算平靜的明貞說道：「明貞，清懋和清湛都還在學堂裡頭，清懋我倒是不擔心，我得去看看清湛，這家中便囑託給妳了。如今眾人應該都已經跑出了院子，我已派人四處檢查去了。若是發現有房屋倒塌的，定要第一時間確定下面是否埋著人。」

謝明貞也不過只比謝明芳好一點罷了，她如何能當家做主啊？謝清駿這番囑託的話說出來，連她都顫顫地搖頭，無助地說道：「大哥哥，我不行的！」

「大哥哥，你別丟下我們啊！」謝明芳一聽謝清駿要出去，嚇得便去抓他的袖子。

謝清駿又說：「我將觀言留給妳，他跟在我身邊多年，素來精明。我去去便回。」說完，謝清駿轉身便離開。

他身後的謝明芳哭得淅瀝嘩啦，只一味說道：「大哥哥不管我們了！大姊姊，妳別丟下我！」

「好了，二妹妹，咱們先在這空地上稍等片刻。」明貞如今也只得強打起精神，好在身邊還有幾個小廝在，這三個小廝原本是在院子裡伺候的，因當時正好靠近春暉園，便立即進來救她們和先生出去。她吩咐說：「你們三人先去三位姨娘處瞧瞧，若是見姨娘安全，便趕緊回來同咱們說一聲。你們也同方姨娘和江姨娘說一聲，我同二小姐如今很安全，讓她們不要著急，也不要再派人過來看我們，待地龍停了後，我們自會過去找她們的。」

謝清駿一出門，馬匹已經準備好了。可是動物素來對這地動敏感，如今馬更是狂躁不安。此時大的地動雖停了，可是小地動卻還不斷。謝清駿一出門，便看見對面一條街的房屋都歪歪斜斜的了。

謝家本就坐落於城東內城，這一帶都是官員的府宅所在，本就是蘇州最好的府邸了，如今連這條街的災情都這般嚴重，更別說城西和城北大部分的窮人區了。

謝清駿心下微微一嘆，便安撫起馬匹，待過了會兒，他才翻身上馬。

他的小廝默言站在原地，謝清駿坐在馬上，一派嚴肅地說道：「你留在府中，將未受傷的家丁都召集起來，待我接回清湛後，便同我上山去接夫人和六小姐。」

默言趕緊點頭。如今夫人和六小姐偏偏去廟裡還願了，也不知山上是個什麼樣的情況？

謝清駿跨馬便往城南走，謝清湛讀的蒙學是在城南。

一路上，謝清駿便看見這場突如其來的地動給人們帶來的災害。

他剛出了內城一點，進入東市的時候，就見平日繁華的大街此時已經一片狼藉。兩邊擺著的攤子早已橫七豎八地倒在了地上，新鮮的瓜果蔬菜滾落在路面上。

而東市的許多店鋪受損更是嚴重，不少店鋪的牌匾已經砸了下來，房子上的瓦片此時還在紛紛揚揚地落下，不少此時還沒跑出去的人，一個不及時就被從天而降的瓦片砸得頭破血流。

兩邊原本整齊明亮的店鋪，此時一片狼藉，一眼望去便可以看見裡面的貨品四處散落在地上，而桌凳更是隨處翻滾著。

待越往外面走，這受災的情況便越是嚴重。東市店鋪的房子還只是房頂有所受損，可是到了城西的邊緣時，就能看見裡面一整排房子倒塌的情況。

街邊更是有不少人在哀嚎，而尚且有行動能力的人，此時正徒手在挖廢墟，若是認真聽的話，只怕都能聽見那廢墟之下不斷傳來的呼救聲。

饒是謝清駿這樣的心神，都忍不住亂了起來。如今他眼前所及之景，是他從未見過的人間慘境。

待他好不容易到了謝清湛的蒙學時，就見門口已經停了好些馬車。這蒙學本就是蘇州府裡最好的，因此不少官員和富商的孩子都被送到此處讀書，如今地動了，不知多少人家的寶貝疙瘩被困在此處，家中人自然是趕緊派下人前來查看。

像謝清駿這樣親自前來的不多，此時門口已經沒了看門人，所以謝清駿進去倒也很容易，只是一進去後，便看見一處房屋倒塌，旁邊有好幾個穿著青白儒衫的小童，有些已經眼淚汪汪的了。

謝清駿因先前也來接過謝清湛幾回，知道他的學舍所在何處，直接便往那裡去了。往裡面去，穿過一片不小的空地時，便能看見好些穿著書院院服的學童成堆站在一處。這些孩子的年紀都不過六、七歲的樣子，這會兒已經被這樣的巨變嚇著，不少人都哭了出來，就連素來最嚴厲的先生，這會兒都忙不迭地安慰他們。

結果謝清駿一進去，便看見裡面已經倒塌了好幾處房屋，他心頭自然又驚又怕，待到了清湛學舍所在處時，見那學舍的門窗都歪歪斜斜的，房頂更是破了井蓋那麼大的洞，可好在房子沒塌。

他看了這周圍一圈的孩子，都沒見著謝清湛的身影，趕緊拉住其中一個學童問道：「請問你可看見謝清湛在何處？」

那孩子迷迷濛濛地被拉了一把，眨了半天眼睛才問道：「你是誰啊？」

謝清駿這會兒找不到謝清湛，早已經心急如焚，便急急說道：「我是清湛的大哥，我想問一下，他如今在哪邊？」

「喔，你是清湛的大哥啊……」這孩子還有些迷茫的樣子。剛剛夫子上課上得好好的，突然間房子都晃了起來，桌上硯臺裡的墨汁四濺，好嚇人、好可怕啊！可隨後，這孩子總算回神，興奮地喊道：「你就是恒雅公子啊?!公子，我、我……」

這孩子在家也聽兄長提起過恒雅公子的名諱，如今已將恒雅公子奉為畢生追隨的目標，如今乍然見到自己仰慕之人，實在好生開心啊！

謝清駿雖已著急到冒火，可還是禮貌地說道：「你是清湛的同窗吧？可知道清湛如今在哪裡？」

「我們夫子剛剛被掉下來的瓦片砸傷，大家合力將夫子抬到後面的空地上去了，我帶你去找他吧！」這孩子原本還因為沒被選上抬夫子而失望，這會兒立即高興地領著謝清駿就往後面走了。

謝清駿跟著這孩子往前走，此時還不時有瓦片從遊廊上落下，他趕緊上前護著這孩子。待兩人到了後面的時候，便看見這空地之上躺了好些被砸傷的人，有夫子也有學童。

他趕緊找尋清湛的身影，可是卻怎麼都找不到。那孩子將他帶到他們受傷的夫子旁邊，便問身邊的同窗，清湛去了哪裡？

「夫子傷勢好嚴重，這裡又沒有藥箱，聽說夫子住處有藥箱，清湛便去拿了！」一個學童急急地說道。

旁邊一個學童也眼淚汪汪地說：「我說讓清湛不要去的，可是他說夫子的傷勢一定要及時止血……他怎麼去了這麼久還沒回來啊？」

就算是一直鎮定到現在的謝清駿，聽到這句話的時候，腿也險些都要軟了。他立即抓著旁邊那個帶自己過來的孩子，問：「你可知道你們夫子的住所在何處？能帶我去嗎？」他問的下半句，幾乎是用哀求的語氣。

這孩子本就崇拜謝清駿，如今見他這般為弟弟憂心，更覺得「我崇敬的人果真是人品最佳的」，便自告奮勇地要帶他去找。

兩人又急急往夫子們平日的住所而去，待進了一處小院落的時候，這孩子便指著其中一間說道：「那裡便是咱們夫子住的地方。」

就在此時，又是一陣猛烈的搖晃，竟是地動再起，且謝清駿感覺，這回並不比第一回的地動小！周圍的瓦片又是唏哩嘩啦地往下掉，就在此時，那處房屋竟在搖搖晃晃中塌了！

謝清駿眼睜睜地看著它塌在自己的面前，再也顧不得危險，立即往前跑，可是只有片刻工夫，那房屋便成了一片廢墟！

「清湛——」這是謝清駿頭一回這般無助，連叫喊聲中都帶著無盡的絕望。

謝清駿跪在那片廢墟前面，眼神中布滿哀痛。

謝清湛抱著藥箱，一溜煙小跑出屋內。真是的，不是說藥箱放在夫子臥房嗎？明明就在書房裡頭嘛，害他找了這麼久。

結果他一出門，就看見院子裡站著的顧軻，剛想問他怎麼過來了，就聽見旁邊有人在喊自己的名字，他轉頭一看，就見自家大哥跪在夫子的臥房門口。

呀！夫子的屋子怎麼突然倒了呀？

「大哥哥！」謝清湛抱著藥箱趕緊過去，想將謝清駿拉到一旁。這裡很危險的，萬一被掉落下來的瓦片砸到怎麼辦？

謝清駿原本已經絕望了，正準備徒手刨廢墟的時候，突然聽見一個歡快的聲音叫著自己，接著，還有一隻小手在拉自己的肩。

「大哥哥，你可不能離這麼近，萬一被砸傷就糟了！」謝清湛認真地說道。

謝清駿的脖子猶如僵硬一般，一點點慢慢地轉過來，在看見謝清湛滿臉笑容地站在自己面前時，早已經紅了的眼眶一下子變得濕潤了。

謝清湛被自家大哥盯得有些不好意思，摸著腦袋說道：「大哥哥，你是來找我的啊？」

突然，謝清駿站了起來，並以迅雷不及掩耳之勢朝他腦袋上拍了一下，下手實在有點重，讓謝清湛一下子大叫起來。

「大哥哥！你跑過來就是為了打我的？」

「是的。」謝清駿板著臉說道。

謝清湛看自家大哥的臉色實在是有些不好，便不敢再說話。

謝清駿見他懷裡抱著一個藥箱，便一把接過，拉著他的手趕緊往回走。

謝清湛路過顧軻身邊的時候，也招呼他回去。

顧軻的性子也是活潑的，一見他便說道：「清湛，你可不能再亂跑了，你哥哥為了找你，都快著急死了呢！」

謝清駿此時拿著藥箱，又拽著自家弟弟，實在是不好意思打斷這孩子的話。

不過謝清湛這才知道，謝清駿是特意來找自己的，因此不好意思地摸著後腦勺說：「夫子明明說藥箱在臥房裡，誰知卻是放在了書房裡面，所以我才會耽誤到現在的。」

謝清駿此時哪還想聽他這些驚險的經歷？也幸虧他運道好，如果他剛剛還在臥房裡面找藥箱，這時候被活埋的就是他了。

待回了那塊空地後，謝清駿便發現被抬過來的人越來越多了，只怕方才的地動又砸傷了不少學生吧？
謝清湛領著自家大哥到夫子跟前，謝清駿趕緊打開藥箱，找了止血的金創藥。
這位夫子頭上被砸了好大一個口子，血流了半張臉，並染紅了半邊衣裳，好不嚇人。
謝清駿涉獵廣泛，便是醫書也看過不少，如今幫這位夫子止血後，便找出藥箱中的白布，一圈一圈地在他頭上纏住。
「好了，夫子的傷勢應該是無礙了。」謝清駿替夫子包紮好，扶著他躺下後，衝著旁邊圍了一圈的小孩子說道。
這幫孩子都穿著蒙學中的規定服裝，戴著小小的儒生帽，一張張白淨天真的小臉充滿期望地看著他，如今見他發話，都不由得歡呼起來。
「清湛，你哥哥可真厲害！」顧軻一邊興奮地鼓掌，一邊稱讚道。
此時全城都在受災，大小地動更是不斷，這會兒連官衙的人都還沒出動呢！這處蒙學因是蘇州府最好的蒙學，房舍建造得算很堅固，除了一些被瓦片砸傷的師生外，竟是沒有人亡命，比起外面某些地方屍橫遍野的慘況，著實是好了不少。
這會兒已經有不少僕人前來，將家中的小少爺接走。
「你們山長此時身在何處？為何這邊連個看顧的人都沒有？」雖然謝清駿著急要帶謝清湛回去，可是也不能將傷者直接扔在此處，於是他耐著性子問道。
謝清湛搖頭說道：「夫子們都在看管學生們，根本沒有時間照顧受傷的人。」

謝清駿四處看了一下，只見每個傷者身邊守著的幾乎都是學童，便是有夫子在，那也是在看顧受傷的學童。

「這不行，你們得趕緊回家去。你們家裡可有派人來接你們？」謝清駿環顧著圍了一圈的小蘿蔔頭，結果都沒人點頭。

想來這會兒才剛地動完，他們家中一時還沒有派人過來。

於是謝清駿便說道：「我帶你們到前面去，同你們的同窗們在一處，這樣你們家人待會兒來的時候，便可以看見你們。」

「可是夫子怎麼辦？」一個瘦瘦的孩子問道。

謝清湛立即說：「我可以在這裡照顧夫子，我哥哥送你們到前面去！」

謝清駿這會子哪裡敢讓他跑出自己的視線？左右為難之際，便聽到身後有人喊——

「大哥！」

謝清湛一轉頭，就看見他二哥過來了，興奮地立即揮手示意自己在這裡。

謝清懋是帶著自己的小廝張全兒過來的。

地動剛停，張全兒便趕著馬車去書院找謝清懋了，結果接著這位爺了，他非要來找三少爺。

「清懋，你來了正好！你在這裡照顧清湛和夫子，我將這些學生送到前面去。」謝清駿立即起身，勸著周圍的四、五個學童離開。

顧輞原本是很不願意離開的，結果一聽謝清駿說，以後可以去謝府做客，顛顛地就跟著他往前面去了。

謝清湛看著他二哥哥，問道：「二哥哥，你們書院怎麼樣啊？」

白鷺書院的學子最年幼的也有十三歲，地動一開始，大家便自己跑了出來。後頭雖有些被砸傷的學生和先生，不過因人手十足，倒也沒出現蒙學這種連學童都要照顧夫子的情況。

「還好。」謝清懋不是個善於言辭的，一見地動，第一時間想到的便是謝清湛。

清溪如今在山上，不過身邊有母親和好些僕婦，估計是無礙的。只有清湛在這裡上學，身邊連個小廝都沒帶。

不過謝清懋過來一見，發現他不僅好好的，竟還能照顧夫子、寬慰同學，順便關心一下自己書院的情況。

謝清懋環視了一下這周圍的情況，不管是蒙學還是白鷺書院，房屋的建造都是極好的，如今都還有這樣多的傷者。他忍不住想到謝樹元，父親身為蘇州府的布政使，可是身繫整個蘇州府的百姓啊……

此時的謝樹元，已召集了右布政使秦德明、蘇州知府章為善，以及一干蘇州府官員緊急會面。至於家中，他已是顧不得了，讓身邊的小廝急急回去，只帶了一句話：府上諸事皆由大少爺決斷。

謝清駿回來後，便看著謝清懋說道：「既然你過來了，便先帶著清湛回府去，待我將這位夫子安置好後，就回去找你們。」

「不行。大哥，此時父親定是顧不得府上的，而母親和清溪兩人還在山上，如今是什麼境地根本不知，還要人趕緊去接了她們回來才行。不如你帶著清湛回去，我在此處幫手，若是此處情況緩和了，我便立即回家。」

如今謝清駿找到了弟弟，自然就擔憂起山上的母親和妹妹了。可這蒙學的情況也實在是不樂觀，這裡都是幫不上什麼忙的孩子，院中的奴僕加上夫子都已經在四處救援了，可人手還是不夠。便是眼前這位受傷的夫子，他也不能眼睜睜地將其扔在此處吧？

於是謝清駿當即下定決心，說道：「那好，清懋你在此處幫手。我回去後便派幾個家丁過來，屆時你便立即趕回家中。我待會兒便要上山，所以家中便由你來看顧了。」

「我知道的。大哥，你路上小心些。」謝清懋說道，不過見他拉著清湛要走時，又說：「大哥，你帶著清湛，還是不要騎馬了，讓張全兒送你們回去吧，待會兒再讓他帶幾個人過來幫手。」

待謝清駿回到家中，剛下了馬車，便遇見剛進城的林君玄一行人。

林君玄一見他便問。「府上災情如何？可有人受傷？」雖他極關心謝清溪，可還是強忍住內心的焦炙。

謝清駿讓張全兒領著謝清湛進去，偏偏這孩子不去，反而直愣愣地衝著他問——

「大哥哥，你是不是要上山去接母親和妹妹？我也要同你一起去！」

「清溪上山了？」林君玄立即吃驚地問道。

謝清駿不得不點頭，眉心早已是一片焦急。方才他坐著馬車回來時，發現這街道上的情形竟是比他去的時候要更壞了。好些原本受傷的人，因未得到及時的救治，已經躺在地上沒了聲響。

他又抬頭看了眼天際，只見天色已經陰沈了下來，黑雲漸漸將整個蘇州府籠罩在其中，竟是壓得讓人有些透不過氣。

「若是下雨的話，只怕蘇州危也……」謝清駿說這話的時候，已是帶上了幾分不忍心。如今地動剛過，房屋倒塌，一切都被毀了，百姓連住宿的地方都沒有，若是再下雨的話，只怕連露宿街頭都不行的。

林君玄是從城外過來的，蘇州府乃是城市，這房屋的堅固度自然比城郊要強上千百倍，城外早已經是塌了一片了，放眼過去，幾乎連像樣的房子模樣都沒有。

「我有一位朋友乃是蘇州富戶，我已讓人去聯繫他了，希望他能安排一下，讓災民有個避難之所。」林君玄身為皇族，自是比旁人更多了一分著急憐憫之心。

「大哥！」謝清湛見自己的話被無視了，便趕緊拉著謝清駿的衣袖。

謝清駿轉身對著他，嚴肅地說道：「我是前去接母親和溪溪，你年紀太小，同我們去只會是拖累，所以你必須留在府上。」

謝清湛還要說話，便見府裡匆匆跑出一人。

那人見了謝清駿，立即喜道：「大少爺，您可是回來了！老爺讓我回來瞧瞧。」

「父親還好嗎？」謝清駿問道。

「衙門倒是沒什麼，除了有一處年久未修的院子塌了外，再沒旁的了。」那人趕緊說道，接著又說：「老爺如今在衙門中不得回，讓我給大少爺帶一句話。」

「你說。」

「老爺說，府上諸事皆由大少爺您決斷。」

這便是長子的義務和責任。這句話太過沈重，以至於謝清駿都不得不深吸了一口氣後，才說道：「你只管回去，告訴父親，清駿定不辱命。」謝清駿轉頭，一手壓在謝清湛的肩膀上，沈聲說道：「清湛，你也聽見父親的話了。府上需要人在，而大哥又必須要去找母親和溪溪，所以你必須在家中協助你二哥，這是男人的責任。」

謝清湛不敢再說，只抿著嘴，重重點頭，不過末了，還是說道：「大哥，你接了母親和溪溪之後，可要早些回來。」

「好的，大哥答應你，一定早點回來。」

林君玄讓裴方帶著人去找在蘇州當地的長庚衛，儘量先幫助一部分災民，而他則是和謝清駿帶著一部分謝家家丁，前往西鳴寺。

「此次倒是煩勞林兄了。」謝清駿一邊策馬，一邊說道。

林君玄微微轉頭，只客氣說道：「我是清溪的師傅，何來麻煩一說？」其實他心中早已經焦急萬分，那西鳴寺乃是依山而建，如今地動，若是山石滑坡，阻了山道的話，只怕她們在山上根本下不來。而他更擔心的是，萬一山上的石頭滑落到寺廟之中呢？

此時大地動已經過去，只是不斷有些小地動發生。

也不知是真的佛祖保佑，還是西鳴寺的屋宇本就穩固，這廟中除了幾間經年未修的房屋外，竟是沒有旁的房屋倒塌，而在廟中的人顯然也因為這點安心了不少，那些原先吵著要回家的人，這會兒倒是覺得西鳴寺說不定比自己家中安全多了。

待謝清溪扶著蕭氏起身時，她身子晃了一下，顯然是跪得太久了。謝清溪見她滿臉倦容，便說道：「娘，如今屋子還不能歇息，不如我扶妳找一處地休息會兒吧？」

「嗯。」蕭氏點了點頭。

先前那個小和尚一直在她們身邊，這會兒聽了謝清溪的話，便立即說道：「不如便去敝寺給夫人和小姐準備的院落歇息會兒吧？」

謝家眾多丫鬟、僕婦趕緊護著自家夫人和小姐離開。說實話，這裡這樣多的人，萬一要是有個什麼混亂，只怕她們這些細胳膊細腿的也保護不了夫人和小姐啊！

這沒一會兒便到了午膳的時間，因著突然而來的地動，廟裡沒準備多少飯菜，謝家丫鬟只得去外頭馬車上將預先準備好的糕點拿過來。

過了好久，秋水都沒見丫鬟回來，正著急呢，便見兩人提著食盒，跟作賊一般地進來了。

「怎麼了？」秋水迎上去便問道。

其中一個丫鬟拍著胸脯說道：「秋水姊姊，前頭亂起來了，可是嚇死我們了！」

「怎麼亂起來了？先前不是還好好的？」秋水趕緊問道。

「這不是到了午膳的時間嘛，結果廟裡沒準備這樣多的齋菜，方丈便說讓老人和孩子先吃，原先還好好的，結果有一家富商家中的女眷，居然擺出了雞鴨魚肉來，有些人一時氣憤，便搶了她們的吃食，那富商的家丁同搶食的人們打了起來，這會兒可亂了！」那丫鬟口齒伶俐地將事情說了一遍。

另外一個丫鬟趕緊說道：「幸虧咱們倆拿食盒的時候是避人耳目的，要不然也得讓那幫刁民搶了！」

「要不是那富商家眷太過囂張，人家又豈會搶她們啊？」旁邊的丫鬟不同意她的說法。

秋水可不願聽她們打嘴仗，趕緊說道：「食盒給我，夫人和小姐等著呢！」

謝清溪不敢讓蕭氏坐在屋子裡，只讓丫鬟將凳子和桌子搬到院中來，只是如今這數九寒冬的，實在是有些冷啊！

蕭氏看著她被凍得青紫的臉色，心疼得不得了，趕緊說道：「我讓丫鬟再給妳拿件披風吧？若是凍病了可不得了。」

「算了，外頭那樣多的人，讓丫鬟們進進出出也不安全，若是別人覺得咱們有這樣多的東西，萬一來搶了可怎麼辦？」謝清溪不是沒在電視上看過，因為物資匱乏而哄搶食物和水的事情。

秋水拎著食盒進來，旁邊的丫鬟便趕緊要擺出來，卻被秋水阻止了。蕭氏朝她看了一眼，她只得將方才外面的事情說了一遍。

「雖說咱們在院子裡，可若是讓旁人瞧見，難免起了覬覦之心。」秋水說道。

謝清溪立即點頭。「秋水姊姊說的有道理。咱們帶了多少吃食過來？」

秋水將食盒打開，只見上下三層食盒滿滿當當地放著點心，這是廚房裡給準備的，預防主子們路上餓。

「這樣吧，妳留下足夠咱們吃的點心，多餘的便給前頭的災民吧。如今咱們都在廟中，豈有不互幫互助的道理？」謝清溪說道。

旁邊的朱砂卻多嘴說：「可小姐，這全給了災民，咱們下一頓可怎麼辦？」

「妳這傻丫頭，待這地動停了，咱們便要下山回家去了，難不成妳還要在這兒長住不成？」謝清溪說她。

朱砂見蕭氏朝自己淡淡瞥了一眼，還以為太太在怪自己多嘴呢，便趕緊住口不說了。

既然謝清溪都發話了，蕭氏也沒說旁的，秋水便趕緊端出最上面一層的四盤點心，將餘下的食盒封好。

「妳們可得吃飽了，這裡可不像府上，餓了還隨時有點心吃呢！」謝清溪見一個個都不願動手，便逗弄她們。

蕭氏見她沒了先前的害怕，反而會安慰旁人，也稍微寬了下心。

再說謝清駿和林君玄一行，正騎著馬直奔西鳴寺而來。一路上，這周圍村莊上的房屋都已經倒塌，而牲畜的屍體更是滿地都是，看著實在是觸目驚心。

待到了山腳處時，他們擔心的事情還是發生了。只見一塊巨石擋在了前往山上的道路，那巨石實在是大，將路封得死死的，根本就繞不過去。

林君玄看了眼旁邊的峭壁，又問了身後的謝家家丁。「就只有這一條路上山嗎？」

「是的，就這一條。」那家丁趕緊回道。

林君玄和謝清駿對視一眼，兩人心中皆是焦急。如果只有這條的話，那這山石可不是人力所能搬動的，需得火藥才能炸開，可他們一時半會兒去何處能弄到火藥？

林君玄看著身邊的峭壁，突然一咬牙說道：「看來咱們只能從此處峭壁爬上去，繞過這塊石頭了。」

「我先去。」謝清駿看了眼這山體，只見陡峭不說，還沒有著力點供攀爬。

身後的謝家家丁一聽都是著急，急忙阻止他。

林君玄自然也不願謝清駿涉險。

整片天際都被黑雲壓住，原本還淡淡的日光，突然間便不見了蹤影。猛烈的狂風猶如憑空出現般，吹得人東倒西歪，那破損的窗戶更是咯吱咯吱作響。

謝清溪看著外頭，忍不住說道：「要下雨了。」

此時屋內的眾人都望向外頭，就連蕭氏臉上都帶著不忍。

有個丫鬟忍不住說道：「這老天爺是不給人活路了嗎？」

這樣的寒冬臘月，本就容易凍死人，如今地動將房屋都震塌了，再加上下雨，別說是謝清溪了，只怕在場任何一人都不敢想像，明日將會有多少屍體堆積。

突然，一聲悶雷自天際而來，那猶如要將整片天空都炸開般的巨響，讓屋內的丫鬟嚇得忍不住拉著手。

謝清溪立即往窗邊站，只見天邊由一道雷電劃開雲層開始，傾盆大雨瞬間落下。這雨簾實在是太大了，以至於謝清溪連院子門口都看不清。

「竟是這樣大的雨……」謝清溪喃喃說道。也不知父親還有大哥他們如何了？

又過了好一會兒，謝清溪正看著雨幕出神的時候，只聽一個丫鬟指著外頭說——

「好像來了個人。」

謝清溪往外面看，便見那密集的雨簾之中，竟是有個影影綽綽的身影……她莫名心頭一驚，趕緊出去。

蕭氏叫她不住。

朱砂也趕緊跟上。

謝清溪站在走廊裡，看著那個高大的黑色身影，頂著狂風暴雨，一步一步堅定地走過來。即便那風勢太過淩厲，吹得他的身子險些歪掉，即便那雨勢太過張狂，可他的腳步還是那樣的堅定。

「是大少爺嗎？」朱砂沒看清這人是誰，開口問道。

謝清溪說：「不是。」因為就在那人抬頭時，她看見了。

「朱砂，進去。」謝清溪命令道。

「小姐——」朱砂剛要開口，便聽見謝清溪更加淩厲的聲音。

「進去，不要讓我重複！」

朱砂哪敢違抗她的命令？只得立即進去了。

此時，那個黑色的身影也走到了迴廊前，他站在雨幕中，抬頭看著這個站在迴廊下的女孩，她的眼睛依舊亮得猶如天幕的星辰，她的容顏猶如盛開在雪域的雪蓮。

謝清溪的手臂伸了出去，大雨瞬間將她的袖子打濕，風呼呼地吹著寬闊的袖口。

只聽她緩緩說道：「陸庭舟。」

風也飄搖，雨也飄搖。

陸庭舟的眼睛被雨水打得有些睜不開，可這依舊遮擋不住他俊美的容貌。有些記憶藏得太深，以至於再出現的時候，總有一種不曾來過的錯覺。

謝清溪靜靜地看著陸庭舟，這個俊美的青年比起當年那個小小少年來，真的變了好多。不僅五官更加立體出色，單單站在那裡，身上都帶著讓人不敢小覷的氣勢。

他輕輕喊道：「清溪。」

屋內的蕭氏見朱砂被謝清溪趕了進來，害怕她在外頭淋了雨，又怕外面來者不善，便趕緊讓秋水出去找她。

秋水一出來便見一名男子站在雨地裡，而自家小姐則是站在迴廊邊緣，半邊身子都要被雨水打濕了，於是她立即輕輕喊道：「小姐？」

謝清溪這會兒才堪堪回過神來，她一見陸庭舟還站在雨裡，下意識地就伸出手，說道：「你趕緊上來吧！」

陸庭舟拉著她的小手，站到了迴廊上，她的手還很小，可皮膚光滑，柔若無骨。

秋水見狀，嚇了一跳，急急在她耳邊低低喊道：「小姐！」

謝清溪被她一喊，這才意識到，自己的年紀可是不能隨便牽其他男子的手了。她轉頭看著面前高大的陸庭舟，發覺他和她真的都長大了。他以前沒有這麼高的，肩膀也沒有這麼寬闊；而她呢，以前也只有一點點高，只能到他腿邊，如今站在他旁邊，身高已經過了他的腰間了。

「……我大哥哥人呢？」她將自己的手掌急急抽了回來。他明明穿著林師傅的衣服，可模樣卻成了小船哥哥。想叫他「林師傅」，可是卻又覺得尷尬，而「小船哥哥」這樣的稱呼更是叫不出來了。

「山道被山上滾落的巨石擋住了，妳大哥哥一時上不來，所以只有我上來了。」陸庭舟雖這麼說，可卻也隱瞞了一部分的事實。

方才在山腳之下，謝清駿本是要親自攀爬石壁翻過巨石的，可是在陸庭舟和家丁的阻止之下，還是由謝家一個身手不錯的家丁率先攀爬。這人原本已經要到達巨石頂部，眼看著就要成功了，誰知大雨忽降，他一時手滑，便從數米高處落了下來，眾人搶著去救他。

就在這之際，謝清駿一時不察，被一塊從山上滾落的石頭砸傷了右臂！若不是陸庭舟及時察覺，將他推開數寸，只怕這石頭就要砸到他的頭上了。

之後，陸庭舟便親自出面攀爬。他本就精於武藝，又有一柄可削鐵如泥的匕首在身，這才爬上峭壁，翻過巨石的。不過除了他之外，便再無人能成功。

因這雨勢越發的大，他便讓謝清駿先帶人回去，待找到火藥後再回來炸開巨石。

「你的衣裳都濕了。」謝清溪看著他身上濕透的衣裳，黑色衣裳緊貼著他的肌膚，因著如今是寒冬，他本就穿得厚實，如今再被水浸泡著，這一身衣裳只怕有幾十斤重。她立即說道：「如今是寒冬，穿著這樣的衣裳肯定是會生病的。你先到旁邊歇會兒，我讓人去問問領我們進來的知客僧，看廟中是否有合適的衣裳更換。」

陸庭舟點了點頭，一副「妳全權做主」的模樣。

謝清溪立即回頭對身邊的秋水道：「秋水，這位公子是從京城來的，是父親的舊識，只是如今他這一身衣裳倒也不好給母親見禮，妳先將他領到旁邊的房間裡，再將咱們房裡的炭火分一盆給他。」接著又對他叮囑道：「我這裡的丫頭都是伺候女眷的，不好讓她們去伺候你，待會兒你自個兒脫了衣裳，好好烤烤火，如今這樣的時候可不能生病了。」

大災之後，必有大疫。

如今地動剛過，又連上了下雨，那些無人收殮的屍體在雨水的浸泡之下，只怕很快就會流行起瘟疫。

陸庭舟依舊是點頭。

秋水聽她這般熟稔地同男子說話，還以為這真是京城來的舊識呢，趕緊進去稟告了一通，並端了火盆。

謝清溪進來後，蕭氏目光有些疑惑，只問道：「這是京城來的何人？怎麼這般時候過來？」

「這位我在爹爹的書房見過，聽爹爹說，是舊識的兒子。如今他剛好有事上山，大哥哥因不能上來，便請他過來瞧瞧咱們。」謝清溪解釋道。

蕭氏雖還疑惑，不過也未多問，畢竟丈夫書房的客人，有大半她是未見過的。倒是清溪以前喜歡在她爹爹的書房中玩，曾見過也是有可能的。

「咱們院中都是女眷，倒也不好讓他久留。」蕭氏到底是守禮節的貴夫人，情急之下倒也可以說得過去，但是讓這位公子久留，她卻是不願的。

謝清溪趕緊說道：「娘，我聽這位陸公子說，下山的路被山上落下的一塊巨石擋住了，只怕咱們一時半會兒是下不了山的。」

「什麼？這可如何是好？」蕭氏之所以這般淡然，便是想著待這雨停了能盡早下山，如今聽清溪這麼說，她便立即心慌了。

雖說清溪在她的身邊，可她到底沒看見清駿他們三人，心裡如何能放心得下？還有府上，那麼一大家子，如今老爺定是顧不上府裡了，她又不在，這萬一出點什麼事情……

蕭氏越想越是心亂，恨不得立即能下山去了。

「娘，妳放心，這位陸公子是從山下上來的，又與大哥哥同行過，估計對咱們家的情況還算了解。待他換了身衣裳，我便讓他過來同妳說說家中情形。」謝清溪剛才太著急，一時竟是沒問起家裡的情況。

不過陸庭舟既說大哥哥和他一同到了山腳，那估計定是家裡無事，大哥哥才會來山上尋她們的吧？

蕭氏點了點頭，不過臉上的憂慮卻還是未少。

就在謝清溪看著外面的滂沱大雨時，突然，蕭氏輕喃了一句——

「不好。」

「怎麼了，娘？」

「我光顧著咱們家中了，竟是忘了明嵐！」蕭氏白皙的臉上閃過一絲懊惱。她素來八面玲瓏，可這樣危急的時候，光顧著自己的女兒了，難免有些疏漏。

謝清溪一聽她這麼一說，也想起那個在附近庵堂中的四姊姊。若是謝明嵐這會兒出了意外……謝清溪簡直不敢想像。雖說謝明嵐罪有應得，可她到底是謝樹元的親女，若是在地動時有個三長兩短，只怕謝樹元會遷怒到自己母親身上。

蕭氏立即起身，說道：「不行，我必須派人去看看。」

房裡的丫鬟們一聽，臉上都出現猶疑之色。若是夫人派自己去，她們自然是不敢不去的，可這樣的天氣、這樣的情況，誰都願意在這房子裡待著，畢竟若是去了外頭，萬一再從山上砸出什麼巨石來，豈不是太危險了？更何況，這還是去看四小姐，那位姑娘可是被老爺送到廟裡待著的，有什麼前途可言嘛！

眾人雖都未說話，不過這心裡想的卻都是差不多的。

「娘，這樣大的雨，馬車定是趕不了的，咱們如何能出去？」謝清溪立即勸道，又說：「等雨停了，咱們再讓人去看四姊姊，豈不也是一樣的？」

蕭氏心中猶豫不定，她自然是想立即讓人去看四姑娘，倒不是她對謝明嵐有多關心，實在是她與謝樹元本就因謝明嵐有些嫌隙在，若是謝明嵐再出點事情，只怕這夫妻情分是真的到了頭。

雖說這當家主母不受寵的例子太多，可蕭氏到底與謝樹元是從少年夫妻一路恩愛到如今的，謝樹元又未犯下什麼寵妾滅妻的大錯，他對江氏也不過爾爾，所以蕭氏自然不願他們的夫妻情分一再被這庶女之事弄得淡薄。

可這樣的話，她自然不好同謝清溪說。

「不行，那庵堂之中都是女流之輩，若是妳四姊姊真的出了事，只怕那裡也不好救治。」蕭氏既打定了主意，便說道：「秋燕，妳去外頭將趕車的柳二叫進來，我同他有話交代。」

秋燕見夫人叫了自己，趕緊道了聲「是」，拎著門口的油布傘便朝外頭去了。

蕭氏又轉頭看著剛回來的秋水，想了半晌才說道：「今日跟在我身邊的人，妳辦事最為妥當，我素來也是依仗妳的，所以這去接四姑娘的事，只能由妳去辦。若是此事辦好了，別說我有重賞，便是老爺也定會賞妳的。」

「太太有事只管吩咐奴婢去做便是了，奴婢哪敢要太太的賞賜。」秋水趕緊跪下來。

「這樣的情況讓妳出去，也實在是難為妳了。」這些婢女都是貼身伺候蕭氏的，如今讓她出去，可是擔著性命的危險，蕭氏自然也捨不得。

謝清溪一聽蕭氏說「接四姑娘」，便轉頭問道：「娘，妳要將四姊姊接過來？」

「如今這樣的情況，也只能將她接到身邊才是最妥貼的。到時候她來了，妳只跟在我旁邊便是了。」蕭氏自然知道這個庶女是不省心的，好不容易讓謝樹元送走了她，如今卻又出了這等變故。

謝清溪沈默不語。

這樣的大雨下得人心慌，原本受傷的人還能躺在外頭的空地上，如今卻只得進入房子裡躲避，可萬一再來一次餘震，將這本就歪斜的房子震塌了，只怕到時情況將更加危急啊……

第十八章

謝樹元早已經是急得滿頭冒火，蘇州素來富庶平靜，除了偶爾的水患之外，何曾有過地動？也不知今日怎會突然就翻了地龍的，而且瞧著這動靜，只怕是不小了。原本這地動就已經夠不平靜了，誰知緊接著又下了大雨。

謝樹元已經派人去請了蘇州府總兵，希望他能派兵丁過來，協助他救濟全城百姓，畢竟單單靠蘇州府的這些人力，定是不成的。

原本他的打算，是先救出被活埋在廢墟之中的人，再騰出一部分人手安排那些無家可歸之人。可是下了大雨，如今的當務之急，只怕是得先安頓那些無家可歸的人了。

在廢墟之下苦苦等著救命的人，身上有傷等著救治的人，家園坍塌無處可去、只能在大雨之中苦苦等待的人，謝樹元一想到這些，只覺得心在煎熬。

「大人，總兵大人說，無上諭不敢隨意調兵，這……」前往總兵府的下屬回來稟道。

謝樹元此時眼睛都是紅的，他冷冷地盯著來人，只將他看得頭皮都發麻。

這總兵大人不願調兵，他一個下屬又有何法子？難不成還能脅迫總兵不成？

一會兒後，謝樹元咬著牙齒說：「你再去一趟總兵府，務必將我的話帶給姜總兵。如今蘇州危急，百姓流離，景潤任蘇州布政使一職，務必拯救萬民於水火之中，但景潤力薄，懇請方力兄助景潤一臂之力！」

這下屬本就是蘇州之人，如今見整個蘇州府內乃是一片人間慘境，自然也是心痛萬分，因此見謝樹元是真的將黎民百姓放在心中，不禁感動至極，立即說道：「大人請放心，下官定是將話帶到，一定會請姜總兵救救蘇州府的百姓！」

待那人要走之時，謝樹元又將他叫住，咬著牙關說道：「若姜總兵還是不肯出兵，你只管對他說，謝某將以項上人頭擔保，若是日後朝廷追究起來，謝某定會一力承擔！」

自古以來，皇帝對於兵權的看重，自然是不言而喻的。這些總兵雖是一方的軍事長官，可是在沒有上諭的情況下，他們也是不敢輕易調兵的，不然這後果，輕則是掉烏紗帽，重則只怕會危及身家性命。

待這人走後，謝樹元便又環視了在場眾人，說道：「如今蘇州城的情況，諸位也是看在眼中的，大家都是儒門學子，學的都是忠君愛國、為民之道，無須本官贅言，諸位也定會盡心盡責的吧？」

「請大人放心，下官等定會竭盡所能！」眾人紛紛起來回話。

謝樹元便讓他們趕緊按照已經制定好的計劃，分頭去行事。如今情況自然是緊急，但越是這樣的情況之下，便越是應該有一個完善的救災計劃。

不過他們如今也只能先拿出一個大概的計劃。

好在這蘇州府的最高長官便是謝樹元，又遇到這樣緊急的情況，一切都由他說定。而他下的第一個決定便是——打開貢院，讓失去房屋、流離失所的百姓進入避災！

但是打開貢院可不是件小事，這畢竟是學子考試的地方，在學子心中有著至高無上的地位，如今這麼一幫流離失所的難民進入，若是破壞了貢院，只怕那些學子會鬧事啊！

不過謝樹元卻力排眾議，一定要打開貢院。

在未降雨之前，謝樹元便聽衙役回稟，說城北與城西兩處地方，只怕有七成的房屋倒塌，不能居住了呢！

那時候還有官員在勸阻謝樹元，可這大雨一下，謝樹元便立即下了決定——開貢院！

此時城北大片房屋都已經倒塌，原本還在挖掘自家房屋的人，被這忽如其來的大雨淋得自然只能先去避雨。這些百姓本就貧窮，身上的衣裳原本只堪堪夠避寒，如今這大雨一降，大部分的人已經冷得說不出話了。

這青壯年男子還好，那些老人、孩子還有身體孱弱的婦女，如今已經抖得面色鐵青，而那些先前被砸傷又沒得到及時救治的人，這會兒眼看著就要不醒了。

在屋簷下躲避的人群中，不時能聽到有人在呼喊親人的聲音。

一個母親焦急地拍著自家孩子的臉頰，喊道：「狗兒、狗兒？你醒醒！」

可是這孩子的眼睛閉得緊緊的，嘴唇已經變得青紫，眼看已是進氣少、出氣多了。旁邊是孩子的父親，他攬著同樣凍得瑟瑟發抖的女兒，看著妻子將不過一歲大的兒子抱在懷中，可孩子卻已經沒了回應。

他緊緊地盯著兒子，咬著牙關，就在此時，他妻子突然哀嚎一聲，那悲鳴聲實在讓聽者無不落淚。

這男子眼見自己孩子沒救了，痛苦地哭嚎道：「老天爺啊，你怎麼不給我們一條活路啊……」

他們避雨的這處也是一戶人家，這家人的房屋稍微堅固些，可屋頂上也是破了一個大洞。原本不過幾口之家，因著主子好心，已經收留了近百人之多，大家人擠著人、人靠著人，竟是連一點多餘的地方都沒有。

如今聽到這個父親的哀嚎之聲，不少人心中生出了兔死狐悲的感覺，可這小小的三間屋子裡，並不只有這一個孩子啊！於是，人民的情緒爆發了。

也不知是誰先喊了一聲——

「官府還不知道什麼時候能來救咱們，如今咱們如果不想些法子，只怕是大家都活不成了！」

這些人剛遇了災，心頭都憋著一股氣，聽了這話，眾人紛紛附和，問如何自救？

「那些大戶平日說得好聽，捐錢造路的，可如今這樣的大災，他們反而個個關緊了家門！」有個不忿的聲音說道。

眾人一聽，也覺得很有道理，心中的那口憋悶一下子變成了對這些富人的仇恨。他們不敢怨懟官府，可卻敢對這些富戶下手，況且他們這樣多的人都是為了活命，便是日後追究起來，也是不怕的。
這時，其中一群男子起身了，而在這些人的帶領之下，大部分人都起了身。
蘇州府的衙役都被派了出來，往城北和城西跑的是多數的，他們如今要通知這些百姓去貢院中躲避，官府已經開始開倉了，大約今晚就能拿出米糧來做粥了。
其實這些蘇州百姓也是好運，遇到了謝樹元這樣的布政使，連上諭都沒有就敢開貢院、開倉救災，拚的不過就是一股愛民之心啊！
此時，已經有一群人聚集在城北幾個富戶家中，原來並不是只有一處受災的災民是這般的想法，有些災民的處境更加的可憐，連個遮風擋雨的地方都沒有。
其中有一家富戶便因為抵擋不住，大門已經被撞破，那些難民猶如餓狼一般地撲進了家中。不過這些難民倒也還有些理智，只在前院待著，並未進入人家的後院，可就是這樣，主人家也覺得是人禍啊，便趕緊讓家丁去找官府衙役過來。
這些衙役本就在找災民，如今聽到有災民聚集在此地，便趕緊過來。
一進來後，他們便大聲喊道：「大夥兒不要著急，咱們布政使謝大人已經決定開放貢院，讓大家進入避災，而且也會立即開倉放糧救濟大家，所以請大家不要待在這裡，跟咱們去貢院吧！」

「你說謊！沒有朝廷下旨，他怎麼敢開倉放糧？」有些人是經歷過水患的，知道官府開倉放糧很是麻煩，怎麼可能這麼快便能放糧呢？

原本覺得有救了的百姓，如今又聽旁人這般說，一時躊躇不已，也不知是要跟著這些衙役走好，還是不走好。

「就是！他們肯定是想將咱們騙走，大夥兒可不能信了他們的話！」又一個激憤的聲音怒道。

其中有個衙役叫陳三的，原本就是城北的人，如今一聽這話，便立刻說道：「想必這裡應該有認識我陳三的人吧？我陳三也是出身城北的，同大家都是鄰里鄉親，我不會害大家的。我陳三在這兒保證，這回開貢院是謝大人親自說的，開倉放糧也是大人親自說的！」

這個陳三為人頗有些俠義，不少城北的人都受過他的恩惠，一聽他這話，便有人立即出來說道：「我相信陳兄弟的為人，你不會騙咱們的，我跟著你走！」

人群素來有從眾心理，有一個出面了，便有第二個，緊接著有不少人都願意走。

那富戶本就希望這些人趕緊走，見有些還不願意走的，便立即說道：「我也是咱們城北的人，如今見諸多鄉鄰受災，怎能不伸出援手？我捐出五百石糧食給大家！」

這富戶的話立即得到了眾人的稱讚，有人趕緊鼓掌。

因著這裡面有不少嬰兒和老人，富戶又讓人將家中的蓑衣和油布傘都拿了出來，給大家使用。

於是，眾人便跟著陳三還有另一個衙役前往貢院了。

這樣的情景，在城北和城西不少地方發生。

而同樣的騷亂，也在西鳴寺發生了。

秋水走了許久都未回來，蕭氏正要派人出去看看，便見一名丫鬟急急回來說道：「太太，不好了，那幫難民要往咱們院子裡來了！」

別說是謝清溪嚇了一跳，便是連蕭氏都驚得站了起來。

謝清溪看著窗外依舊氣勢如虹的大雨，雨勢太過鋪天蓋地，似乎要將這世間一切的聲音都遮掩住。

那小丫鬟本就嚇得不輕，此時說話都上氣不接下氣的，就連蕭氏都略有些著急地等著她說，可是眾人越是盯著她，她便越是緊張。

還是謝清溪走上前，緩緩地說道：「妳先歇口氣，再好生說話。」

「謝小姐……」這丫鬟平復了一下心情後，便立即說道：「也不知是誰帶回來的消息，說山下的路被巨石堵住了，大家本就著急，如今一聽，便更加焦慮，怕會在山上餓死。」

待聽她說清楚了，眾人才鬆了一口氣。還想著哪裡來的難民，原來就是在佛殿之中避災的百姓。

蕭氏一聽，秀眉一皺，緩緩說道：「古來佛寺都會收留災民，這些人若是回家的話，只怕家中多半已經倒塌，還不如留在這寺廟之中更安全些。」

「只是，就怕寺中並無足夠的糧食供這樣多的人吃飯。」謝清溪倒也能明白這些人的擔心，但他們往這邊衝幹麼？難不成她們來上香還能帶著整車的糧食不成？

「西鳴寺乃是蘇州的大寺，香火旺盛，每年都有施粥，我想寺中的貯糧應該不是問題吧？」蕭氏到底是有見識的人，這種時候還能冷靜地分析著。

謝清溪一聽，也是鬆了口氣。只要糧食足夠，便不怕大家亂起來，要不然這些餓極了的人混亂起來，她們這裡可都是手無縛雞之力的弱女子，到時候便是搬出布政使家眷的名號，怕也無濟於事了吧？

「可是中午的時候，便險些因為糧食的問題鬧騰起來，如今又是這般，只怕……」謝清溪想了想，還是有些不放心。

就在此時，只見門口真的有人過來，謝清溪驚了一跳，趕緊讓丫鬟們將門關起來，而她則走到窗前查看。

待過了會兒，只見領頭之人站在迴廊之下，雙手合十地說道：「謝夫人，老衲成濟求見，還望夫人能賜見。」

這位成濟乃是西鳴寺的住持方丈，蕭氏一聽便趕緊讓丫鬟開門，請了他進來。

「老衲前來打擾，還請謝夫人見諒。」成濟住持雖來時穿著蓑衣，可雨勢太大，脫了外頭的蓑衣後，裡面的袈裟仍濕了小半，然而這樣的狼狽卻絲毫不損這位成濟大師得道高僧的氣度。

「大師言重了。」蕭氏也還禮，又對謝清溪說：「清溪，還不見過大師？前次妳在寺中做法事，便是得西鳴寺諸位高僧大德相助。」

「信女謝清溪見過成濟大師。」謝清溪雙手合十，恭恭敬敬地回禮。

成濟方丈一見謝清溪，也輕輕點頭，示意道：「原來謝小姐也在此，那老衲便不妨直言了。」

「大師有話只管吩咐便是。」雖說蕭氏是布政使夫人，名副其實的貴族，可是對於這種德高望重的出家人，她還是格外敬重的。

成濟是個慈眉善目的老者，今日早晨若不是他及時趕到，安撫了騷動的人群，只怕這西鳴寺的受災情況便不會這般輕了。

「想必夫人也應該聽到了，前面的諸多施主因這天災而躁動不安，方才因山下道路被阻斷的消息傳出，不少施主更是寢食難安，我雖勉強安撫了，卻只怕是強撐不久。」

謝清溪一聽那些人被方丈勸了回去，也是稍微鬆了一口氣。

「西鳴寺乃是千古大寺，受佛祖佑護方能逃過此劫，如今山下恐已是人間地獄，房屋倒塌又恰逢這樣的暴雨，只怕官府一時也難以上山救援。」蕭氏緩緩說道。

謝清溪轉頭看著她娘，又看了眼住持方丈，不由得感慨這薑還是老的辣。方丈只是將這寺中之事略提了一下，她娘便聞弦歌而知雅意。不過蕭氏說的確實也是實話，就是現代交通那樣便捷，救災的時候也不可能面面俱到，有時山路被阻斷的地方，甚至要過了三、四天才能重新連通道路。況且，就算是連通了道路，這救災的物資也不可能立即送達。

成濟大師微微嘆了一口氣說道：「若是尋常時候，老衲倒也不會這般著急。西鳴寺素來有不少的貯糧，可五日前本寺剛向蘇州府的信眾施粥，將寺中大半的貯糧都用盡了，原定昨日應送糧至寺中的，卻因旁事耽誤了，誰承想今日便突逢此變故。」

若不是實在有難言之隱，成濟大師也不願來打擾謝夫人。

可是如今西鳴寺剩餘的糧食，怕是只夠這樣多的人吃飽兩頓而已。畢竟西鳴寺的僧侶也有數百人，再加上在佛殿躲避的香客，總共約有四、五百之多。

謝清溪和蕭氏對視了一眼，同樣驚詫不已。原以為如今的情況已是屋漏偏逢連夜雨呢，可誰承想，居然還有這樣的事情等著她們！

「那不知大師如今可有良策？」蕭氏雖說很有些手段，可是巧婦難為無米之炊，如今是缺糧食，便是她也不能憑空變出來。

「老衲想請謝夫人派人盡快下山，將此處之事稟告給蘇州官府，還望官府能及時進來救災。」成濟方丈雖有慈悲之心，可同樣也是力不從心，畢竟這缺少糧食一日、兩日倒也還好，若是官府久久不前來救災，只怕這後果是不堪設想啊！

「方丈大師，我與小女也困在寺中，自然是不願看見有任何騷亂出現。可是官府救災有輕重緩急之分，並非小婦人能力導。而我帶上山的皆是女子，也不方便下山求救。」倒不是蕭氏有意推託，而是如今蘇州處處都在受災，可官府只有那樣多的人力。

更何況，蕭氏也知道，就算是朝廷賑災，也是有一定的流程，再加上各黨派之間為了自己的利益，總會相互之間扯皮，只怕待上諭到達之時，已是幾日之後的事情了。而難民們要得到救治，快的也得四、五日，慢的只怕是十幾日都有的。

此時謝清溪並不知道，這古代的救災可不像現代這般迅速。在這裡，光是通知官員到官衙緊急開會，只怕來回也得半個時辰。沒有通訊、沒有便利的交通，這些在救災中不可少的要件，這裡都沒有。

所以這裡的百姓才會這樣驚慌，這樣恐懼。因為有些曾經經歷過天災的人知道，救援總是來得那樣慢。

成濟大師雙手合十，說了聲「阿彌陀佛」，聲音中充滿了悲憫和無奈。

謝清溪看著大師這樣大的年紀，還為流離失所的百姓這樣奔波，忍不住說道：「敢問寺中可有健壯僧侶嗎？」

「清溪。」蕭氏轉頭看著謝清溪，她之所以未答應大師的請求，那是因為她知道，即便是謝樹元在這樣的災難之下，也得分個輕重緩急。

山上的百姓雖說面臨著饑餓的問題，可是他們到底還能在這佛寺之中躲避，頭頂上還能有一片遮風擋雨的瓦片。可是山下呢？這樣大的地動，只怕得震塌一半百姓的房屋，那些百姓不僅要面臨饑餓，怕是連遮風擋雨的地方都沒有。

「娘，我並不是想讓爹爹派許多人來救咱們。說實話，咱們如今唯一的難處，便是這山石擋住了山道，只要有人用火藥炸開那擋路的巨石，到時候道路一通，咱們便可以自救了。」謝清溪考慮了半晌才說道。

蕭氏看著她，眼中滿是驚異，但片刻後她又道：「這火藥豈是說有便有的？」

「大哥哥！」突然，謝清溪眼睛一亮地喊道。「娘，方才我不是同妳說，那位姓陸的公子是同大哥哥一道上山來的嗎？因著巨石擋路，所以大哥哥才沒能上來，那就說明了大哥哥定是知道咱們被困的消息，他一定會告訴爹爹來救咱們的！」謝清溪越來越覺得有希望，謝清駿那樣機敏之人，如何會想不到用火藥炸這巨石？

蕭氏聽她這麼一說，倒也是眼睛一亮，這心頭忽上忽下的水桶好像一下子便放下來了一般，於是她又轉頭對方丈說道：「方丈大師，我兒清駿曾到過山下，只因這巨石阻擋才未能上山來。如今他已回去，定會將此處的消息傳出去，咱們只消稍作等待，定能等到救援的。」

成濟方丈聽了這樣的話，面色比方才要和緩些，道：「謝夫人慈悲之心，佛祖定能保佑。」

不過謝清溪又對方丈說道：「大師，雖說如今有救援的希望，但為了避免糧食過快耗盡，還請大師出面告訴大家，所做的食物先給老幼之人，青壯男子和女人還請稍加忍耐些。大師您德高望重，又在今日數次勸住了百姓，他們定會聽從大師之言的。」

因西鳴寺乃是香火大寺，上山上香的並不僅僅是女眷，也有不少男子夾雜在其中，所以這會兒謝清溪才會有此一說。

蕭氏深深地看了謝清溪一眼，卻並未阻止她繼續說話。

成濟方丈緩緩點了點頭，末了還雙手合十地對謝清溪說道：「多謝謝姑娘指點。」

「大師言重了，小女子只是略盡薄力罷了。」謝清溪趕緊起身還禮。

待成濟方丈走後不久，秋水便回來了，不過謝明嵐卻是被人擡著回來的。她們剛到院子門口，屋內眼尖的丫鬟便看見了。

待秋晴和朱砂出去幫忙將人扶了進來後，謝清溪一眼便看見謝明嵐的臉色蒼白，兩側臉頰更是瘦削得險些凹進去了。

「這是怎麼了？」蕭氏起身，一面讓丫鬟將謝明嵐扶到榻上躺著，一面著急地問道。

伺候謝明嵐的丫鬟宣文臉上淌著淚，若不是一路上強撐著扶謝明嵐，只怕早已經昏過去了。

蕭氏指著她便問道：「不是讓妳好生照顧四姑娘的，這是怎麼了？」

「廟中清苦，姑娘先前胃口一直不好，已連著好幾日沒吃東西了。今日翻地龍的時候，姑娘跑到一半，一時不支，頭被房頂上落下來的瓦片砸了個正著！」丫鬟跪在地上，哭著說道。

謝清溪一驚，趕緊去看她的後腦勺。因著受傷已經許久，所以流出來的血早已凝結在髮髻上，成了一團血塊，看著好生嚇人。

蕭氏自然也看見了，她忍不住往後退了一步，說道：「秋晴，妳去求方丈大師，問問寺中可有會藥理的大師，還請救四姑娘一命。」

秋晴急急稱了聲「是」，順手從門口拿了件蓑衣後，便趕緊披上往外頭跑。

謝清駿回謝府時，險些將謝清懋嚇了一跳。他知道大哥是到山上接妹妹和母親去了，可他沒想到的是，大哥居然會受著傷回來。

「上山的路被巨石擋住了，我沒辦法上去。」謝清駿開口解釋。

好在謝清駿的傷勢並不嚴重，要不然在城中大夫緊缺的情況下，只怕還不好找大夫回來給他包紮。因謝家有教騎射的師傅們，其中有位師傅略通些藥理，便讓他趕緊過來替謝清駿包紮。

謝清懋一聽便更加著急，問道：「那如何是好？」

「那巨石實在太大，我看了一下，非人力能挪動的，需得火藥炸開才行。」謝清駿先前在山上便已經觀察過，所以才會急著趕回來。

火藥因殺傷力巨大，是受到嚴格管制的，一般人根本不可能有火藥。

謝清懋也知道這火藥是受管制的，便問道：「那咱們現在是去找父親嗎？」

「嗯，待我傷口包紮好後，便前往蘇州布政使衙門。」謝清駿點頭道。

謝清懋看著外頭依舊沒停歇的大雨，嘆道：「也不知外頭的災情如何了？咱們家中倒是還好，不過是後院有幾處下人房塌了半邊，並沒砸傷人。只是我聽說城西和城北有半數以上的民居被震塌了，被砸傷的百姓有數千之眾。」

「若是單單依靠蘇州衙門的人力，定是不可能及時救災的。」謝清駿坐在榻上，也默默轉頭看著窗外的大雨。

他面容沈靜如水，絲毫看不出有受傷的模樣，旁邊替他包紮的師傅都不由得點頭，這位大少爺實在是非尋常人能比。

「如今父親已經打開貢院，將流離失所的百姓安置在貢院中。我聽說城中醫館裡的大夫都已經被緊急傳喚到貢院去了，只是傷者甚多，藥材一時有些供應不上。」謝清懋說道。

謝清駿轉頭問他。「我記得你曾經說過，同窗之中有位家中是醫藥世家，積善堂便是他家的祖產？」

謝清懋點了點頭。

這個積善堂不僅在蘇州赫赫有名，便是在整個江南都是頂頂出名的。他家因藥材價格公道，坐館大夫醫術高明，在醫藥行業中也算是數一數二的。

「你聯繫一下這位同窗，問問他是否可以在最短的時間內籌集最多的藥材，送到貢院去，價格方面，還請他看在是為了賑災所用，給個公道價。至於銀兩，咱們謝家會在稍後補上。」謝清駿沈思了半晌後，有力地說道。

謝清懋一聽，便是怔在當場。其實方才在蒙學的時候，他看見那些急需藥石醫治的傷患們，便已經心急如焚。可是大哥著急上山尋回母親和妹妹，父親又在衙門中無暇分身，他在府上雖有話事的權柄，可也不敢擅自做主。

如今大哥這般說，他自然是萬般願意的。

他臉上總算掃去一些愁容，興奮地說道：「大哥放心，我即刻便去找齊源！」

謝清懋走了之後，一直在旁邊的謝清湛小心地看著他大哥有些蒼白的臉色，問道：「大哥哥，那我能幹麼？」

謝清駿看著他躍躍欲試的小臉，便知道他也想為黎民百姓做些事情。不過他可不敢讓這小祖宗去冒險，便摸著他的小腦袋說道：「清湛如今有一件最重要的事情要做。」

「什麼事？什麼事啊？」謝清湛一聽最重要，就興奮地說道。

「這樣的天氣，那些百姓又遭了雨，定是冷得很，我記得府上剛好給下人準備了冬衣，你幫哥哥去倉庫看看，清點一下這批冬衣的數量。」謝清駿說道。

其實這批冬衣是謝府給謝家下人做的過年衣裳，這世家大族的奴僕都有定例的衣裳，謝家自然也不例外。不過謝清溪後來給蕭氏出了主意，說每年過年的時候再給下人多做一身衣裳，既費不了多少錢，又能討個喜慶。於是蕭氏每年臘月的時候，便會讓人準備這些冬衣，沒想到如今這批衣裳倒是派上了用途。

其實這批冬衣的數量，庫房那裡自然有登錄的，謝清駿只是找些事情讓謝清湛做而已。

如今家中人四散，清湛這樣小的年紀還是留在府中穩妥。

謝清湛到底是年紀小，一聽哥哥的話，便覺得這事果真是極重要的。一想到那些百姓正在受凍，正等著自己這批衣裳救命呢，謝清湛便立即來了勁。

謝清駿將兩人都分派了事情後，自己便前往蘇州布政使司。只是他手臂有傷，馬是不能再騎了，只得乘著府上的馬車過去。

這會兒蘇州布政使司也是極為繁忙，管理糧倉的官員還在勸阻謝樹元，這開貢院和開糧倉可不是一回事，若是沒上諭，私開糧倉那可是要殺頭的！

按著正常的程序，應該是謝樹元先寫了摺子，請求上峰准許他開倉放糧，救濟災民，待上峰批覆後，他再開倉。可如今謝樹元直接跳過寫摺子這段，便要開倉，這負責蘇州糧倉的屬官實在是不敢啊！

謝清駿到的時候，謝樹元正在訓斥這人。也不知這人是真榆木疙瘩，還是生性耿直，居然在這種時候還和謝樹元槓上呢。

謝清駿在旁邊的值房等了一會兒，謝樹元才讓那人離開。

待他過來的時候，便看見謝清駿手臂上纏著的紗布，立即急道：「你受傷了？」

「我本想上山接回母親和清溪的，誰知巨石擋住了山道，竟是無法上去，我不慎被山上落石砸到。」謝清駿解釋。

謝樹元一聽妻子和女兒皆被困在山上，憂慮的事情又添了一件。

「父親，我觀察過那山石，並非人力所能移動，必須要以火藥炸開，所以我想請你派人上山。」

「火藥素來監管嚴厲，只有蘇州府總兵才有權力動用火藥，只是先前我請他出兵賑災救人，他便推推託託的，如今再讓他用火藥，只怕是難上加難。」

這事情竟是一件接著一件來，饒是謝家父子這樣的人物都不由得有些頭疼。

好在謝樹元不是那種事情還未做便說不行的人，既是需要火藥，他自然會竭力去爭取，於是他讓屬官再跑了一趟蘇州總兵府，將西鳴寺上有四、五百人被困的事情告訴了姜總兵，請他派人前往，炸開攔路的山石。

「我聽說貢院裡缺少藥材，清懋正好有同窗家中乃是醫藥世家，他已前往尋求幫助，而買藥的費用我打算由咱們府上出。」謝清駿既然過來了，自然也需要將此事彙報給謝樹元。

謝樹元忙碌了一天，聽到的都是不好的消息，如今突然聽到這話，竟是突然生出一種「果然是我的兒子」的感動。

他沈默地拍了拍謝清駿的肩膀，說道：「辛苦了。」

「小船哥哥，她怎麼樣了？」謝清溪輕聲地問坐在凳子上的陸庭舟。

此時他穿著一件灰色僧袍，身上無一點多餘的裝飾，一頭烏髮更是由一支簡單的木簪束於髮頂。可越是這般簡單的裝束，卻越發襯得他面容俊美，風華無雙。
謝清溪站在旁邊，偷偷地覷著他的臉，五年不見了，他如今真的變成了一個男人，眉眼那樣的深邃，鼻梁英挺得猶如塑雕一般。而自己，她垂眸看了眼自己白白嫩嫩的小手，她依舊還是個孩子呢……
「她傷及後腦，我方才替她把脈，脈搏微弱，只怕有性命之憂。」陸庭舟過了片刻才緩緩說道。
謝清溪倒吸了一口氣，她原以為這是謝明嵐的苦肉計呢，誰知竟是真的到了這樣凶險的地步。
「那有藥石可醫嗎？」謝清溪趕緊問道。
陸庭舟點頭。
謝清溪剛要鬆口氣，卻聽他說道——
「雖有藥石可治，不過如今這處只怕無我所要的藥材，就連吊命的參湯只怕都沒有。」
謝清溪不敢回去同她娘親說，要是蕭氏知道了，只怕也得憂慮不已。
「那現在怎麼辦？」謝清溪眼巴巴地看著陸庭舟，在她心目中，陸庭舟可是無所不能的。他會武藝，騎射功夫又那樣的好，還會醫術，只怕這世間沒有能難倒他的事情吧？
「等。」陸庭舟語氣平靜地道：「咱們如今只能等山道打通了，才能有藥石醫治她。」
謝清溪又轉頭看了眼躺在床上，臉色有些難看的謝明嵐。先前她讓丫鬟將謝明嵐抬到旁邊的這間房間，原本想請寺中會醫術的大師過來看的，沒想到來的卻是陸庭舟。

「餓嗎？」溫和的聲音響起，不同於方才看病時的冷靜，連說話的語調中都透著幾分關心。

謝清溪一轉過臉，便看見陸庭舟明亮如星辰的眸子，那般安靜又平和的目光，讓她原本焦慮的心稍稍撫平了些。

她微微搖頭。「不餓。」不過剛說完話，她又急急地盯著他問道：「小船哥哥你餓嗎？你若是餓的話，我那邊還有些糕點。」

「原本還想忍著，妳這麼一說，我倒是真的餓了。」如今外頭的天已經完全黑透了，為了節省蠟燭，整個房間之中只點了微弱的油燈。

那猶如螢火之光的燈光，在黑暗之中幽幽搖晃著，堅強又不屈地以自己微弱的光輝照亮著這間安靜的禪房。

「朱砂，妳去隔壁將那盤點心拿過來。」謝清溪看著燭火之中的陸庭舟，緩緩說道。

「可小姐……」朱砂想說「妳一個人在這裡只怕不安全」，可是在看見這位公子的臉時，她卻又突然說不出話來了。這位公子可真是俊美，竟是比自家的大少爺還要好看。她剛才進來的時候，還以為看見天上的仙人了呢！

「妳去拿了，立刻回來便是了。」謝清溪說道。

朱砂一向不敢違抗謝清溪的命令，如今聽她這麼一說，自然就趕緊去隔壁夫人房中拿點心了。

外頭的風依舊在呼呼地吹著窗櫺，雨勢似乎是小了些，可依舊還在下著。因著房內只燒了一盆木炭，雖然就放在腳邊，可是依舊冷得很。

「是不是很冷？」陸庭舟看著她的身子抖了幾下，便含笑問道。

謝清溪慌忙抬頭看他，可是眼睛卻正好對上他含笑的眸子，她以為他是在笑話自己，便趕緊搖頭，咬著牙關，堅定地說道：「不冷，我不冷。」

結果她剛說完，鼻子便覺得一癢，緊接著，兩個噴嚏連著打了出來！她尷尬得簡直是連眼睛都不知道該往哪裡放了，誰知這時又打了一個！

一個輕微的笑聲在黑暗中響起，謝清溪原本還害羞，覺得這實在不是淑女所為，結果被這麼一笑，反而是有些惱羞成怒地抬頭看著他說道：「都說打三個噴嚏是有人在想，肯定是大哥哥他們在想我！」

謝清溪說得肯定，結果原本還想忍耐的陸庭舟，突然爆發出一連串的輕笑。

就算他已是克制地輕笑，卻還是惹得謝清溪兩頰鼓起，顯然是氣得不輕。

她本就畏寒，在家中的時候都得燒了地龍才能受得住，如今只有一盆炭火，她如何能不覺得冷？

「真可愛。」

就在她氣鼓鼓的時候，突然有一隻寬闊又溫暖的大手在她頭頂摸了摸。

可愛你個——

這樣是犯規的。謝清溪一下子就洩了氣。

待過了會兒，朱砂便端著點心回來了。

謝清溪看她鬼鬼祟祟的模樣，不禁笑話她。「妳怎麼回事？後面有人在追妳唉！」

「啊！」朱砂驚嚇地轉頭一看，結果什麼都沒有，她立即氣道：「小姐，妳嚇死奴婢了！」

「噓，妳輕聲點兒，小心吵著……」謝清溪突然壓低聲音，見朱砂端著盤子，小碎步地跑了過來，才突然說道：「四姑娘。」

朱砂看了眼還躺在床上、沒有知覺的四姑娘，立即哀求地說道：「小姐，妳別再嚇唬奴婢了！」

「好了，妳趕緊將點心拿過來。」謝清溪不再嚇唬她。

朱砂輕聲地說道：「我聽說方丈讓人煮了好些粥，不過那些米粥稀得很呢。」

因著蕭氏生怕前面的百姓再鬧起來，所以不時地派丫鬟過去問問情況，剛才她過去拿點心的時候，秋晴正在同蕭氏彙報。

「只怕許多人就連這米粥都吃不上吧？」先前方丈已經說過，所剩的糧食僅夠寺廟僧侶兩日之用，如今又加上了滯留的百姓，約有四、五百人之多，若是將所有的糧食都做了米粥，只怕才夠這些人吃吧？

「就是啊！我聽說了，雖然說的是米粥，其實舀出來的，連米粒都能數得出來。」朱砂也唏噓。她們這裡還有些糕點，又因為是女子，吃得也少，所以這會兒她還不知道饑餓的感覺。

陸庭舟看著外頭黑漆漆的天幕，說道：「只怕今晚難矣……」

蘇州發生地動的消息在第一時間送往京城，八百里加急的簡報到達後，就連如今甚少過問政事的皇帝都被驚動了，內閣諸位閣臣也被迅速地召喚至宮中。

原本這消息還是瞞著的，不過到了第二日，便已經傳得滿城都是，謝老太太江氏一聽這消息，險些當場昏過去。

皇帝命內閣首輔迅速擬定一系列的救災策略，不過謝舫卻上書說道，如今蘇州災情嚴重，應讓蘇州布政使盡快開倉放糧救護百姓。

皇帝一聽自然是同意，當即由內閣出政令，皇上批准，賜蘇州布政使謝樹元全權，以盡快救災，著蘇州總兵姜煥全力協助其救災。

這道政令下達到蘇州的時候，已經是災後第三日，而謝樹元早已經開倉放糧。

災後第一晚，由於許多人沒有禦寒的棉被、棉衣，很多人都凍死在了貢院之中。看著那些原本還鮮活的生命，在自己身邊慢慢消失，好多人都險些崩潰。

謝家是送第一批棉衣、棉被過來的，布政使大人家都帶頭捐贈棉被了，許多蘇州官員家中在得到消息之後，也都紛紛捐贈物品。

蘇州知府衙門倒是還有一批禦寒的棉衣和棉被，可是這批棉衣、棉被是為了駐紮在蘇州的守備軍準備的，屬於軍需物資。軍需物資可不比旁的，就算是緊急時刻挪用軍需物資，那也是要被殺頭的，所以謝樹元也沒敢用這批物資。

不過他倒是從謝清駿將家中棉衣捐出來的做法中，得到了啟發。這城中不管是官員還是富戶都甚多，每戶人家在冬季都會替家中奴僕準備棉衣，若是動員這些人家捐出棉衣，倒也可以撐到朝廷下發政令的時候，他當即先動員起蘇州大小官員施行。

秦德明乃是右布政使，自然也是家大業大。他見謝家都捐了上百件棉衣和幾十條棉被出來，自然也不甘落後，當即派人回家，將此事同家中的老太太說了。

這地動一來，秦老太太便將秦家人都集中到了自己的院子中，這會兒其他人因昨兒個一夜未敢睡，已到這院子的其他處休息了。

此時老太太身邊只有外孫女溫錦伺候著，她一聽舅舅的意思，便趕緊說道：「外祖母，如今謝大人帶頭捐物，咱們倒也不好落在人後。只不過謝大人家既然捐贈了棉衣和棉被，咱們也不好同他重了，我覺得咱們不如捐贈木炭。」

秦家在蘇州自然也是有好幾處莊子的，每年到了冬季，這莊子便會送冬季要燒的木炭進來。這主子用的自然是頂好的銀霜炭，光是這銀霜炭，秦家便有上千斤的貯量，而給下人用的木炭，自然就更加多了。

秦老太太點頭。這位謝大人雖說號召蘇州大小官員捐贈，但是自家兒子到底是比人家矮了半級，這捐贈的東西自然也不好越過去，這會兒聽到溫錦的話，她也點了點頭，又問道：「依照妳的意思，這木炭捐多少合適呢？」

「如今只是因為朝廷的政令未出，所以謝大人才號召咱們這樣的家裡捐贈東西的，因此倒也不用捐太多，不如便先送兩車木炭過去。若是真的不夠，這後頭再捐便是了。」溫錦說得頭頭是道。

秦老太太滿意地點了點頭。

而蘇州官員家中自然都如秦家這樣的情況，在家中主持大局的主母們，細細考慮了這會兒受災百姓需要的東西後，便趕緊讓人開了倉庫。

此時，謝清駿帶著謝樹元的名帖，前往沈秀明府上，待到了沈府才發現，他家早已經大門緊閉。謝清駿讓人上去敲了好久的門後，才有個人從門內微微拉開了一道縫，警惕地看著他們問道：「你們是誰？」

「這是布政使謝大人的名帖，去跟你們老爺說，謝清駿前來拜訪。」謝清駿將謝樹元的名帖拿出，冷冷說道。

謝清駿素來為人和煦，便是同家中下人說話都是溫和有禮的，如今這般冷冰冰地盯著對面這個看門人，倒是讓他嚇了一跳。

看門人一聽是布政使大人，便趕緊要開門，又突然想到，這人的名字似乎在哪處聽過……「你便是謝大人的兒子！」此時這看門人才想到，這不就是前段時間街頭巷尾都在討論的那位直隸省解元嘛！「我這就去請我們家老爺！」這看門人也不知是激動的還是嚇的，連門也不看了，趕緊奔入內找沈秀明去了。

而沈秀明一聽謝清駿的名字，連衣裳都未整理便趕緊過來了。雖說他同布政使大人之間有幾分交情，可是在這位謝大公子面前卻也是不敢拿大的。人家如今雖然還只是個舉人的功名，可是待過了明年的會試，只怕是要一飛沖天的。

「謝公子大駕光臨，老夫有失遠迎，還請恕罪恕罪！」即便沈秀明的年紀要比謝清駿大了近兩輪，可是他瞧見謝清駿依舊是謙和有禮，絲毫不敢端長輩的架子。

謝清駿頷首，將手中的名帖遞給沈秀明。「此乃我父親的名帖，父親讓我來沈府尋沈大善人，還望大善人出手襄助蘇州百姓，度過此次難關。」

「謝大人實在是太見外了，便是大人不吩咐，沈某也正準備召集蘇州商會的眾多成員，商討著如何救災的問題呢！」沈秀明急急說道。

沈秀明本就有大善人的稱呼，可是五年前他的別院卻涉嫌拐賣孩童一案，雖謝樹元查明此事乃是他的妻弟所為，與他無關，而事後沈秀明也全力幫忙，將那些被拐賣的孩子找了回來，但終究還是影響了沈秀明及沈家的聲望。

不過沈秀明在這幾年內，年年都會捐錢捐物，鋪路造橋更是不在話下，倒也挽回了曾經跌落谷底的聲望。

如今謝清駿找上門來，他自然更是高興。要是此次地動，他能帶領蘇州商會的人救助蘇州百姓，那無論是在蘇州城的威望還是商會中的威望，都會更顯盛。

不管出於什麼樣目的的幫助，只要有人願意施出援手，那人就值得尊敬。

謝清駿又何嘗不知這些商人皆是唯利是圖之人？可是只要他們能真正幫助到蘇州百姓，就算有目的，那也無關緊要。

「那不知沈老爺何時前往商會？不知謝某可否同沈老爺一同前往呢？」謝清駿客氣地問道。

沈秀明一聽謝清駿居然願意參加商會的會議，不僅大表贊同，還立即讓人套了馬車便要前往蘇州商會的會樓。

沈秀明如今乃是皇商的身分，雖說同官家沾了邊，可是蘇州城中巨富商賈眾多，有好幾家同樣是在京城中有背景的，對他很是有些不贊同。如今謝清駿能同自己一起前往，待會兒的會議上，他提出的任何建議，只怕都沒人會反對吧？

於是兩人便攜手前往蘇州商會日常開會的地方。

謝樹元此時親自前往總兵府上。姜總兵雖然同意出兵，幫助衙役在蘇州城內救助受傷的百姓，並且四處挖掘廢墟中是否還有受傷之人，可是卻依舊不同意派人去炸石。如今已經過去兩日，西鳴寺上聚集了那樣多的人，只怕西鳴寺的貯糧已經不夠了。謝清駿曾請命要去勸說姜總兵，可是姜煥此人的秉性謝樹元卻是瞭解的，若是能輕易勸服他，謝樹元也就不會這般煩惱了。

「姜大人，想來你也知道，如今西鳴寺上被困的百姓及僧侶多達五百人，還請姜總兵看在西鳴寺護佑了如此多百姓的分上，及早炸開山石，以解西鳴寺之困。」謝樹元一見到姜煥便開門見山地說道。

可是姜煥卻打定了主意，只冷靜說道：「火藥一事乃至關緊要，想來謝大人也知道，朝廷對於火藥的使用可是有過明文規定的。如今沒有上頭的命令，我也是不敢輕易使用的。」

「如今情況緊急，我已派人將蘇州地動一事報告給朝廷，想必皇上頒發的賑災政令這兩日便會抵達蘇州，還請姜大人看在山上那麼多等待救命的百姓分上，派兵前往吧。」謝樹元幾乎是費勁心力在勸姜煥。

可是先前他讓姜煥派兵救災，已是激怒了姜煥，如今他又要火藥開道，姜煥無論如何都是不會答應的。

就在兩人僵持不下的時候，突然，總兵府有人進來稟告——

「啟稟二位大人，京中來人了。」

原來是京城中帶了皇上政令的人，此人前往布政使司未見著謝大人，秦德明因知道謝樹元正前往總兵府力勸姜煥，於是便讓人直接來了總兵府。

這人一見謝樹元，便將由內閣擬定，皇上頒布的緊急政令宣讀一遍，然後交給了他。

謝樹元先是跪叩謝恩，緊接著又轉頭對姜煥道：「如今皇上的旨意在此，還請姜大人派兵吧！」

姜煥自然也聽到皇上命自己全力協助謝樹元，只得一甩袖子，冷聲喊道：「來人！」

謝清溪看著屋外的天空，陰沈沈的天際彷彿隨時都能落下雨來，寒風猛烈地吹著，一遍又一遍地敲打著窗櫺。

謝明嵐依舊未醒，謝清溪端著藥碗，裡面灰褐色的湯汁散發著濃濃的中藥味道。

朱砂將炭火點上後，趕緊過來接過她手中的藥碗，說道：「小姐，還是讓奴婢來餵，妳去歇息會兒吧。」朱砂說話的聲音又輕又無力。

她們已經被困了三日之久，原本以為很快就會得救，可是得來的卻是一次又一次的失望。

前日，就連蕭氏都只喝了一碗稀疏得能數得清米粒的粥，昨日更是陷入了彈盡糧絕之中，整個西鳴寺的糧食終於在這麼多張嘴中消耗殆盡了。

好在陸庭舟的手下及時上山，可是他們帶來的藥材及口糧，也不過只夠這院子中的人用。就連謝清溪這會兒都不敢有多餘的同情心了，這麼點東西，若是拿出去，只怕一瞬間就會被搶奪乾淨，說不定饑餓的人群還會以為她們有多餘糧食，若到時候過來搶奪，這一屋子的女子哪有抵抗之力？

朱砂扶著謝明嵐坐了起來，可是她整個人還是無意識地往一邊軟倒，謝清溪只得在背後托住她，讓朱砂餵她吃藥。可是不管朱砂餵了幾口進去，那藥汁就是順著她的唇瓣流了出來。

「小姐，這可怎麼辦？」這已經是餵第二次藥了，可是謝明嵐怎麼都喝不進去。

謝清溪恨不得強行掰開謝明嵐的嘴巴，將藥汁灌進去，可她之前也試過一次，謝明嵐的牙關緊閉，便是捏開嘴巴依舊還是灌不進去。

她不禁看著緊閉著眼睛的謝明嵐，嘲諷地說道：「別人如今連飯都吃不上，妳倒是好，連人參都吃不下去了。」她盯著朱砂說道：「繼續餵。」

朱砂不敢違抗，只得繼續舀了一湯勺的藥汁，這會兒謝清溪捏住謝明嵐的兩頰，可是她力氣小，怎麼都打不開她的牙關，折騰了好久，總算是餵進去了三分之一的藥汁。

謝清溪將她重新放平躺在床上後，忍不住嘆了口氣。現在這種情況，像謝明嵐這樣子倒也是種幸福，任外頭如何混亂，都吵不著她。

有時候謝清溪還真是覺得謝明嵐命好，小小年紀做了這樣多的壞事都能留得一條性命，原本以為沒救了，誰知陸庭舟的手下正好上山，又及時送了救她的藥材上來。

「小姐，老爺什麼時候派人來救咱們啊？」朱砂看了一眼外頭陰沈的天空，說話的時候臉上都是了無生趣的表情。

當人處於饑餓的時候，連說話都是浪費體力。謝清溪這兩日一直都儘量不說話，以保存自己的體力。陸庭舟的屬下雖送了東西上來，可是他們只有兩、三人上山，能帶的東西又極少，她們這些主僕加起來有數十人之多，就連蕭氏都不敢讓謝清溪一下子吃飽。

這會兒她們有點東西吃的，尚且都還這般，更別提前殿那些沒東西吃的人了。

謝清溪正準備去隔壁看看她娘親，剛走到迴廊的時候，就看見那日見著的小和尚匆匆進來，這小和尚如今臉色發白，嘴唇更是乾裂得破了皮。

寺中不僅糧食全部吃光，就連炭火都快燒沒了。原本還能燒些熱水給大家喝喝，暖暖身子、充充饑，如今連木炭都要沒了，熱水自然也就沒了。

「謝小姐，小僧能見見謝夫人嗎？」小和尚臉上有些猶疑，不過還是開口問道。

謝清溪知道方丈並不許寺中僧侶來打擾她們，這位小和尚突然過來，定是有事發生了！

「小師父，可是前面有事情發生？」

「他們要在寺中烤野狗，方丈師父前去阻止，被人推倒，如今腿摔傷了……謝小姐，請妳們去阻止他們吧！」小和尚說話的時候，一直強忍著的眼淚終於溢滿眼眶。

謝清溪一聽也是憤怒不已，從地震以來，方丈大師不僅庇護了這些百姓，還下令寺中僧侶不許吃粥，將口糧留給那些百姓，這些人居然還敢傷害方丈？實在是太過喪心病狂了！

「方丈現在可還好？」謝清溪趕緊問道。

這位方丈大師素來德高望重，深受寺中僧侶的愛護。小和尚含淚搖著頭說道：「方丈師父兩日未進米糧，只以熱水充饑，如今又摔斷了腿，慧明祖師正在替他醫治。」

「豈有此理！」謝清溪忍不住怒道。

「我們寺廟乃是清淨之地，如何能在裡面烤野狗？」小和尚自小就在西鳴寺長大，往來的香客都對他客客氣氣的，他未曾想到，這些平日看起來待佛祖至敬的香客，竟會這般對佛祖，實在是太過分了！

謝清溪此時突然想到一事，急急問道：「你說他們在烤野狗？是本就死了的嗎？」

「是的，有幾位施主實在是饑餓難忍，便去外頭想找些能吃的東西，誰知竟找到幾條已經死去幾日的野狗，他們便將這些野狗帶到寺中來烤……」小和尚抽抽泣泣地說道。

謝清溪將他領了進屋，待小和尚將事情的原委告知蕭氏後，就連蕭氏都忍不住嘆息。

「娘，我們必須阻止他們吃這些東西！」謝清溪趕緊說道。

蕭氏看了她一眼，嘆道：「這些人已經餓了兩日，如今更是連熱水都沒得喝，妳不讓他們吃這些東西，無疑是要了他們的命。」

「可是娘，這些野狗已經死去多日，大災之後瘟疫橫生，若是吃下這些不乾淨的東西，只怕會讓疫情擴散啊！」謝清溪急急說道。她雖沒有親身經歷過瘟疫，可也知道大災之後若不及時消毒，細菌會在那些死去的動物屍體上孳生。

如今雖是寒冬，可是大雨剛過，難保那些野狗身上沒有細菌孳生。若是真有人吃了這樣的東西，寺中這樣密集的人群，到時候定會傳染上的！

蕭氏從未經歷過這樣的災難，難免對於疫情有些不瞭解，如今聽謝清溪這般說，也立即重視起來。可是她們沒有帶上足夠的人手，如何能阻止？

「讓我去試試！若是不能阻止，只怕我們在場的人都有被染上瘟疫的危險！」謝清溪並非危言聳聽，實在是古代的醫療水準太過落後，若是真的不幸染上瘟疫，只怕是十染九死！

第十九章

待謝清溪領著小和尚剛出了院門，便看見陸庭舟獨身沿著院牆回來。他這兩日也未吃多少東西，原本就白皙的臉頰更加蒼白，看著竟是有些羸弱，可是這樣的羸弱反而更添加了他的俊美。

就算是這種時候，人家都可以這般好看。

「你的手下呢？」謝清溪看了一眼他的身後，先前他是帶著手下出去的。

陸庭舟輕輕笑了下，說道：「我讓他們下山去了。」

「你說爹爹今天會上山救我們嗎？」謝清溪對於勸阻那些人也實在心中無底，可是如今她必須前往。

陸庭舟反而問道：「怎麼，妳要出去？」

見謝清溪輕輕點頭，陸庭舟卻是皺了下劍眉。他的眉毛天生濃密，生得又好，直直的兩道猶如要飛入髮鬢。他生得太過唇紅齒白，原本這樣的長相或許會讓人覺得女氣，可偏偏這樣一對劍眉，為整張臉平添了幾分凌厲之氣。

謝清溪只得將前頭的事情說了一遍。

陸庭舟一聽便立即反對。「如今這幫人餓得連方丈大師都能傷害，妳如何能阻止？」

「哪有這樣的誇張？」謝清溪輕笑一聲，不過還是正色道：「我也知道此事甚難，可是不去做又如何能知道結果呢？況且，我也並不只是在救他們，我是在自救。若是他們真的吃了這些死狗，到時候瘟疫橫生，只怕在這西鳴寺避難的人一個都逃脫不了。」謝清溪抬頭看著他，目光堅定地說道。

有些事總是要有人去做的，既然她明知這件事會帶來毀滅性的災難，那她就應該去阻止災難的發生。比起天災來，有時候更可怕的是人禍。

陸庭舟看著她堅定的目光，突然心頭一軟，唇角微微揚起，便只是這樣清淺的笑容，都那樣的好看。

「妳果真是長大了。」

不過為了防止那些人暴動，陸庭舟還是先去見了方丈，將謝清溪的擔憂告知大師，並請寺中僧侶同他一同前往阻止。

方丈一聽，只低聲唸了一聲佛號，便請其他大師召集寺中僧侶。

出家人本就生活清苦，吃不飽飯是常有的事情，如今雖餓了兩日，但面色可比外面那些百姓好多了。

成雲大師乃是成濟方丈的師弟，他將眾多僧侶召集起來後，便將此事的嚴重性告訴了眾人。出家人慈悲為懷，眾人一聽，皆是垂頭唸了佛號。

謝清溪著急得不行，想趕緊去找人。

陸庭舟在她想開口的時候捏了一下她的手掌，示意她不要著急。

待眾人到了西鳴寺的山門外時，才看見那些撿了野狗的人，他們也並不敢真的在寺廟中烤肉，已經將柴火都搬到寺外去了。

因著這些人撿了吃的東西，所以寺中好些人都跟了出來，希望能從他們手中求得一星半點。一時間，此處竟是聚集了上百人之多，只見眾人的眼睛都直勾勾地盯著那些已經被剝皮的動物，不過因著那些人手上都拿著明晃晃的尖刀，所以圍觀的人才沒敢上去爭搶。

「阿彌陀佛……」眾多僧侶見了那些已經被剝了皮的野狗，連連唸著佛號。

「大師，咱們已經不在寺中烤肉，這總礙不到你們了吧？」有個雙手血淋淋的男子，衝著西鳴寺的僧侶們喊道。

「可你們卻是想害死我們在場所有的人！」謝清溪看著地上整齊擺著的好幾條狗，旁邊有人正在準備點火，只是因為那日的大雨，這些柴火都潮潮的，一時竟是點不著。

說話那人便是最先提議吃狗肉的人，他一見不過是個小丫頭，便立即說道：「妳又是哪裡來的臭丫頭？也敢管妳爺爺的事情！」

誰知他剛罵完，只見一道身影從謝清溪身邊掠過，一下子竄到了對面，「啪啪」就是兩個響亮的耳光響起。

那男子被打完之後，都還覺得是一場夢般。

陸庭舟此時已經重新站在謝清溪的身邊，只見他冷冷地看著那人說道：「若是再敢污言穢語，直接抹了你的脖子。」

他身手太過詭異，氣勢又太過凌人，根本不是這些百姓見識過的，那男人身邊站著的人見狀都不禁往後退了兩步。

「諸位鄉親，並非是方丈大師不願你們吃這些狗肉，實在是這些野狗已經死去多日，又經大雨淋過，只怕此時身上已有瘟疫產生，若是諸位吃下去，難保不會染上瘟疫。大家此時吃這些狗肉無非是為了活命，可若是染上瘟疫的話，那可是藥石罔醫的啊！」謝清溪見人群安靜了下來，立即開口勸阻道。

十瘟九死，由於瘟疫的死亡率實在是太高，就算是沒經歷過瘟疫的人，此時光聽到瘟疫的名頭，都已經嚇得哆嗦起來，那些剛才還熱火朝天在剝狗皮的人，也一下子扔掉了手中的刀。

「妳胡說八道！」只有那個先前被打的人還強撐著說道。

「諸位鄉親，我乃蘇州布政使謝樹元之女，我與我的母親同大家一般，都被困在這西鳴寺不得下山，我們也同大家一般饑餓難耐，可是請大家相信，朝廷一定會來救咱們的！」謝清溪此時說話鏗鏘有力，堅定的語氣讓不少人都重新燃起了希望。

「原來這寺中有貴人同咱們一樣……」

「居然是布政使大人的夫人和女兒，那布政使大人一定會派人上山來救咱們的！」

「就是，我就不信，布政使大人難道連自己的妻女都不救？這會兒咱們同樣也有救了！」

就算這些人不相信謝樹元會來救自己，可是一聽謝大人的夫人和女兒也都被困在這山上，這些饑餓的百姓一下子就像是找到了希望。

就在此時，一聲巨響從山腳下響起，那聲音猶如炸開什麼東西一般。

謝清溪抬頭看了眼陸庭舟，他的眼中也升起一絲喜悅。

「是有人炸開擋道的山石了，咱們得救了！」也不知是誰喊了一句。

這些餓了兩天的百姓，猶如瞬間有了力量一般，歡呼著、慶幸著。

「我們有救了！」謝清溪抬頭看著面前的人。

可陸庭舟卻朝山腳看了一眼後，又轉頭深深地朝她看了一眼。

「怎麼了？」旁邊的人群歡呼雀躍著，可是她卻突然有種說不出的失落。

「清溪，我該走了。」陸庭舟輕聲說道。

謝清溪剛聽到這句話時，眼前驀地一片模糊，眼淚來得太快，以至於她都沒辦法忍住，淚珠順著她的眼角止不住地滾落。

「別哭，乖。」陸庭舟見她一下子便哭了出來，心中也甚是難過。

若不是她被困在山上，他早就該啟程回京了。

陸庭舟微微俯下身子看著她，淺淡的眸子帶著無盡的溫柔。

「我會在京城等妳。」

春風又綠江南岸，明月何時照我還？

一年又一年，當終於踏上歸途的客船時，連激動都不能表明此刻的心情。外放當官，離家這麼多年，當終於可以回京的時候，不管是謝樹元還是蕭氏，都在心底唏噓了一番。

當年原以為在蘇州卸任後，便可回京城述職，誰知一場地動卻將所有計劃打亂，蘇州出現地動，整個蘇州府陷入一片混亂之中，幸虧蘇州布政使謝樹元在危急時刻救災及時，將損失降低到了最小，於是皇帝陛下一個高興，大手一揮，便讓他升職加薪了。

剛好，那江南布政使不是剛出了事？那好，就他去當吧。

因此，謝樹元一躍從正三品升到了從二品的位置，不到四十歲便已經是當朝二品大員，實在是年輕有為。

謝清溪也挺高興的，這要是擱現代，她爹就是以三十七的年紀，當了江浙兩省的一把手，便是以後到了中央，那也是妥妥的資歷。

於是，原本一心想著回京城的謝樹元，收拾收拾包袱，帶著老婆、孩子往金陵上任去了。

這三年發生了太多的事情，以至於謝清溪都不知從何說起了。她大哥哥在前年的時候，跟著商船出海去了，一年多都未回來，嚇得蕭氏天天在家吃齋唸佛，就連謝清溪都時不時地抱抱佛祖的腳。

好在去年的時候，商船回來了，一同回來的還有成是非和紀仲麟。不過紀仲麟是去掙錢的，她大哥哥和成先生則是去領略域外風光。

俗話說，讀萬卷書不如行萬里路。

雖說這個道理誰都懂，不過她娘親還是在她哥回來之後，堅決、堅定、堅持不讓他再離開。好在謝清駿也知道海上風險實在是大，他既是已領略過域外文化和民俗，自是安心在家中讀書了。

至於謝清溪，她投資商船的銀子迅速地翻了倍，如今已經有十五萬兩銀子之多。這海上貿易的利潤實在是驚人，不過這些也都是拿命換回來的。

謝清駿回來之後，她時常會纏著他講些海外風景，每回講到那些洋人女子穿著長裙、露著白胸脯，謝清懋便轉頭不聽，倒是她和謝清湛兩人聽得津津有味。

謝清溪最喜歡的就是謝清駿給她帶回的一條藍色西洋裙，裡面有巨大的內襯、將腰肢收得細細的蕾絲布條，還有蕾絲花傘，粉色的、黃色的、白色的、藍色的，各種各樣的蕾絲，將謝清溪的少女心都激發了出來，以至於她在自己房中偷偷穿了那條裙子時，朱砂嚇得趕緊讓人將院門關上，生怕被旁人瞧見了。

「娘親，咱們還有多久才能到京城啊？」謝家是走水路回京城的，沿著京杭運河一路往北。

謝清溪剛開始坐船的時候還有些興奮，時常拉著朱砂坐在窗邊看兩岸的風光，可是等她風光都看膩了，這天津都還沒到呢！

蕭氏素來好性子，對謝清溪更是有說不出的耐心，她安慰道：「妳再將那條鴛鴦戲水的帕子繡好，大概便到了。」

因著船上無趣，眾人自然是各自找了自己喜歡的事情做。如今謝清懋要下場考鄉試，謝清駿作為過來人，自然需要指點一番，不過謝清懋本身才學也過人，兩人倒是多為交流，只苦了謝清湛了，因上頭兩個哥哥年紀都大，彼此相互交流便可以，所以謝樹元如今閒來無事，便天天指點他功課。因著謝清駿和謝清懋兩人都是學神級別的，到了謝清湛這裡，謝樹元的要求自然是不低，於是謝清溪時常聽見她六哥哥的慘呼聲。

至於謝明貞，她如今正在繡自己的嫁妝，是的，京城的姑姑做的親。原本蕭氏是想等著回京，親自給謝明貞相看的，可誰知皇上大手一揮，他們全家又在金陵待了三年。

謝樹元不願讓女兒嫁在江南，就怕若是日後受了委屈，也是鞭長莫及。於是，他便寫信回京，希望家中能幫忙相看合適的人選。

江老太太雖說輩分大，可是她這樣的年紀也不會經常出門，便將此事託付給了自己的親女，也就是謝明貞她們的姑姑，謝家大姑奶奶謝蓮。

這位大姑奶奶嫁的是定北伯府世子，而她保的媒便是自家三叔的嫡次子。

當初謝樹元一聽是嫡子，又是出身定北伯府，便覺得不錯。

可蕭氏卻不這般覺得，她是出身永安侯府的，對於這些京中的勛貴自然也是瞭解的。這定北伯府聽著是不錯，可是細細追究起來，也不過就是聽著風光。

首先，這說親的還只是定北伯府三房的，如今爵位在大房，三房日後頂多是靠著大房過日子罷了。

其次，雖說的是嫡子，可這嫡子的父親都尚且不能得封蔭，更別提這位嫡次子了。如今大齊朝凡三品以上的官員都可以封蔭子弟，說起來謝樹元如今都可給謝清駿他們謀個職務，這定北伯府還不如謝家來得實在呢！

再說了，如今這些勛貴人家，身上有著爵位，可是卻極少有實權，因此這些人家都是靠著爵位帶來的俸祿和田產過活，可家中主子年年在增加，進項卻就那麼點，到了最後，有些人家便落魄得連面子上都遮不住了。

據蕭氏瞭解，這個定北伯府這些年也沒出過什麼有出息的人物，家中子弟皆平平，就連那位世子爺的官職，也都是靠著老丈人才能得來的。

可見這家人實在是沒什麼出息，只不過名號聽著好聽罷了。

然而，自從大姑奶奶保了這門親事之後，京城那邊的信就一封接著一封地來，都是誇讚那後生上進、是可依靠的。到後頭就連謝老太太都讓人寫了信過來，說她也讓人打聽過了，這孩子讀書上進，為人也本分，是個不錯的。

連自己親娘都這麼說了，謝樹元自然不會有疑慮，畢竟哪有親祖母坑害自家孩子的？況且那邊也說了，謝家家風正，大姑娘又有永安侯府嫡女這樣的嫡母，自然是個好的。

方姨娘一聽說京裡的大姑奶奶竟是給大姑娘定了位伯府的少爺，真是恨不得天天替大姑奶奶上炷高香呢！連她這樣性子的人，現在說話、走路感覺都帶風了。

謝樹元同意了，連方姨娘都歡天喜地成這樣，就算蕭氏心中覺得不妥，也沒反對到底了。

結果大姑娘的親事還沒怎麼著，二姑娘就險些要瘋了。

謝明芳只比謝明貞小了一歲，上頭的姊姊說了親事，那接著就輪到她了。可誰不知道，她們母女三人不得太太的待見，這庶女的親事可是握在太太手裡頭的，如今大姑娘得了這樣好的親事，這謝府的奴才們可都在等著看二姑娘能有什麼好親事呢！

當然，這些都是朱砂告訴謝清溪的。朱砂越長大，這包打聽的功力就越發的厲害，府裡簡直就沒有她不知道的事情。謝清溪自然也樂得聽這些八卦，所以平日也不拘束著她，只是她不敢讓蕭氏知道。蕭氏那樣的性子，最恨奴才碎嘴了，要是讓她知道了，朱砂也沒好果子吃。

有時候，謝清溪都忍不住要感慨，一晃眼就連大姊姊都說了人家了。她如今已經十一歲了，按著古代十五歲及笄的成例，她再過幾年便也到了說親的年紀了。

「清溪，咱們下一盤棋吧？」謝清湛這日的功課終於讓謝樹元稍稍滿意，放了他半日休息的時間，他趕緊就過來找謝清溪玩耍。

謝清溪一手撚著手中的針，一邊慢悠悠地說道：「我還想繡會兒花。」

如今她再也不像小時候那般，覺得啥事不做，只等著享福就好了。雖然謝家有這樣的條件讓自己這般，可是不管到哪裡，總該有自己的一技之長，混吃等死這種事，也不該由她這麼個小孩子來做。

想通了這點的謝清溪，迅速地改變了自己。三年前，謝家初到金陵，謝清溪便求著蕭氏給自己找了個教琴藝的師傅。這琴棋書畫，琴乃排在第一位，大家閨秀雖不說樣樣精通，可是這樂器多少還是要會一些的。

謝清溪在大學的時候，看見古箏社的那些女學生穿著好看的旗袍、畫著精緻的妝容，在臺上彈奏古箏的時候，別提有多羨慕了。

如今輪到她自己了，便知道這臺上的幾分鐘，可是需要臺下幾年工夫的鑽研。

「妳之前不是很喜歡下棋的嗎？怎麼這會兒又不愛了？」謝清湛拿著棋盒，笑呵呵地問她。

如果你下十盤輸十盤，而且還是被完虐的，估計你也再不想下棋了吧？怪就怪在謝清溪當初選了一個最不合適的對手，成是非可沒有什麼禮讓之心，逮著謝清溪就虐，以至於她如今看見這棋盤，恨不能就砸了。

「這棋子可是暖玉的，觸手生溫，我求了好一陣子，爹爹才願意給我的！」謝清湛趕緊說道。

謝清溪這才撇頭看了眼他手中的棋盒。所以你不是想來找我下棋，只是想要炫耀一下這個是暖玉的棋子吧？謝清溪用一種「我已經看透你」的表情，鄙視地看著他。

不過謝清湛素來和她隨意慣了，誰讓這是他可愛的同胞妹妹呢？

「好吧，就陪你下一盤吧。」謝清溪放下針線，讓朱砂將桌子上的針線筐收了下去，接著又讓丹墨將她的棋盤擺上來，兩人便對弈起來了。謝清溪笑呵呵地看著他說道：「咱們即便是下棋，也該有個彩頭吧？要不然多無趣！」

「什麼彩頭？妳只管說便是！」謝清湛豪爽地說道。

「一盤十兩銀子吧！」謝清湛自然也有好東西，不過都是些什麼玉珮啊、硯臺啊之類的。玉珮先不說，那是男子樣式的，她便是贏來了也戴不了。至於硯臺什麼的，她爹有個收藏的愛好，手裡頭價值幾千兩銀子的硯臺也是有的。

所以，那就來銀吧，簡單粗暴又喜慶！

倒是謝清湛聽了直搖頭，道：「妳一個閨閣小姐，竟是這般愛這些黃白俗物，若是讓娘親知道了，只怕又是要教訓妳。」

嗯，大戶人家教導小姐就是這般，要生性高潔，不要去沾這些黃白之物，俗氣。呵呵，可若是沒有這些黃白之物，她們又如何保持精緻的生活？

謝清溪很是瞧不上這種似是而非的話，在家的時候要求姑娘學習琴棋書畫，不要沾惹這些俗物，待出了嫁，到了婆家之後，便要求媳婦要會持家、會打理家業。

「就你話多！到底來不來？你若是不來，那我就不下了！」說著，謝清溪就要將撚在手中的棋子扔掉。

「好好好，十兩便十兩！」謝清湛自然不會將這點銀子放在眼中。

結果，這天他一共輸了八十兩銀子。

從江南出發的時候還是三月，如今到了通州碼頭卻已經是四月了，正是一年中氣候最為宜人的時節。這一日春意盎然，湖畔兩岸的樹木早已經是一片青翠之色，蔚藍色的天際只有幾片流雲飄過，江畔上微風吹拂在臉上，別是一番舒服和適意。

自從京杭大運河化冰之後，每天往來的船隻便絡繹不絕，便是到了岸口也要等著順序依次停靠的。不過謝家坐的乃是官船，又因謝樹元今日不同往日，乃是從二品大員的身分，因此一到了岸口便被安排停靠。

謝府早派了馬車前來接人，已在岸口等待了許久，這會兒見著官船上高高懸掛的「謝」字，便知道這是自家大老爺回來了，各個莫不歡欣，趕緊上前迎了去。

謝樹元乃是家中嫡長子，又離家有十幾年之久，因此謝舫特別讓嫡次子謝樹釗請了半日的假，親自過來接他。

謝樹釗站在船下，謝家過來的管事已經上去請謝樹元下來了。謝樹元一出來，後面便跟著好些人，跟在最前頭的自然是謝家三兄弟；而女眷們則是隨著蕭氏出來的，只見幾個戴著帷帽的女子出現在甲板上，讓岸口上的人都忍不住往這邊看。

想必這又是哪位大官回京了吧？

「二弟，怎麼是你親自過來了？」謝樹元一下船看見自家弟弟，倒也是驚喜。畢竟自從他外放之後，兩人竟是有十幾年未見了，雖說期間也有書信往來，可到底是這麼久了。

謝樹釗也有些激動，上去便給謝樹元行禮，欣喜地說：「父親說你有十幾年未回京城，便讓我親自過來接你。」

兩兄弟說了幾句話後，謝樹元趕緊讓身後的三個兒子過來給二叔見禮。

謝清駿倒也還好，他是在京城長大的，只是前幾年才去了江南。

謝樹釗一看見他便是搖頭，只道：「你這小子，倒是一走了之了！」

「還請二叔恕罪啊！」謝清駿笑著給謝樹釗請罪。

不過謝樹釗卻不在意地擺手，還頗有些幸災樂禍地說道：「你跟我請罪可沒用，待會兒便等著你祖母吧！」

謝清駿不由得有些苦著臉。

接著謝樹釗又瞧了幾眼謝清懋。

去江南的時候謝清懋已經記事了，自然知道這個二叔叔最是閒適雅致的一個人。

謝樹元叫了謝清湛過來，說道：「趕緊給你二叔行禮，你長這麼大，可是頭一回見二叔。」

謝清湛正是年少時，生得唇紅齒白，任誰看了都覺得這孩子長得未免也太好看了些。

都說皇帝愛長子，百姓疼么兒，謝清湛是謝樹元最小的兒子，和上頭的哥哥差了年歲，加上是龍鳳胎的關係，難免偏疼一點。

謝樹釗當然早知謝樹元家中有一對龍鳳胎，如今只見了這哥哥，便覺得果真是不負這龍鳳之名，光是這模樣，只怕再過幾年便能趕上他哥哥了。

「說來也是，都是骨肉至親，卻是頭一回見我這姪兒！」謝樹釗點頭，又是好生稱讚了一番。

幾人這麼說話間，後頭的女眷早已經在僕婦的攙扶下都下了船。

謝樹釗見周圍閒雜人都往這邊看熱鬧，便說道：「咱們還是趕緊上車吧，免得讓人驚擾了大嫂和姪女們。」

「也好，回去再見禮也是不遲的。」謝樹元也知這碼頭最是人來人往的地方，便趕緊讓人扶著身後的女眷上車。

要說這謝家女眷中，四位姑娘如今連最小的謝清溪都已經有十一歲了，各個都身材纖細，穿著各色精緻衣裳，扶著丫鬟們的手一路往馬車上走。這些小姐們猶如腳踏蓮花般，身形擺動得格外好看不說，走路間竟是連裙襬都沒有怎麼動。

蕭氏帶著謝清溪走在最前頭，後面跟著其他姑娘，再後面便是謝家的三個姨娘了。

岸邊來來往往的人幾乎都停下了手中的事情，正忙著看這群從岸邊往馬車上走的人。

而這岸邊的也不全是那些賣苦力的勞動者，也有些是準備登船和來送行的貴人們，其中有些人便已經認出了這是謝閣老家的馬車，又聯想起近日的消息，只怕這一行便是近期回京的謝家大老爺吧！

謝樹釗特地帶了幾匹馬過來，女眷都上了馬車，男子自然是要騎馬的，就連年紀最小的謝清湛都是騎馬的。

也不知是錯覺還是真的，謝清溪一上岸連旁邊都沒敢偷瞄，可偏偏就覺得這處與江南格外的不同。江南的春天猶如蒙紗的姑娘般，溫柔繾綣，便是連吹著的風都帶著幾分香甜的氣息；可京城卻給人一種凝重的感覺，就連這春風都吹不開這股厚重般。

「緊張了？」蕭氏感覺到謝清溪抓著自己手臂有些緊，便笑著問她。

此時兩人都已經坐上了馬車，謝清溪依舊跟著蕭氏，而三位姑娘坐在後頭的馬車裡，三個姨娘則是坐在第三輛馬車中。

謝家帶回來的東西，自然有謝府的人幫忙運回去。

謝清溪輕輕點了下頭，一雙水濛濛的大眼睛盯著蕭氏看。這姑娘到了一定的年紀便開始抽條，從胖嘟嘟的小丫頭變成了少女。剛去金陵的時候謝清溪還是個粉嘟嘟的女娃娃，可是不過一、兩年的工夫，感覺就成了大姑娘一般。

就算謝明嵐比她大半歲，可兩人站在一起卻是一般高的個子。

謝清溪自小便長得可愛精緻，不過那會兒人家只會說這女娃娃跟年畫裡走出來的童子一般，可如今她抽條一樣地長大了，這眉眼也漸漸長開，不僅沒長歪，還越發美得驚人，眨眼就成了仙宮中走下的仙女了。

蕭氏見女兒難得這般，便笑著安慰。「妳先前不是唸叨著想見見舅舅的？如今咱們回了京城，便都可以見了。」

她一聽她娘親的話，便高興地點頭。也實在不怪謝清溪不念著謝家的人，反而念著舅家。她這個舅舅每年都會送好些好東西到江南來，雖然蕭氏也會回送去好多，可是舅舅每回送給她的禮物，謝清溪都是愛不釋手得很呢！

待到了謝府，門上早已經等著的人莫不是歡欣鼓舞的。更有老太太房中的人，立即跑回去報信了。

這府上因著謝家大房要回來，早已經打掃了好幾遍。雖說老太爺如今是閣老，謝家在京城本就是烈火烹油的家族，可是如今大老爺回來了，那更是錦上添花，更別說大老爺可是被聖上都點名誇讚了好幾回的人。

等到謝樹元領著老婆、孩子進了老太太的院子裡時，裡頭等著的一大家子早已經是望眼欲穿了。

謝樹元一進門便帶頭跪了下來。「父親、母親，不孝子樹元回來了！」前頭親爹都跪下了，後頭的哪還敢站著？一干人呼啦啦地全都跪下了。

因著蕭氏先前已經提點過謝清溪，老太太重規矩，所以她此時連頭都不敢抬，這一家子的模樣，她誰都沒看見。

謝舫今日未進宮當值，因著大兒子回來，他特地告了一日的假。原本內閣事多，首輔還不願意，不過也知道人家兒子十幾年沒回家，就算不願還是准了。

謝舫叫他們都起來了。

謝清溪起身的時候，順便抬頭看了眼前面的兩位老人家，不過在看見她祖母的長相時，險些就又跪了。

尼瑪，這不就是老年版的江姨娘嗎？

謝清溪有一種整個世界充滿了惡意的感覺。

她突然對她娘親生出一種至高的敬佩和崇敬，自家小妾和婆婆長得這麼像，她還能那麼橫眉冷對江姨娘，實在是太過厲害了！

此時這位年老版的江姨娘，也就是她的親祖母謝老太太江氏，已經眼含淚花了。

謝老太太拉著謝樹元的手，也不知是責備還是欣喜，只聽她道：「你總算是知道回來了……」

「兒子常年在外，不能孝敬父親、母親，還讓母親為我這般焦心，實在是罪過！」謝樹元也是有些激動，畢竟這離家十幾年，思鄉之情此時是溢於言表啊！

江氏哪捨得怪罪兒子，只看著他的臉色說道：「我怎麼瞧著竟是瘦了？」

「樹元這些年在江南建樹不少，便是連皇上都誇讚過好幾回呢，不錯不錯！」老太爺謝舫可不關心兒子是瘦了還是胖了的這點小事，他看的可是朝堂上的大局。

謝清溪滿頭黑線，她親爹離開家的時候是個二十幾歲的小夥子，如今都快到中年了，估計當初他是胖還是瘦，妳也不記得了吧？不過江氏這話的意思卻有些含沙射影，好像是在影射她娘親沒把她爹照顧好。

謝清溪真的很由衷地期待著，她的預感不是真的。

待老太太好生看過兒子後，朝著站在後面的謝清駿便是橫了一眼，假裝生氣地質問道：「你這會兒可算是捨得回來了？」

「孫兒給祖母請安了！」謝清駿說完這話便跪下來，連連磕了三個響頭。

雖說老太太這上房裡鋪著軟和的毯子，可是看在老太太心裡，那還是心疼得喲！

老太太趕緊讓人將他扶了起來，對著他便是心疼地怪道：「你若好生同祖母說想爹娘了，難道祖母還能不讓你去見你爹娘不成？」

妳能。謝清溪在心底默默吐槽。

說實話，對於將自己的姪女塞給兒子當小妾的老太太，她是真的沒好感啊沒好感。

謝清駿自然不能這麼回應，他低著頭，面帶淺笑地道：「孫兒聽說江南人傑地靈，文氣盛行，便心想去見識一番。況且又同父母經年未見，這才會不辭而別的。還請祖母看在恒雅少不更事的分上，原諒了孫兒這一回吧？」

「不許有下回了！」老太太板著臉，不過眼底還是洩漏了點笑意。

老太太如今已經五十幾歲，眼看著便要到六十了，臉上皺紋是少不了的，特別是嘴角兩側的紋路很深，整個人看起來威嚴無比。也就是謝樹元和謝清駿，一個是長子、一個是嫡孫，在她跟前格外有臉面。

接著她只淡淡掃了蕭氏一眼，蕭氏便趕緊上前，說了一通「不孝兒媳婦回來了」。看在這三個孫子的分上，老太太倒也沒說旁的，只淡淡說了幾句「這些年妳照顧老大還養育這麼多孩子，辛苦了」。

待到了見兩個孫子的時候，老太太的臉色更加高興了些，老人都愛兒子。謝清懋她是見過的，只是走的時候才一點點大的小娃娃，如今回來都成了俊俏挺拔的少年了，便是老太太都不勝唏噓。

不過看到謝清湛的時候，她臉上更是止不住的笑，問道：「這便是清湛吧？」

就連一直沒說幾句話的謝舫都忍不住揚起嘴角，顯然這從沒見過面的小孫子，一見面就得了老人家的青眼。所以說，這長得好看總是有優勢的。

「如今功課如何？」謝舫最是重視子弟教育的，如今剛回家，可一開口問的還是讀書怎麼樣。

謝清湛便趕緊將自己讀書讀到哪裡告訴祖父，不過還是謙虛了一下，說「我學問不夠啊，還要向祖父多學習才行」。

謝舫隨意考校了他兩句，誰知謝清湛不僅能對答如流，說的還頗有些自己的見地。「不錯、不錯！」

就連謝樹元見了都不由得笑了笑，總算是不辜負這一個月來在船上的教導。

「你妹妹呢？讓祖母瞧瞧，你同妹妹長得可相似？」這會兒老太太想起來了謝清溪。

既然都被點名了，謝清溪當然也不好裝沒聽見，她趕緊上前，先是給祖父和祖母恭恭敬敬地請安，然後坐在上房裡的人都往她和謝清湛身上看。

方才謝清溪在後面的時候，便打量過了此時上方坐著的人。

右手邊坐著的是一個穿著湖綠色繡暗銀蝙蝠花紋的長褙子貴婦人，生得倒是眉清目秀，看著三十幾歲的模樣，而去碼頭接他們回來的二叔，此時便坐在她的旁邊，看來這位就是二叔的正妻閔氏吧？而後頭站著的一排，估計便是二叔家的孩子。

至於坐在二叔旁邊的一家，估計就是庶出的三叔家了吧？三叔謝樹武看著是一個極普通的人，瞧著與二叔一般大年紀，而旁邊穿著秋香色外衫的女子，估計便是三叔的妻子劉氏，不過她不僅長相普通，看著還挺老氣的。

謝清溪原以為謝家都是些鍾靈毓秀的人物，不過如今看來，這才氣大概都聚集到了大房裡。

「這一對孩子生得可真是好，便是帶出去，誰瞧了不喜歡？」老太太見謝清溪竟是生得比謝清湛還要好看，兩人站在一處就真跟那九天下凡的仙童仙子一般，心裡頓時喜歡得不行。

這會兒連老太爺都點頭了，讚道：「老大倒是把孩子養得都不錯！」

這一屋子的人此時都盯著他們兩人瞧，謝家大房雖久未在京中，可是誰都不敢小瞧了他們。如今便是這對龍鳳胎兄妹，看著都格外的靈慧聰穎，難不成這謝家的靈氣都聚集到了這房不成？

這時候還站在後面沒被接見的三位姑娘，都忍不住垂下頭。在江南的時候，謝家自然也是嫡庶有別，只是蕭氏重聲名，從不苛待庶女，再加上謝樹元一直官居高位，她們便是出門去應酬，也是別人捧著自己，可今日不過第一次回京，她們便被人明晃晃地點出了這庶女的身分。

老太太自然也聽到謝舫的話了，她眼睛一瞥，看見後頭還站著的三個姑娘，以及站在最後一排的三個姨娘，便突然說道：「後面三個姑娘也一塊兒上來吧。明嵐我是從未見過的。」

這會兒，三個庶女趕緊上前。

老太爺見這三人都眉清目秀、行為規矩，也是滿意地點頭。

認完親之後，便到了最重要的環節啦！

老太太讓丫鬟端了描金紅漆托盤上來，裡頭擺著各色的荷包，老太太倒也沒假借旁人之手，一個個都親手給了。

既然老太爺這邊認過親了，接著便到了謝樹元和蕭氏這邊撒銀子出去了。如今謝家還沒分家，二房和三房都是住在府裡的，所以這會兒二房、三房的孩子都過來給謝樹元和蕭氏見禮。

好在回京之前，蕭氏便已經根據二房、三房的孩子準備好了荷包，這些荷包就帶在秋水的身上，這會兒秋水一個個遞出來給蕭氏，她再轉給這些孩子們。

謝樹元在江南這十幾年，別的不多，真的就銀子最多了。也別提這兩年江南海外貿易盛行，就連謝清溪都賺了那樣多的銀子，更別提蕭氏私底下的運作了。因此她給的荷包都分量十足，姑娘們都是實心的金鐲子，每個有二兩那般重，不過鐲子上鑲嵌的東西卻又是不一樣的。蕭氏準備這些東西的時候，都是將謝清溪帶在身邊的，這些人情往來她也是要學的。

雖說都是二兩的金鐲子，可是因為姑娘們有嫡庶之分，所以給嫡女的鐲子上鑲嵌的玉石是綠松石，而給庶女的金鐲子便是鑲嵌的孔雀石。給二叔和三叔家的孩子又是不一樣的，畢竟二叔是嫡出，同謝樹元是一母同胞的兄弟，而三叔是庶出，所以給二叔家嫡女的東西，又該比三叔家的貴重一分，因此二叔家的兩位嫡女，荷包裡頭還有一串蜜蠟，這東西可比那金鐲子貴重多了。

大房這邊給了荷包，二房和三房自然也得給。於是光是雙方互給荷包，就花了足足一刻鐘的時間。

待又說了一會兒話後，只見一個嬌俏的丫鬟在老太太身邊耳語了一句，老太太接著便說道：「老大一家遠道而回，想來早已經餓了，還是趕緊擺飯吧，可別餓著孩子們了。」

兩位長輩先起身，謝樹元上前扶著老太爺，而蕭氏則趕緊去扶著老太太，一大家人便移步到旁邊的側廳。這會兒側廳已經擺上了幾張圓桌，待分配好位子坐下後，這滿滿當當的都是人。

古人講究的便是多子多孫多福氣，謝舫的兒子不算多，就三個而已，可是如今三個兒子都在朝中為官，特別是大兒子更是風頭甚勁，不到四十歲便已是從二品大員。

如今謝舫看著這滿滿三桌的子孫，臉上別提有多高興，也沒讓人擺下屏風，就讓人坐下了。蕭氏還站在老太太身邊，老太太還沒開口，謝舫便高興地說道：「老大媳婦，我知道妳是守規矩的，不過今兒個是你們回來的第一天，規矩便不用立了。」

老太太正準備說話呢，誰知卻被謝舫搶先說了，待蕭氏瞄了她一眼後，她才沒好氣地說道：「既然老太爺發話了，妳便坐下就是。都是一家子骨肉至親的，這些規矩便是免了也罷。」

聽她如此說，蕭氏才坐了下來。

飯倒是好飯，謝清溪也吃得挺香的，她實在是餓了。這一桌坐的都是嫡女，謝清駿和謝清懋被老太爺叫去了主桌，而這裡年紀最大的便是二叔家的嫡長女謝明雪，她旁邊坐著的是她的妹妹謝明雯。

謝明雯今年不過九歲，只聽她語氣天真地問道：「清溪姊姊，為什麼妳的名字同咱們都不一樣？」

「七妹！」謝明雩立即嗔怪地叫了她一聲。

謝明雯趕緊捂住自己的嘴巴，圓圓的大眼睛滴溜溜地看著謝明雩，顯得可愛極了。

謝清溪在江南的時候，是家中最小的孩子，如今回了京城，見到比自己還小的弟弟妹妹，便覺得都好玩極了，她終於有些明白，為何有些人看見自己就想摸摸的原因了。

「這是我爹爹取的名字，要不我幫七妹妹妳去問問？」謝清溪歪著頭看她。

謝明雯見這個姊姊笑得真是好看，比她自己的姊姊還要漂亮呢，一時便高興地要拍手，還是被謝明雩看了一眼才放下手去呢！

謝明雩如今十三歲了，在謝家姑娘裡面行三，她有些歉意地看著謝清溪道：「六妹，妳別介意，七妹人小不懂事。」

「沒事的，我倒是覺得七妹妹好玩得很，待我院子收拾出來了，便邀妳們過來玩可好？」謝清溪友善地說道。

謝明雩微感詫異，不過還是沒說什麼。她小心地打量著這位六妹，心裡咯噔了一下，她一向自詡貌美，可是同這個年歲比自己還要小上兩歲的六妹妹比起來，就真的有些不如了。

六妹身上穿著的衣裳款式倒是常規，但那衣裳的顏色卻是格外的新穎。天水碧色本就難染，可是她身上這件天水碧，看著比尋常的天水碧要通透幾分，在明光之下好像真的水光瀲灩般。

「六姊姊，妳身上衣裳的顏色可真是好看，我竟是沒見過呢！」謝明雩阻止不得，自己這個蠢妹妹便已經將話說完了。

謝明雪生怕謝清溪對自家妹妹生出輕視之心，便趕緊打圓場說道：「這樣的顏色只怕是南邊新興起來的顏色吧？瞧著倒是新穎些呢，怪有些意思的。」

謝清溪假裝沒聽出謝明雪的言下之意，只笑著說道：「江南染色偏重俏麗豔彩，而京城這邊則莊重大氣，兩地染布技藝不同，三姊沒見過也是尋常呢。倒是三姊頭上這支金簪，瞧著格外精緻呢！」

謝明雪頭上這支金簪是累絲工藝的，是老太太親賜的，在她的首飾匣子中也是能拿得出手的好東西，如今見謝清溪點出來，心中雖高興，不過臉上到底還是驕矜道：「妹妹倒是好眼力，這是累絲工藝的，因著是祖母所賜，倒也不好轉贈給妹妹。」

謝清溪淺笑，她真的就是客氣一下，沒想要。

旁邊那桌坐的是三房的孩子和大房的三個庶女，謝明芳心中雖對這樣的排位有些意見，可到底不敢說出來，如今又聽見謝明雪這樣的話，不由得冷哼一聲。

這聲音實在是不小，謝明雪一下子便轉頭盯著她看。

只見謝明芳用手扶了一下頭上的髮髻，她雪白的手腕上戴著的金鐲子便露在眾人面前，那鐲子瞧著不粗，可是卻也是累絲工藝的，這讓方才還在炫耀的謝明雪，一下子白了臉。

謝清溪雖然覺得她二姊姊這臉打得實在是痛快，可是這樣打臉不好，傷感情。

因為謝明芳這一攪和，謝明雪便板著臉不再說話了，謝清溪也不好覥著臉湊上去。

至於謝明芳她可不管謝明雪高不高興，反正她高興了就好。

而謝明雯這個小丫頭見自家姊姊不說話，衝著謝清溪微微吐了下舌頭，便不說話了。

一時間，氣氛沒了剛才的熱絡，謝清溪趕緊低頭吃飯。

不過她剛垂下頭，便聽見旁邊一桌傳來了劇烈的咳嗽聲，她一抬頭，便看見謝明嵐捂著帕子，咳得驚天動地，就連主桌那邊的人，都紛紛停了筷子。

謝明嵐身邊的丫鬟寧遠一直撫著她的背，而她自己則拿著帕子捂著嘴，可她越是壓抑，身子抖動得便越發大了。寧遠乃是謝樹元親自給她挑選的丫鬟，最是穩重不過了。

因兩桌擺得有些近，謝明雯正好挨著謝明嵐的後背坐著，大概是沒見過這樣幾乎要將肺都咳出來的陣勢，不禁嚇得往旁邊躲，謝明雪趕緊拉著她的手安慰。

謝明芳這會兒也顧不上生悶氣了，又是倒茶、又是給謝明嵐拍背的。

謝清溪見她要餵茶水給謝明嵐喝，趕緊制止道：「二姊，不能讓四姊喝水！」

謝明芳朝她看了一眼，顯然是不同意她這樣的說話。

謝清溪解釋道：「四姊現在還在咳嗽，若是讓她喝水，嗆著便不好了。」

謝明芳聽了，這才將茶碗放下來。

因幾張八仙桌都擺在一個廳裡，雖說主桌離明嵐的桌子中間隔了其他桌，可是明嵐咳得這樣厲害，老太太還是不由得皺起了眉頭。

謝樹釗有些尷尬地看了謝樹元一眼。

而蕭氏則坐在位子上，表情依舊淡然，轉頭對身後伺候的秋水道：「去瞧瞧四姑娘怎麼了？可是船上著了風？」

老太太這會兒也瞧見是明嵐在咳嗽，便有些不悅地說道：「老大媳婦，這姑娘家都是嬌客，可不能委屈了。明嵐咳得這般厲害，可有找大夫仔細瞧過？」

其實謝家大房的人都知道，謝明嵐這是舊疾。當年蘇州地動，她一直昏迷不醒，後來幸虧陸庭舟的人帶藥上山，這才救了她一條命，不過雖然命撿回來了，卻留下了頑疾。那時候正值數九寒冬，山上缺少取暖的木炭，禦寒的被褥更是緊缺，因此謝明嵐這幾年便落了這咳嗽的症狀，一咳嗽起來是驚天動地。

謝樹元在金陵的時候，便尋遍江南名醫，可是都無濟於事。

謝清溪瞇著眼睛看了眼謝明嵐，如今正值四月，正是春暖花開的季節，而今日又無大風，按理說，她這個四姊的「頑疾」可不應該在這時候發作啊……

「老爺遍訪江南名醫，只是大夫都說了，要好生調養。」蕭氏解釋道。

老太太臉上的不滿越發地重了，顯然是覺得蕭氏身為嫡母，卻沒照顧好謝明嵐。

此時謝樹元立即說道：「明嵐這病乃是頑疾，我原本便想著，待回了京城之後，請宮中的太醫瞧瞧的。」

這天下間最好的都是往皇宮裡送，而宮裡的太醫醫術自然也要比尋常的大夫高明些。

老太太聽罷，這才勉強點了點頭，對後面穿著水綠比甲的丫鬟說道：「待會兒去我庫房裡頭拿兩支人參給四姑娘，讓她好生將養著，這姑娘家可不能落下什麼頑症。」

主桌上的其他人都有些尷尬，特別是二房和三房的兩對夫妻。

不過三太太劉氏倒是暗暗鬆了一口氣，先前大嫂沒回來的時候，她簡直就是老太太的出氣包一般，是橫看不順眼，豎看也不順眼的。

誰知這大房才回來第一天，也不知這老太太是怎麼想的，竟是這般給蕭氏沒臉。

「我代明嵐謝謝老太太了。」蕭氏好似沒聽懂老太太這話中的意思一般。

老太太這一番話就跟打進棉花堆裡，忒沒意思些了。

謝明嵐這會兒總算緩過氣來了，便急急過來給祖父、祖母請罪。

一直沒開口的謝舫說道：「姑娘家身子最是緊要的，身體髮膚受之父母，要好生愛惜自己的身體才是，這樣才不愧對父母對你們的養育之恩。」

「孫女謹遵祖父教誨。」謝明嵐垂著頭，雪白的脖頸折出一段堅強的弧線。

只是，一直淺笑著的謝清駿，此時眼底沒了先前的笑意，漸漸變得冰冷。

謝清溪是在江南出生的，打她出生起就生活在蘇州，這是她頭一回到京城來，因此對於謝家實在是不熟悉，當她跟著蕭氏進了院子的時候，險些倒吸一口氣。

要說在蘇州的時候，她們姊妹之間可都是一人一個院子的，她年紀雖是最小的，可因著是嫡女，住的院子不僅寬敞，那景致也是頂頂好的，而且離蕭氏的院子還近些。

可如今她跟著進了蕭氏的正院，這才發現這院子別說比不上蕭氏在蘇州的院子，只怕連謝清溪的院子都還大上那麼一點。

「娘，我今兒個是和妳一起住嗎？」謝清溪有些認床，特別今天是第一日回京，她更不想走了。

「這樣大的姑娘了，哪好再和娘親一起住著。」蕭氏點著她的鼻尖笑話她。

謝清溪也知道，她不過就是這麼說說而已。這裡可不比江南，那會兒蕭氏是後院的老大，她便是稱王稱霸都沒人能管得著的，可如今上頭不僅多了一個老太太，底下還有兩房人盯著，她怎麼都覺得憋屈。

大房的主子是謝家最多的，光是少爺、小姐加起來就有七位之多，所以這帶回來的奴才就更加多了。蕭氏身邊不說那些積年的管事嬤嬤，就連秋水這樣的大丫鬟都早已經是歷練出來的了。原本二太太還派了好些府裡的人過來幫手，可是謝府的人過來了，就看見人家有條不紊地收拾東西，這做事細緻不說，行動間還都沒什麼聲響。

謝府的宅子是在內城之處，是個三進的院子，說起來在京城，特別是內城這樣寸土寸金的地方，謝家能有這樣一座院子那也實在是難得了，畢竟謝家可沒有爵位在身，憑的就是謝舫在朝中為官才慢慢發展到了如今這個地步。

因著大房前三個月便給京裡來了信，所以這會兒各人的住處也是分好了的。只是以前大房一家人住著三進的院子，如今卻是跟其他兩房同住一處三進院子，別說謝清溪不習慣，就連素來不挑剔的謝明貞瞧見自己住的三間屋子時，都略皺了下眉頭。

不過雖然院子小，但好在大家還是都有院子的，可就苦了三個姨娘，如今都住到一個院子裡去了，但凡有點動靜，其他人都會知道的。

這會兒謝清溪剛讓人散了頭髮，只鬆鬆地編了麻花辮子放在胸前，早有丫鬟伺候她換了一身衣裳。

而丹墨則領著小丫鬟們，將謝清溪的東西擺到她院子裡去了。她的院子依舊臨近蕭氏的院子，出了門走兩步便到了。

她的東西都貴重，當初打包的時候，她便自己親自監督著，生怕那些精貴的瓷器、鎏金銅器被磕了一塊，因此每個箱子裡頭都塞了滿滿當當的棉花，就是為了防止路途遙遠磕壞了東西。

丹墨一件件將東西拿出來的時候，見那些精貴的玻璃、瓷器都沒磕破，這才鬆了一口氣。她指揮著丫鬟將東西都擺上，多寶格不能空著，榻上的墊子也得趕緊鋪上，就連掛在內室和暖閣之間的珠簾都收拾出來準備掛上了。

蕭氏這邊的人更多，在她們母女還沒回來之前，便已經開始收拾了。這大件擺設院子裡本身就有，不過蕭氏自己也從江南帶了好些東西回來，有些丫鬟能做主的便擺上了，有些不能做主的，只等著她回來。

「這一路上妳都叫喚著沒好生泡澡，不如這會兒叫人提了水，去好生梳洗一番？」蕭氏見她懶懶的，不願動彈的模樣，便摸著她的辮子溫柔地說道。

不過謝清溪這會兒心裡存著事情，不大願意出去。她瞧著旁邊站著的丫鬟，開口道：「妳們先下去吧，我要和娘說會兒話。」

這旁邊站著的丫鬟都是蕭氏從江南帶回來的，謝清溪一吩咐，她們自是立即就下去了。

「怎麼了？臉色懨懨的，可是病了？」蕭氏伸手摸她的額頭，這剛才吃飯時還好好的，怎麼這會兒就這樣不高興了？

謝清溪伏在她娘親的肩膀上，不高興地說道：「我不喜歡。」

「不喜歡什麼？」蕭氏溫柔地問她，還一邊給她按著頭皮。

謝清溪小的時候，睡覺特別不安穩，那時候只要蕭氏給她按頭皮，她就能哼哼唧唧地睡熟，若是換別的丫鬟來，她就睡不著。

「不喜歡她同娘這樣說話。」謝清溪悶悶地說道。

蕭氏出身高貴、行為得體，又替謝家養育了這樣多的孩子，可是回家後還不是照樣要受婆婆的拿捏？可這世道便是如此，婆婆拿捏兒媳婦那是天經地義的事情，若兒媳婦但凡敢反駁一句話，這世人的唾沫星子都能淹死她。

蕭氏聽她這話，立即正經道：「妳可不能說這樣的話。」

雖說謝清溪沒有點名道姓，可是這隔牆有耳，如今可不比江南那會兒，現在蕭氏還沒將院子收拾得跟鐵桶似的，自然不敢讓她亂說話。

「我知道，我就是心疼娘。」謝清溪摟著她的腰說道。

蕭氏雖欣慰謝清溪的貼心，不過卻還是笑道：「這算哪裡的事情？這做人媳婦和做姑娘可是不一樣的，娘是要替妳爹爹盡孝道。」

聽蕭氏這麼說，謝清溪心裡就更難受了。自從謝明嵐被拖回來之後，謝清溪就明顯感覺到，她爹娘的相處和從前不一樣了。如果說以前是相敬如賓，那麼現在這賓裡只怕是多了一層冰。雖說謝明嵐的傷勢並非蕭氏所為，可她到底是因為獨立在庵堂中沒人保護才會受傷，特別是謝明嵐落下了病根後，謝樹元為她遍訪名醫仍未根治，這心中的愧疚就越發深了。

就算當初蕭氏是出於正當的理由將她送出去，可謝樹元心底難免還是怪罪了她。

「娘，妳怎麼這麼好……」謝清溪抱著她的腰，嬌滴滴地說道。

第二十章

「哼！」謝明雪一回了院子，便將頭上的那支累絲金簪取下，重重地扔在桌子上。她的丫鬟侍琴趕緊上前將金簪拿起，好生放在匣子裡。

她另一個丫鬟侍書立即問道：「姑娘，讓奴婢給您鬆了頭髮，鬆泛鬆泛吧？」

見謝明雪板著臉沒說話，侍書也不敢上前，偷偷瞧了侍琴一眼，兩人皆是沈默不語。

「弄什麼頭髮？幫我換件衣裳，我要去母親院子裡！」謝明雪一臉不高興地起身，兩個大丫鬟趕緊伺候她更衣。

待她去了閔氏的正房時，閔氏正在逗弄自己的小兒子謝清霖。閔氏的兒子如今才七歲，是謝府最小的少爺，在家中行八。閔氏成婚多年才得來這麼個寶貝疙瘩，平日就看得跟眼珠子一樣。

因著昨兒個晚上他睡覺踢了被子，值夜的丫鬟沒注意，今日有些發熱，所以閔氏這才沒將他帶到前頭去。

這會兒謝明雯正陪弟弟玩呢，就看見大姊姊氣呼呼地過來。不過她一見姊姊便高興地說道：「三姊，妳看大伯母給弟弟的禮物，這項圈打得可真精緻，比咱們戴的都好呢！」

明雯性子活潑，見弟弟得了這樣好的東西便高興得很。

八少爺如今都已經七歲了，只不過被閔氏嬌養著，性子有些內向，極易害羞，因此謝樹釗對於這個嫡子並不大喜歡，反而有些偏愛自己十五歲的庶長子謝清兆。

謝明雪定睛看了眼那金項圈乃是八寶瓔珞赤金項圈，只是那項圈下頭還垂著一枚玉鎖，這白玉之中帶著點點墨色，只看著便覺得這玉鎖實非凡品。之前謝明雪已經打開了蕭氏給的荷包，沈甸甸的金鐲上頭嵌著綠松石，金鐲不僅分量夠重，便是雕刻的花紋也是極精細的，一看便覺得是從南邊來的東西。至於那串蜜蠟，就更是極好的。

此時再見弟弟得的東西竟比自己的還要好，心裡頭格外不是滋味。倒也不是說她眼紅弟弟得的好東西，只是覺得大伯母這隨手給出的東西竟都這般貴重。更何況，大房那個庶女竟也能戴著那樣好的鐲子。

這姊妹之間難免會有比較，一個房的嫡女、庶女間有比較，隔房的姊妹更是會攀比，這嫡女同嫡女比較，庶女自然跟庶女比。可如今她身為二房的嫡長女，居然連大房的庶女都比不上！

明雪因年紀到了，如今閔氏也是時常帶著她出門交際的。雖說謝樹釗只是個禮部儀制清司史的五品郎中，可是她的祖父是內閣閣臣，她乃是閣臣的嫡孫女，便是在京城交際圈中，那也是受人追捧的人物。所以她這會兒覺得自己被一個庶女比下去了，這心裡就更加不是滋味了。誰知一過來，自家這個蠢妹妹還在炫耀大伯母給的好東西！

閔氏逗弄了兒子和小女兒一會兒，見大女兒還是悶悶不樂的模樣，便讓人將他們倆帶到旁邊的屋子去玩。

「妳這是怎麼了，拉著個臉？先前不是還好好的嗎？」閔氏雖說偏愛兒子多，可謝明雪到底是她的第一個孩子，平日裡她也是極為嬌寵的。

謝明雪只不說話，讓一個庶女就這般比下去這樣的事情，她哪好意思開口啊？不過一想到那金簪乃是祖母給自己的，她又不由得怨道，祖母也真是的，一支累絲金簪而已，說得那樣好，虧得她還和別人誇耀呢，這會兒讓她白丟了臉面！

待閔氏哄了她一會兒，她這才支支吾吾地將事情說出來，一說出口後，她又撒嬌道：「娘，女兒的這些首飾都有些舊了，樣式也不是時興的，下個月端敏郡主生辰宴，女兒要去參加，總不能戴著這樣的首飾去吧？」

「妳祖母賞了妳那麼樣的好東西，怎麼就沒有首飾戴了？」閔氏不由得嘆了一口氣。明雪自小被她嬌慣著，又因為常在老太太跟前，被老太太寵著，所以這性子養得有些嬌縱。也不想想，大嫂是出身侯府的嫡女，而她的娘家不過是個四品官吏家，父親為人又刻板、不會鑽營，家中的日子都過得緊巴巴的。

再說了，自家老爺一直在京中當官，哪能比得上外放了這麼多年的大伯？都說三年清知府，十萬雪花銀。光是看著大房每年從江南送來的那些好東西，她就知道，只怕這大房在江南是發了，這銀子何止十萬啊！

今兒個她瞧了那些庶女的穿著、首飾，就算是比起京中那些三品官員家的嫡女來，也是不差的。

「那些都是舊的嘛！娘，妳就給女兒、答應女兒嘛！」謝明雪拉著閔氏的手臂撒嬌道。

閔氏輕嘆了一口氣，卻又突然想到什麼，說：「端敏郡主是下月生辰？」

「是啊，我們先前在陳姊姊家賞花的時候，郡主便同咱們說了，到時候定是會給我派帖子的。」謝明雪有些得意地說道。這郡主可是王爺的女兒，她能同這樣的貴女來往，這就說明了她也是處於京城貴女圈的上層。

如果說京城官員家、勛貴家以及皇室家族的女兒，統稱為京城貴女圈，那麼這圈子裡也是分為各種各樣的小圈子的，什麼清貴圈、勛貴圈、宗室圈。這些小圈子當然也是相互交錯的，但不管每個圈子怎麼交錯，圈子都是呈金字塔狀的，而謝明雪就是在塔頂的那部分人。

「若是郡主請妳的話，妳便將妳六妹妹帶去吧。她初來京城，除了自家姊妹，便不認識旁人了，妳作為姊姊，自是該給她介紹些朋友。」閔氏教導謝明雪道。

謝明雪一聽，立即便不願了，嘟囔地說道：「人家端敏郡主只請了我去，帶上六妹算什麼事嘛！我不好帶人啦！」

閔氏見女兒這般不通人情世故，真是恨不得在她腦袋上拍一下！「不好帶的是那些打秋風的窮親戚，妳以為妳六妹妹是什麼人？人家爹爹可是正正經經的朝廷二品大員，舅舅又是未來的永安侯！」

「既然她那般厲害，就不用我帶了！」謝明雪不服氣地說道。

「我讓妳帶妳六妹妹去，是為著讓妳同妳六妹妹親近！她舅家也是有表姊妹的，若是由這些表姊妹帶她出門交際，又豈會比妳差？只是妳們到底是自家姊妹，親近些總是沒壞處的。」閔氏如是道。

其實她心底也是有算盤的，雖說老太爺如今還是閣老，可是眼看著年紀大了，還不知哪日就退了下來。如今明雪有著閣老嫡孫女的名頭，在外頭交際自然是不差的，可是若要說這親事，卻有些高不成、低不就的。

閔氏看好的那些勛貴世家的嫡子，人家也有更好的選擇；至於有些清貴世家的公子，她又嫌人家少爺沒個功名在身，畢竟這官宦子弟家，也不是每家子弟都像謝清駿這樣出息的。

現在大嫂回來了，她是出身永安侯府的，如今又是二品大員的正妻，這面子總是比她要大的，日後若是她相中了哪家少年，少不得要請大嫂前去說合。

見謝明雪還是百般不願，閔氏便狠了下心，哄她說，過幾日讓珍寶齋的人到家裡來，給她打兩樣時新的首飾。

謝明雪一聽，這才高高興興地應下了。

是夜，疲倦了一日的人們紛紛熄燈休息。天際掛著彎彎如船的月牙兒，月光的清輝映在大地上，照耀著夜行人的前路。

此時的謝府也沒了白日的熱鬧，守夜的丫鬟打了個哈欠便繼續守在門口。

而後院的一處小院落中，只聽「吱呀」的一聲門響，門口早已經等候多時的人，提著燈籠給開門的人照路。

待兩人會合後，便匆匆往正院上房去。

「姑母！」江姨娘白日沒有機會同老太太說話，直到了這晚上才偷偷過來給老太太請安。

雖說江姨娘年紀也大了，可是這腰身依舊纖細，看著弱不禁風的模樣。謝老太太瞧著她有些消瘦的臉龐，便心疼道：「妳母親先前進府同我說了妳的事情，我原先還不信，如今看了明嵐和妳這模樣，便知妳們受苦了。」

「姑母，我的明嵐險些沒了命啊……」江姨娘伏在老太太膝蓋上便低低地哭了起來。她哭的聲音雖然輕，卻絲絲撓耳，只讓老太太心頭也一酸。「究竟是怎麼回事？妳且同我細細說來。」

江姨娘這才娓娓道來。

待聽完後，老太太微微嘆了一口氣。「明嵐這孩子實在是苦命了些。」這女孩子有了病根，將來可是不好說親事的。雖說謝家的女兒不愁嫁，可是這高嫁和低嫁卻也是有區別的。

江姨娘沒想到老太太聽完自己的話後，竟這般輕描淡寫地掀了過去。明明是蕭氏害了她的明嵐，可如今明嵐都成了這副模樣，那人卻還是好好地當她的當家太太！

「樹元會將明嵐送去庵堂，也不是無緣無故的吧？」老太太雖然也喜歡姪女，可是她最上心的自然還是自己的兒子和孫子。

謝清駿是在她跟前長大的，又那樣的出息，如今老太太這是不知道當初謝明嵐坑害的是謝清駿，她要是知道的話，只怕她自己生剝了謝明嵐的心都有了。

江姨娘被老太太這麼一問便不敢說話了，其實當年她也不清楚為何老爺會突然將明嵐送走，她也只是模糊地聽說好像是涉及了大少爺的事情。

江姨娘哪敢將實情告訴老太太？她只支支吾吾地說了些「我的明嵐實在是可憐」。

「好了，既然妳們都回來了，這日後自是不用擔憂了，只是妳也要謹守做妾室的本分。」老太太教訓姪女道。

江姨娘眼角含淚，她原以為到了京城，有了姑母的撐腰，她們娘仨便再也不怕蕭氏了，可誰知老太太竟也同自己這樣說，這會兒她的眼淚是真心地掉下來了！怎麼跟自己想的不一樣啊？

「姑母，妳放心，便是為了明芳和明嵐，我也會好生伺候太太的，只求太太看在兩個姑娘平日待她至孝的分上，千萬給我的明芳和明嵐找個好婆家啊！」江姨娘年紀也大了，自從知道自己再也生不出兒子後，她這爭寵的心也就淡了。

這女人一輩子不就是指望有個兒子當靠山？誰知她這麼些年想盡辦法就是再也生不了，實在是命中無時莫強求啊！

老太太雖然也心疼這個姪女，可是既然做了人家的妾室，便該守著妾室的本分。況且謝樹元如今官是越做越大，日後謝家是要指著他的，這後宅可千萬不能亂了。謝老太太雖然如今年紀大了，愛隨著性子來，可是到底是有幾分見識的。

只聽老太太說：「妳放心，有我和樹元在，諒她也不敢將明芳和明嵐隨意嫁了的。如今大姑娘的親事已經說定了，明芳也到了年紀了，這親事需得趕緊尋起來。」

這古代貴女，雖是十五歲及笄，但是大多數人家都是從十三、四歲就開始給姑娘們說親事，而這說親的期間可是很長的，先不說光是相看便要花上好些時間，若是看對了人家，雙方也都有意願，這一套規矩走下來怎麼都得一年。

像明芳這般十五歲還沒說親的，那是因為謝樹元不願讓女兒嫁在江南，這才等著回京城說親呢！

江姨娘聽了老太太的話，一顆心總算定了下來。這兩年光是為了明芳的親事，她已是操碎了心。在江南的時候，生怕太太替明芳說親，讓女兒嫁到江南那般遠的地方；可是這回京了吧，又怕蕭氏隨便給明芳說親，萬一嫁了個門第不高、丈夫又不長進的，這輩子就算是完了。

這邊江姨娘剛走，那邊便有人偷偷地去了前院……

謝清駿正在書房裡把玩一個玉把件時，觀言領了一個小廝模樣的人進來了。

這人一見著謝清駿，便趕緊跪下請安。

謝清駿依舊看著手上玲瓏剔透的玉把件，拇指和食指輕輕捏著，書桌右上角擺著的燈罩裡，不時爆出「噗噗」的響聲。

待這人將江姨娘何時去了老太太院中，又什麼時候被誰領了出來，一一都說了之後，謝清駿這才點頭，說道：「不錯，辛苦了。」

這人連說「不敢」，謝清駿又讓觀言給他拿了一錠銀子，這才讓他出去了。

待觀言進來時，就看見默言正給自家少爺換茶。

這書房早已經收拾好了，後頭書架上還擺著謝清駿當年讀的書，就連當初走時未畫完的一幅畫，如今也都還擺在原處呢！

他的這處院子，可以說是前院裡最舒適的一處，不僅地方大，就連景致都比旁處好。清湛過來瞧見他這處院子時，還吵著鬧著要搬過來同他一起住。

「少爺，奔波了一日，還是早些歇著吧？」觀言沒敢說別的，開口就勸他早些歇息。自家主子向來主意大，就連老太爺都未必能勸得住，他們這些做奴才的，除了聽候吩咐之外，也只敢在主子平日的起居上說幾句話，至於別的地方，敢開口就等著死吧！

謝清駿點了點頭。「去提了熱水來，我要沐浴。」

第二日一早，蕭氏便特地讓秋晴過來了。

不過丹墨她們也知道，今日是自家小姐頭一日給老太太請安，自然不敢耽擱。

朱砂早早地將謝清溪叫起了身，丹墨也將昨兒個便準備妥當的衣裳拿了出來，服侍著謝清溪穿上。

待她梳洗完畢後，便坐在梳妝檯前，眼巴巴地瞧著鏡子裡的人。小小的鵝蛋臉，大大的杏眼此時因為犯睏而微微眯著，小巧精緻的嘴巴打了個哈欠後微微張開。

唉，幸虧如今已經是春天，從被窩裡起來沒有冬日那般難，可是這麼早起，她也難免犯睏。昨晚認床的習慣，讓她左翻右翻都睡不著，後面還和值夜的朱砂一起聊天了呢！

丹墨正給謝清溪梳頭呢，秋晴就過來了。

「六姑娘這般早便起來了？」秋晴一進來便笑著說道。不過她看見謝清溪眯著眼睛打哈欠的模樣，便立即問道：「姑娘可是沒休息好？」

「認床，翻來覆去的睡不著覺。」謝清溪痛苦地說道。

「這換了一個地方，總是有些不適應。」秋晴立即寬慰道。

待這邊丹墨給謝清溪打扮妥當了，謝清溪便站起身子問秋晴道：「妳瞧我這一身可還妥當？」

謝清溪今日穿了件藕荷色暗銀蔓草紋織錦，而下頭配了條櫻草色的裙子，顏色俏麗，穿在她的身上最是適合不過了。丹墨梳頭的手藝向來不錯，替她梳了一個小流雲髻，頭髮上只插了一支鑲著黃豆粒那般大小紅寶石的赤金簪子。耳朵上垂著一對流蘇耳墜子，墜子上的紅寶石瞧著同簪子上的一樣。

都說人靠衣裝，可秋晴瞧著這衣裳穿在六姑娘身上，反而是越發顯了這衣裳的好看。

「姑娘素來便是得體的，如今這衣裳穿著更是大方呢！」秋晴立即說道。

待這邊打扮妥當了，謝清溪便去了蕭氏的院子。她走到門口的時候，正好碰見了謝明貞。今日謝明貞穿得倒是比平日鮮亮些了，就連頭髮上都錯落有致地插著六柄玉梳，玉梳上雕刻著鏤空圖案，別有一番意趣。

等她們進去給蕭氏請安的時候，明芳和明嵐姊妹也來了。這姊妹倆同樣打扮得光鮮，而謝明嵐穿著一件杏黃色的衣裳，襯得她越發皮膚白皙。

蕭氏掃視了四人一眼，滿意地點了點頭。說實話，這四個姑娘都是不錯的，可是要真論起長相來，還是明嵐和清溪更加出眾些。

此時蕭氏看著打扮得跟個小仙女似的女兒，不由得在心底暗嘆了一聲。這女兒家自然要容顏妍麗，日後嫁了人，待丈夫洞房花燭夜掀起蓋頭來，看見一張國色天香的臉蛋，還愁籠絡不住他？可是自家女兒……蕭氏又看了一眼，著實太漂亮了些。

蕭氏領著四個姑娘去上房給老太太請安了。

謝老太太因上了年紀，這覺難免就少了些，這會兒早已經洗梳好了，等著兒媳婦帶著孫女們過來呢！

她身邊的大丫鬟魏紫正伺候她喝牛乳的時候，蕭氏帶著四個姑娘進來了。

幾人齊齊給老太太請安，老太太喜笑顏開地說道：「都起來吧！」

這丫鬟們趕緊上前給蕭氏和四位姑娘安了座位，謝清溪依舊是跟在蕭氏旁邊坐著，而她旁邊依次坐著明貞、明芳、明嵐。

老太太瞇眼看了眼坐在最遠處的明嵐，卻還是笑著問謝清溪。「昨兒個睡得可好？」

「孫女是頭一回回家，興奮得直到半宿才睡呢！」謝清溪也不知是自己沒睡好被老太太看出來了，還是怎麼的，見她頭一個就是問的自己，立即說道。

老太太也高興，雖說她有這麼多的孫女，可是龍鳳胎卻還是稀罕的。當年蕭氏剛生了孩子報喜到京城時，這些往來熟悉的人家都過來道喜，那些主母太太誰不說自己好福氣？

「妳是頭一回回家，難免有些高興，待以後熟悉了便好了。」老太太心情不錯的樣子，就連說話都和顏悅色的。

這會兒她們說話間，三太太劉氏帶著自家姑娘也過來了。

不過三太太在老太太跟前一向不討喜歡，就算是讓她起身，老太太都只是略哼了一聲。

三房裡頭除了兩個嫡子、一個庶子外，另還有兩嫡一庶的三位姑娘，分別是行五年十一的明霞、行八年九的明涓及最小的明宛。庶出的謝明宛只有六歲那麼大點，粉團一樣的小姑娘，別提多玉雪可愛了！她也不怕生，給老太太請安也是脆生生的。

便是老太太這樣不喜歡劉氏的，看見九姑娘都忍不住問道：「小九，昨日妳怎麼沒一同來見大伯母？」

「回祖母，昨兒個孫女受了涼，太太怕我病得更嚴重，便不讓孫女出門。」九姑娘雖只有六歲，不過說話條理卻清楚得很，說起話更是脆生生的，連蕭氏看了都不由得笑開。

老太太見她這樣小大人模樣，便開口笑道：「昨日妳大伯母給了妳見面禮，妳可沒給人家行禮，如今可得補上！」

九姑娘聞言便從椅子上下來，恭恭敬敬地給蕭氏請了安。

蕭氏高興極了，抹了手上的鐲子便要塞給她。

可九姑娘卻是不願要，只說道：「姪女昨日已經拿了大伯母的見面禮，不該再要了。」

「沒事，這是大伯母單給妳一個人的，她們都沒有呢！」蕭氏打趣地說道。

九姑娘不敢要，只回頭看了眼她的嫡母劉氏，見劉氏點頭後，她才雙手接過收下。

「我可是來晚了？」閔氏領著自家孩子過來的時候，正撞上這幕，便笑著問道。

老太太只橫了她一眼。「既是知道，還不趕緊給妳大嫂賠不是？」

不過老太太說這話卻並不當真，只是打趣罷了。

反倒是跟在閔氏身後的謝明雪笑著開口說道：「祖母可是饒了我娘吧，都是我起床晚了，這才誤了時辰的！」

「還有我……」謝明雯也小聲地附和道。

這姊妹倆一唱一和的，倒是逗樂了謝老太太，她指著這兩人，衝著蕭氏說道：「瞧瞧這兩人，這還沒罰呢，便已經護上了！」

「明雪和明雯這是討您歡喜呢！她們哪兒會不知您是逗她們玩呢？」蕭氏笑著替兩人說

道。
待三房的人都到齊後，已是滿滿當當地坐了一屋子。
老太太環視了眾人，說道：「咱們一家人可算是整整齊齊的了。」
「可不就是！大嫂一回來，便是我都覺得這肩上的擔子要輕了呢！」閔氏是小兒媳婦，在老太太跟前素來得臉，而且如今謝家便是她掌家的，這會兒說這話是更有深意的。
蕭氏抬頭看了她一眼，卻是沒接這個話茬。說實話，她以前在蘇州當家，那是做自家的主，如今回了京城，若是真攬了這當家的活，頭上有個老太太在，她還得時時問老太太的意見，這家不當也罷了。
老太太另一個大丫鬟姚黃帶著小丫鬟，在隔壁擺好了八仙桌，這麼多的主子，滿滿地坐了一桌，而桌子上擺著熱氣騰騰的早膳，有八樣糕點、八樣小菜，其中擺了好幾籠的湯包卻最是顯眼。
待眾人坐下後，姚黃便脆聲說道：「這湯包是老太太昨兒個便吩咐廚房今日做的，老太太說了，大太太和幾位姑娘在江南待慣了，只怕是吃不慣這京城的口味了。」
「老太太倒是想得比媳婦都周到，便是我都沒想到這麼精細的地方呢，實在是罪過！」閔氏聽話又會哄老太太開心，如今這麼一說，老太太那臉上的摺子都笑開了。
這北方的飲食確實同南邊不大一樣，就算是這湯包做得也不地道。謝清溪覺得這湯包倒不如直接叫包子的好，完全沒有金陵那邊湯包一咬開便爆出湯汁的樣子。

不過人家老人家能考慮得這般精細，謝清溪覺得實在也是難得，心中對這位祖母倒是沒了之前的抗拒。

待吃飯的時候，老太太便對蕭氏說道：「我如今年紀大了，這覺是睡得少了，不過這些姑娘正是長身體的時候，不好讓她們每日起這般早過來請安，所以日後大家還照著先前的規矩，每隔三日過來請安便是了。」

謝清溪一聽，恨不得立即拍手稱好。先前蕭氏心疼她，便讓謝家的姑娘每日辰時後再去請安，折合成現代時間也就是早上八點，這在大戶人家裡，已是極晚的時間了。

眾人又是一通稱讚。

等吃完飯後，大家又移步到正廳裡頭。

在上茶期間，蕭氏便向老太太稟明，說自己明日想帶著孩子們回娘家請安。

「妳離家這般久，想來親家也是極掛念的，帶著孩子們回去好生給親家請安，也好讓親家見見清湛，這骨肉至親卻是長這麼大才見頭一遭。」老太太通情達理地說道。

蕭氏大概也沒想到能這般順利，於是連連稱謝。

因著大房回來第一天，老太太便一併給姑娘們放了假，讓她們今日不必去學堂，待大房去了永安侯府回來後，再一併開課。

這會兒消食也消完了，老太太便讓各房的人都回去。大家正站起來準備告退的時候，只聽老太太淡淡地說道：「老大媳婦先留下，咱們娘倆好久沒見，妳留下陪我說說話。」

謝清溪不敢露出擔憂的表情，只得跟著眾人一起告退離開。

「妳跟著老大外放這樣多年，也是辛苦了。」老太太一開口便誇讚道。

蕭氏連稱應該，並不敢居功。

「這旁的事情都還好說，只一事我是要說妳的。」老太太不緊不慢地道。

蕭氏倒也不裝傻，只一副「我虛心受教」的模樣。

於是老太太又繼續說：「清駿十六歲便得了解元，按理說第二年參加會試，便是狀元之位也是可取的，偏生你們做父母的縱容，讓他到了今科才考。不過這事既然過去了，又是老太爺同意的，我也不好多說妳。不過有一事，我倒要問妳，這清駿的親事，妳可有了眉目？」

若是老太太問別的，蕭氏倒還能處之坦然，可是她一開口便提到謝清駿的親事，便是連蕭氏都忍不住捏緊手掌。不過她面色倒是如常，還帶著點笑意。

「娘，其實這事我早先也問過老爺了，畢竟清駿如今年紀也大了，到了該成親的時候。只是老爺說了，這事不著急，待明年會試之後再相看也可以，免得擾了孩子的心。」蕭氏斟酌地說道，不過她事事都以謝樹元說的為準。

老太太聽完後，原本質疑的態度便也沒那麼重了，不過她還是教訓道：「清駿如今都已經十九歲了，京城裡頭像他這般年紀的少爺，就算沒成親的，那也是有婚約在身，偏偏你們當父母的倒是不著急。」

「也是媳婦不對，想著我們一家一直在江南生活，對這京城裡的貴女也不瞭解，便思量著待回京之後再慢慢相看的。再者，先前已經請您給大姑娘相看人家，老爺說了，不敢老是勞累您。左右清駿是個少爺，不同於姑娘家，就算耽誤了一、兩年也不要緊。」蕭氏笑著解釋道。

謝清駿自小在老太太跟前長大，又這樣的有出息，如今不管她去哪兒，但凡提到這個孫兒，誰不誇是她教得好？雖然這其中大部分都是謝舫的功勞以及謝清駿本人的嚴謹自持，可是這一點都不耽誤老太太將教導謝清駿的事攬在自己身上，所以對於這個大孫子，她自然是關心得很。而這孫媳婦，若不是她如今實在是年紀大了，不好經常出門，她恨不得自己去相看呢！

於是她立即說道：「既然如今你們已經回來了，就趕緊替清駿相看起來。都說好女百家求，這京中無論是家世還是品性能配得上咱們清駿的，總共也就那麼幾家姑娘，這些姑娘誰不是一女百家求的？現在妳就相看起來，待清駿日後高中了，便好操辦，到時候來個雙喜臨門，豈不是吉慶？」

老太太這話說的也是有道理，古來貴女都成親得早，可是這找婆家的時間就更早了。有些人家生怕女兒找不到好親事，從姑娘十三、四歲起就開始挑選起來了。

如今謝清駿都十九歲了，倒也不好找年紀同他相差太大的姑娘，可是京城中十五、六歲的姑娘，又要家世好、品行好，還要沒訂過婚約的，拉出去簡直就屈指可數了。

蕭氏點了點頭。

不過謝老太太卻還有話說。

「如今大姑娘的婚事算是定了下來，但這不過是雙方口頭上有了約定而已，終究還是要趕緊落定下來才好。」

說到大姑娘，蕭氏便更有話要說了。

「因著先前咱們都在江南，也沒見過這杜家少爺，如今咱們回了京城，老爺的意思，是先見見人。」

老太太一聽，不樂意了，這杜家三房嫡次子同謝明貞的婚事，那是謝家大姑奶奶親自說和的，聽蕭氏這意思，竟是還要再相看相看？怎麼的，這是不願意了？

都說多年媳婦熬成婆，這但凡熬成婆婆的，都不大願意克制自己的脾氣了，稍微有些不順心的，她便能擺在臉上讓妳看見，明晃晃地告訴妳。

蕭氏自然也注意到老太太這沈下來的臉色了，便立即又道：「老爺先前對這親事也是極滿意的，只是姑娘不能見，咱們做父母的總該見見這後生吧？要不然旁人該說我對庶出姑娘的婚事不上心了。」

「好了，大姑娘是你們的閨女，我這做祖母的也不過就是問上一句。如果你們真想看看那孩子倒也不難，待過幾日我讓大姑奶奶回來一趟便是了。」老太太幽幽地開口。

蕭氏立即笑道：「我也這麼多年未見大姑奶奶了，就連玫姊兒的出嫁都沒趕上呢！」

杜玫是謝家大姑奶奶的長女，因著大姑奶奶十六歲便出嫁，因此長女的年紀比謝清駿還要略大兩歲。

老太太一聽到她提起外孫女，也是歡喜，笑道：「她年前剛生了個小子，足足有七斤多呢，可把她婆婆高興壞了！先頭她生的是個姑娘，連月子都沒作好，妳大妹妹還回來同我哭了一場呢！」

這話蕭氏不敢接。誰不知道謝家大姑奶奶只生了三個女兒，雖說這女兒是娘親的小棉襖，可是光有棉襖也不成啊，還得傳宗接代呢！所以謝家大姑奶奶生了二女兒沒多久之後，她杜家老太太便做主給通房停了避子藥，結果隔年通房就生了一個兒子出來。

那時候謝樹元還沒外放呢，為了這事，謝樹元還親自上了杜家的門。那會兒謝舫便已經是吏部侍郎了，杜家雖有定北伯這個爵位，可家中子弟在朝中都沒個實缺的，也就是個空架子罷了。那時候的定北伯親自承諾了，即便生了兒子，也定不會寵妾滅妻的。

後來謝舫這官是越當越大，在吏部尚書的位置上坐了六年之後，便補了內閣的缺。定北伯世子，也就是大姑奶奶的丈夫，還是靠著老丈人才謀了個好差事呢！如今謝家大姑奶奶在婆家，腰桿子那叫一個硬！

這女人啊，關鍵時候還是要娘家給力，就算沒生兒子，在婆家也能照舊不受罪。

就這樣，老太太又同蕭氏說了會兒話，便讓她回去了。

謝清溪等在蕭氏的院子，那叫一個望眼欲穿，又怕她娘被老太太欺負了去，可是又不敢出門等著。

待蕭氏回來後，她立即撲上前去。

「這是怎麼了？」蕭氏看著抱著自己腰身的小人兒，笑著問道。

謝清溪當然不好當著這麼多人的面說擔心她，要是傳到老太太耳中，只怕生了是非呢！因此，謝清溪說道：「明日就要去舅舅家了，我想和娘親商量著嘛！」

「商量什麼啊？」蕭氏笑話她道。

「我頭一回和舅舅家裡的表姊、表妹們見面，自然要帶見面禮的呀……」

母女兩人一路說笑著進屋。

永安侯府乃是京中有名的勛貴家族，永安侯當年也是京城之中少有的實權人物，只是之前他已經退了下來，所以這兩年蕭家不如從前那般門庭若市了。

謝清溪一直聽她娘親說，蕭家人口簡單，最是好相處的。不過等謝清溪搞清楚外祖家的人口是怎麼簡單之後，她也是真的明白了。

她的親外祖也就是如今的永安侯爺蕭定坤，統共就生了兩子一女，而且還全是嫡子女。謝清溪原本以為像她家這樣兒子全是嫡子的已是極好的，誰知她外祖家就更牛了，生的孩子都是嫡親的。

而因為外祖父和外祖母都在世，因此蕭家的兩房都住在一起。不過以後應該也不大會分家吧，因為蕭家二房，也就是謝清溪的二舅舅蕭海，這輩子就娶了一個老婆，生了一個女兒。

尼瑪，這種一輩子只娶一個老婆的，在古代特別是這種貴族家庭中，簡直就是鳳毛麟角，奇葩中的奇葩啊！

關鍵是，人家老婆就給生了一個女兒，她二舅舅都能頂住各方面的壓力，死都不納妾、不收通房！

其實她外祖家有幾口人，謝清溪自然是一清二楚的。以前她們在江南的時候，只要舅舅送了東西過來，蕭氏便會唸叨個不停。

可是如今謝清溪更想見的，是她那如戰鬥機般存在的二舅舅啊！

於是，去舅舅家的時候，她一路都興奮得不行。蕭氏見她這般開心，也跟著高興。只是有點不大高興的是，其他三個姊姊也要同他們一起去。

雖然她們三人都是庶女出身，可是按著古代的禮法，只有蕭家才是她們的正經舅家。至於那些姨娘的娘家，都是上不得檯面的親戚，所以這會兒蕭氏回娘家，也得將她們帶著。

不過知道歸知道，謝清溪還是有些不大高興。畢竟蕭氏回的是自己的娘家，卻還要帶著別的女人給自己丈夫生的孩子。唉，做女人難，做古代女人很難，做古代貴夫人就難上加難了！

蕭家一早就知道大姑奶奶今日回家，早早就派人在二門上等著了。幾個少爺今兒個還是騎著馬來的，待蕭氏一下馬車後，就有個三十來歲的管家婆子上前，一開口就有點哽咽地道：「大姑奶奶，您可算是回來了……」

「翠濃！」蕭氏一見這人便也笑了，不過看著她如今的打扮便道：「沒想到妳都是管家娘子了。」

「託大姑奶奶的福，這些年來在老太太跟前伺候著，領了差事。」這個叫翠濃的女子乃是蕭氏當年的二等丫鬟。蕭氏出嫁的時候帶了四個一等丫鬟，又帶了幾房陪房過去，這樣的二等丫鬟自然便留在了府中。

因著翠濃為人本分又做事勤快，蕭氏便替她安排去了府中老太太的院子裡當差，如今也是個體面的管事嬤嬤了。

謝清溪被人攙扶下來時，翠濃一見她便「喲」了一聲，趕緊行禮請安，末了，有些感慨地對蕭氏道：「這便是六姑娘了吧？說來老太太都沒見過呢！」

「可不就是？她和她哥哥都是出生在江南的，長這麼大了才初次回京城。」蕭氏也感慨。

翠濃立即道：「奴婢瞧著大姑奶奶就歡喜壞了，光顧著說話。老太太今日早早便起來了，就等著大姑奶奶您回來呢！」

此時謝明貞她們也都下了馬車，翠濃安排眾人上了軟轎，便進了侯府。

庭院深深幾許，說的大概便是永安侯府這樣的庭院吧？光是下了轎子之後，謝清溪還得七繞八拐的，這才進了蕭家老太太的上房。

這一見面，謝清溪才深深感覺到什麼叫「女人是水做的」？什麼叫「離家的遊子」？

蕭家老太太譚氏一瞧見女兒進來，竟是一下子便站了起來。

蕭氏一看見自己的母親也是激動得很，就連謝清溪都顧不上了，上前兩步走到老太太跟前便跪了下去。她一邊磕頭，一邊道：「娘，不孝女回來了……」

說完，母女倆便抱頭哭在了一處。

謝清溪頭一回見她娘哭成這樣，她自己都忍不住紅了眼睛。

可是娘……妳能看看我嗎？站在這裡像個傻子一樣，好尷尬啊！

於是，待她們足足哭了一刻鐘之後，旁邊的一個貴婦人才趕緊上前勸阻道：「母親，大妹妹剛回家，您抱著她哭了這般久，倒是冷落了後頭的孩子了。」

蕭氏被這麼一提醒，才想起來自己這些倒楣的孩子全被忘在身後了。她趕緊同她大嫂游氏一起，一左一右地將蕭老太太扶著坐了下來。

大概因著是回自己的娘家，便是連蕭氏都自在了些，她衝著清溪招手道：「清溪，還不過來給妳外祖母請安。」

謝清溪磕頭請安一向是最標準的，這會兒跪下去恭恭敬敬地請了安，這頭磕得也實誠，就連剛才才哭了一場的蕭老太太，這會兒都被她逗笑了。

「好好好，我的乖孫！」老太太捉起她的手便細細打量起來了。

結果這仔細一瞧，卻是微微驚了一下。按理說，老太太在京城貴族圈裡也是有幾十年的人物了，什麼樣的大風大浪沒瞧見過啊？不過這會兒頭一次見自家這個外孫女，倒是驚了一下，這眼睛、這鼻子、這嘴巴，無一不長得精巧，而這五官合在一處，更是讓人挑不出她一絲瑕疵。

無瑕美人。

蕭老太太這會兒拉著她的手直誇讚道：「長得好、長得好，將妳爹娘的優點都選了去！妳這些表姊妹，我瞧著都沒有一個比得上妳的！」

這些老太太到了這樣的年紀，可是再也不用看旁人的臉色過日子了，於是她們想說什麼便說什麼。

但老太太這麼實誠的話，倒是讓謝清溪有點不好意思了，唉。

「娘，妳可不能這麼誇她，沒得讓她其他表姊妹笑話了去。」蕭氏笑著替她解圍。

「謝謝外祖母！」謝清溪脆生生地回道。

這話倒是將老太太真的逗笑了，直指著她對蕭氏說：「還是咱們的清溪實在，妳這個做娘親的都比不上！」

「還有一個乖孫孫呢？怎麼不一起過來？」老太太因著眼睛有些花，看人的時候都是瞇著眼睛的。

蕭氏知道她說的是清湛，便衝著跟哥哥們站在一處的清湛說道：「湛兒，過來給外祖母請安。」

謝清湛一過來，也是實實在在地給老太太磕了三個頭，臉上帶著天真的笑容道：「孫兒給外祖母請安！」

「好、好，都是外祖母的好孩子！」老太太將謝清湛也拉到一旁細細地打量了一番，又道：「同你妹妹長得倒是有幾分相似，不過還是像你爹爹多些。」

「外祖母如今倒只想著清湛和溪兒了，連孫兒站在這裡這麼久都未瞧見呢！」謝清駿說話的口氣酸溜溜的，可是眼角帶笑，表情說不出的和煦。

方才眾人雖都在看老太太同清湛說話，不過這會兒謝清駿開口了，先前那些偷偷打量這位表哥的姑娘們，總算是有正當理由光明正大地抬頭了。

謝氏恒雅，這四個字別說是對蕭家的這些姑娘，只怕是在京城的貴女圈中都鼎鼎有名。十六歲得了解元，就連萬歲爺都誇讚過他文采風流、文章斐然。當年他突然離開京城前往蘇州時，可是讓一眾少女都傷透了心呢！畢竟若是他在京城的話，謝家總會給他議親的，而當初那些十三、四歲的姑娘，可都是有機會的啊！

後來就連他離開京城，在地震的時候救助了那麼多百姓的事情，也還是有流傳到京中。

總結起來，就是一句——雖然哥已不在江湖，但江湖依舊流傳著哥的傳說！

如今自己姑姑回來了，連帶著這位表哥也一起回來了，這些正值花季的姑娘們，誰不有點小悸動？

老太太一聽他這話，便假裝生氣地瞪了他一眼，道：「你出去這般久，也不知道回來看看外祖母，真是白疼了你一場！」

謝清駿是何等人物？只要他願意，就沒他辦不成的事情！

隨後他開口只說了兩句話，便已經哄得老太太心花怒放的。

謝清溪站在一旁，汗顏地想著，有這樣神級的哥哥在，她還要多多學習、多多學習！

謝清懋素來就是安靜內斂的性子，待蕭老太太將其他孫子都看完之後，才喚了他上去。不過老太太對這幾個外孫那都是一樣的喜歡，一見他便開口道：「當初懋兒知道要很久看不見外祖母的時候，還抱著我的腿哭了好久呢，後來還是你外祖親自抱著你哄，才將你哄好。這一轉眼，懋兒也長這麼大了。」

噗！謝清溪差點沒忍住笑出來。外婆，妳一開始就爆人家二哥哥的黑歷史，這樣真的好嗎？

就算謝清懋這等八風不動的性子，如今都微微紅了臉頰，哎喲喲。

謝清溪覺得自己好喜歡外婆啊！

大概是因著江姨娘的緣故，她對謝老太太總是喜歡不起來，後來又見她總是拿話拿捏自己娘親，她就更加喜歡不起來了。

可是對於蕭老太太，她就是完全的親近了，又見她這麼給力，居然把她這個小學究二哥都給逗得臉紅了，就更加覺得日後要好生跟著外婆混呢！

待這邊嫡親的都接見完了，下面三個庶女便過來給老太太見禮。

大概是先前在謝家時就受到過這樣的待遇，這會兒就連謝明芳臉上都沒有不忿的表情。

這邊老太太是見過了，接著他們又給大舅母和二舅母見禮，還有一眾表哥、表弟、表姊、表妹，大家族最多的就是孩子了。

但謝清溪總算如願所償地見到了二舅母，說實話，二舅母還真和她想像中那種弱柳扶風的美人兒不一樣。她臉蛋圓圓的，一笑就會露出兩個酒窩，看起來斯文又好看。倒是她唯一的女兒蕭媛，是個弱柳扶風的姑娘。

等眾人落了座後，便聽見老太太一直對蕭氏說話，問的大概都是他們在江南怎麼樣？這十幾年的時光，不是一日便能彌補回來的。

待過了一會兒，蕭家幾位少爺和謝清駿他們幾個男丁，便被前院派來的人叫了過去，說是老太爺等著見他們呢！

接著，還沒等到了午膳的時候，前面便又派人過來，說今日這午膳不如擺在花園裡的一處花廳內，那裡頭地方寬敞，風景宜人。

「原本我讓妳爹同我一處在這裡等著的，偏生他規矩多，如今還不是巴巴地要來看妳？」蕭老太太得意地說道。

其實從蕭家三個孩子都是嫡親上便能看出，老太爺和老太太的感情是不錯的。而有蕭家二舅這個奇葩在，更是說明了蕭家門風正。

謝清溪偷偷覷了她娘一眼，原以為她爹爹已經做得不錯了，可是聯想到家中那個江姨娘，再看看蕭家這樣的門風，便可見她娘親心底不知受了多少的委屈呢！

等到了午膳的時候，謝清溪便見到了從未見過的外祖父和兩位舅舅。聽她娘親說，兩位舅舅長得都像外祖父年輕那會子。

等她見著兩位舅舅的時候，便忍不住想，她外公年輕的時候得多好看啊！

大舅蕭川是個四十幾歲的中年美髯公，一身氣度著實不凡。

謝樹元今日也隨著蕭氏一同來了老丈人家，兩人都身材瘦削，即便人快到中年了，也絲毫不見肥胖。

也不知是古代物資貧乏還是別的，謝清溪長到這般大，還真的沒見過幾個胖的。

雖說男女七歲不同席，但都是骨肉至親，又這麼多年未見，不論是老太爺還是老太太都沒提這樣的虛禮。

謝清溪看著這滿桌的笑臉，也忍不住笑開了。她頭一回覺得，原來大家族是這樣的感覺。

四月的京城正是天高雲清的時候，遼闊的天空，即便是站在四四方方的院子中，都讓人不覺得憋屈，更別提在外頭跑馬了。騎在馬背上，微風在極致的速度下，刮得兩邊臉頰有些疼痛。

陸庭舟策馬狂奔的時候，就聽站在不遠處的齊心大喊道——

「王爺，小心些！小心點啊！」

此時湯圓被齊心抱在懷中，他一大喊，胸口便微微顫動，原本微微瞇著眼睛舒服地躺著的湯圓，一下子睜開了眼睛，一張口便露出有些尖銳的牙齒。

「哎喲，我的小祖宗，您也行行好吧！」齊心雖然這麼說，可還是不敢惹這位祖宗，一邊摸著牠的毛皮，一邊哄著。

等馬場裡塵土飛揚，將齊心嗆得往後退了幾步後，就見陸庭舟勒著馬韁，漸漸放緩了速度。

待他騎著馬悠悠地過來時，就見白色鑲銀邊的騎馬裝在陽光底下折射出點點璀璨光輝。這馬本就高大，如今陸庭舟騎在馬背上，齊心不得不抬頭看，可是王爺生得高大，他一抬頭，險些要扭著脖子了。

陸家的人原本生得就好看，從高祖開始，這一代又一代的美人又盡往宮裡頭選，便是想挑出不好看的，那都是難事了。

不過到了萬歲爺這代，就數這位恪王爺最好看了。

陸庭舟從馬背上翻身躍下時，袍角掀起，帶出一道完美的弧度。這王侯將相啊，自小便金尊玉貴地養著，時間長了自然會薰陶出一份優雅從容來，就連這下馬的姿勢都比旁人要好看。

因著大齊朝是分藩的，這成年的王爺一到了年歲便要去各自的領地，往後要是想再回京，那可就難了。所以陸庭舟的那些哥哥們，齊心也就是十來年前見過，這會兒早都忘記了。

要是真比較起來，皇上這代的皇子裡頭，這樣貌、氣度上能和自家主子相比的，那更是沒有了。

可偏偏就是這麼位天潢貴胄，生得也好，卻連個房裡人都沒有！就算是齊心，每回陪主子去宮裡參加宴會的時候，偶爾碰見個貴女，對方那眼睛都是筆直的，有些膽子大的還敢直勾勾地望著自家主子呢！

陸庭舟一過去，便從齊心懷裡將湯圓抱了過來。

如今湯圓老了，變得越發不愛動彈，走哪兒都要人抱著。可是除了他和齊心之外，湯圓卻是誰都不讓碰。

有一回老八和老九來他府裡頭玩，正碰見湯圓在外頭閒逛，兩人便起了撩撥的心，誰知那會兒正趕上湯圓心情不好的時候，險些將老八手上一塊肉給咬了下來。

老八的母妃是個氣性大的，剛瞧見兒子手被咬傷，便喊打喊殺的，待知道是恪親王府上的狐狸咬的，便再也不敢四處嚷嚷了。

就這樣，太后得知了，還是將她叫過去好生一通罵。

如今恪王爺年紀大了，卻還沒成婚，就連個婚約都沒有，別說是太后心裡拱著火了，就連這京城裡頭的人瞧著都稀奇，都在想著，這位爺得要娶個什麼樣的天仙啊！

「主子，宮裡頭來催了，讓您早些回去呢。」一齊心小心地覷了陸庭舟一眼。

就是過年前那陣子，太后又同皇上提了陸庭舟的婚事，而且聽太后話裡頭的意思，就是皇上不把陸庭舟這個親弟弟當回事，他都這樣大的年紀了，竟連個指婚都沒有！

皇上如今信起了佛啊道的，這脾性是越發的寬和了，太后這麼說他，他也不生氣，只樂呵呵地指著陸庭舟說，全是他自個兒不樂意成婚，他這個做哥哥的都問了好幾回了。

太后一聽就更生氣了，將陸庭舟叫進宮去好生一通教訓。

當然，大體的意思就是：今年便大婚，不能再耽誤下去了！你若是心裡頭有合意的，便同哀家說，說完了哀家也好跟皇上去提。你要是心裡沒想頭，那就讓哀家去相看，待定下後就賜婚成親！

別看如今太后都往六十上奔了，可是這說話做事還是雷厲風行的。

可陸庭舟卻只往那兒閒閒一站，說了聲「兒子還沒大婚的打算」。

這話說的，氣得太后差點拿茶碗子往他臉上摔呢！還沒大婚的打算？也不瞧瞧他如今都多大了！

連皇上都張羅著給兒子找媳婦了，不說和陸庭舟前頭那些哥哥們比，就是下頭這些姪子們，他也都快趕不上了！

太后統共就兩個兒子，皇上如今都這樣大的年紀了，也不是她能操心得了的。可是就這麼個小兒子，當年拚著命地將他生了下來，勞心費力地養到了這樣大的年紀，如今居然在親事上難成這般！

要是說陸庭舟單單沒大婚，太后還不至於這麼著急，畢竟這京中二十一沒成婚的也不是沒有。可關鍵是人家二十一歲沒成婚，房裡頭好歹還是有人的啊！

而她這兒子呢？太后都沒好意思問：兒子，你現在還是雛兒不？

太后也嘗試著給他賞過人，剛開始賞賜了兩個宮女，那樣貌、那身段都是頂頂好的，結果他倒好，人是好端端地領了回去，可回家只讓人在府裡做著婢女的活兒，就連邊都沒讓這兩個宮女沾上。

後來還是身邊的嬤嬤給太后出了主意，說：咱們六爺是不是不喜歡這樣木的？

太后一尋思吧，還真有這樣的可能。結果呢，她又賞了兩個舞姬過去，這回人還是好好地往府裡頭領了，可是人家一回府就請京中勛貴子弟過府上看熱鬧，這兩個舞姬跳舞自然是好的，那腰肢、那身段，搖擺起來簡直能勾住爺們的心魂。

有位侯府的少爺當場就誇了，說不愧是王府的舞姬，實在是妙哉！

陸庭舟就問人家：你覺得這舞姬可好？人家當然點頭稱好了，結果他也不客氣，讓人一口氣將兩個舞姬都打包帶了回去！

聽說這位侯府夫人，後來還特地進宮給太后請罪去了！

這一來二去的，京城裡頭都知道這位恪王爺不愛女人親近，私底下傳什麼的都有。好在太后住在深宮裡頭，就算有嚼舌頭的，也不敢傳到她跟前去。

不過這時間一久，總會有一句半句漏到太后耳中。

太后在這宮裡待了幾十年的人了，什麼魑魅魍魎沒見過？可是一聽說兒子可能是斷袖，當即這眼淚就要落了下來，恨不得立即奔到先皇墳頭上哭一場去。

可等過了這陣勁，也沒要旁人，她反倒把自己給勸住了。這古來斷袖分桃都有，只是，就算是斷袖，娶妻生子不還得繼續？這兩個男人在一處，總不叫個事兒吧？

然後太后又叫人私底下去打聽了，看看王爺身邊可有親密的男子？一打聽下來，王爺人緣不錯啊，皇上的這些兒子都願意同他親近，但凡出宮去的，都要到六叔的府上晃悠一圈。

可要說親密的吧，還真沒有，除了齊心。

齊心誰啊？他可是王爺身邊貼身伺候的人啊！尋常都是王爺到哪兒，他便去哪兒，跟前跟後的。

太后一聽，便更想哭了，恨不能立時便弄死了這齊心！

待齊心收到風聲的時候，幾乎是連滾帶爬地去求了陸庭舟。

陸庭舟雖說平日看著脾氣好，但那是因為他地位實在是高，尋常也沒人敢惹到他，所以這些流言蜚語，誰敢告訴他聽？等他弄清了京城關於自己的這些傳言後，便入了宮，見了太后。頭一件事便是澄清，無論是斷袖還是分桃，他都沒這興趣。

可太后見他解釋也不相信啊，只說了：那你立即成婚！

如果陸庭舟是她一句威脅便能妥協的，那他也不至於耽誤到如今了。

於是，母子倆便僵持不下了，待到過年的時候，太后又發了一場脾氣。

可陸庭舟出了正月頭後，差事也不管了，就住到莊子上來了。

這會兒還是皇上見太后憂心勞神的，怕自家老娘真氣出個好歹，這才讓人請陸庭舟回去呢！

陸庭舟沒說話，只抱著湯圓往莊子裡頭走。

湯圓如今又胖又懶，若不是一張嘴一口尖銳的牙齒，只怕人家見著了還以為這只是一條長得像狐狸的狗呢！

「王爺，我聽說最近都察院的右都御史大人告老了。」齊心偷偷瞧了陸庭舟一眼。

唉，他是從陸庭舟打小就伺候在跟前的，那時候王爺才多大點，那麼小個人，走路都要人牽著。如今呢，長得這般高大，齊心就算是站直了腰背，都堪堪只到他的下巴。

陸庭舟回頭睨了他一眼，表情沒什麼變化，只是那眼睛裡藏著似笑非笑的意思。

齊心被他看得頭皮直發麻。

過了好一會兒，陸庭舟才抬了抬下巴。「我竟是不知，如今你也關心起朝堂上的事了。」

齊心嘿嘿一笑。

「不過是聽了一耳朵罷了。」

誰知，陸庭舟下面便不鹹不淡地來了這一句——

「太祖那會兒可有過祖訓，宦官不得干政，你這是嫌自己吃飯的傢伙黏在脖子上太牢固了？」

齊心一聽，那心頭拔涼拔涼的。雖說奴才不好非議主子，可是也不知自家主子是如何長的，當初那麼個唇紅齒白、像個小仙童一樣的人物，到如今只那眼睛隨意朝他閒閒地一看，他就會覺得身上涼颼颼的。

陸庭舟平日都是一副淡淡的模樣，瞧著溫潤無鋒，可依舊掩不住滿身的光華。這人啊，光有樣貌沒用，便是那天仙，若成天都是畏畏縮縮的，也不討人喜歡。而陸庭舟身上自帶一種氣度，他只單單往那兒一站，就叫旁人再也無法忽視他的存在。

「喲，主子，您就別嚇唬奴才了，奴才這膽子小啊！」齊心討好地說道。

陸庭舟一邊摸著湯圓的皮毛，一邊閒適地道：「既是這樣，便該仔細你的耳朵，少打聽些沒用的。」

「奴才這不是替主子您去打聽的嗎？」齊心嘿嘿一笑後，湊近說道：「奴才聽說，江南布政使謝大人一家都回京了呢！」

雖說早已經知道這消息，可從旁人口中聽到，陸庭舟還是陡然停住了腳步。

第三日了。

她回來第三日了，他如何能不知道？

——未完，待續，請看文創風374《龍鳳呈祥》3

深情揪心的前世恩怨　高潮迭起的深宮鬥智／藍嵐

2 / 16 出版

文創風 378-380 《不負相思》 全套三冊

曾經，她也是真心地愛過他……
雖然只是他王府裡的奴婢，卻是他身邊女子中最受寵的一個；
他冷酷無情、心思難以捉摸，但偶然的溫柔又讓她飛蛾撲火，
在他身邊，她一顆芳心終究是錯付了，最後她只想求得自由，
可他連這點心願也不給，讓她落得被親近的人背叛，毒害而死……
愛過痛過那一回，姜蕙重生到十一歲時，雖是小姑娘的身體，卻有兩世的記憶，
活過來的她只想守住姜家平安，絕不讓自己再次經歷家破人亡的痛；
她小心翼翼、步步為營，看起來前世的失敗似乎可一一彌補，
怎知姜家才剛站穩了點，前世的冤家竟然意外現身，成了哥哥的同學？!
他分明不是重生，與她巧遇時卻格外注意她，
難道他倆之間的恩怨，也要從前生繼續糾纏到今生……

♥幸福大樂透

猴年猴賽雷，快來試手氣！買一本就能抽獎，
只要上網訂購且付款完成，系統會發e-mail給您，附上抽獎專用之流水編號，一本就送一組，買10本書就能抽10次，不須拆單，買愈多中獎機率愈大！**2016/3/10**在狗屋官網公布得獎名單，公布完即開始寄送，祝您幸運中大獎！！

好淑毛的行動電源啊～～
把最珍貴的回憶都印出來貼在牆上吧！
好想要啊！
SONY
SONY
10:08
Canon
htc

★頭獎 HTC Desire 526G+ dual sim(1G/16G)..................共1名
可選擇喜愛的內容當作首頁，隨時更新，
800萬像素主相機及內置200萬像素鏡頭為妳捕捉精采時刻！

★二獎 Canon PIXMA MG2170多功能相片複合機..............共1名
日本製噴頭/墨水合一設計，外觀俐落，方便收納，
創意濾鏡特效列印將平凡照片變得超有趣～～

★三獎 SONY 5000mAh CP-V5 行動電源 共5名
色彩繽紛，纖薄時尚，隨身攜帶超輕巧，
5000mAh電池容量可讓手機完全充電兩次！

★肆獎 狗屋紅利金200元 共10名
粉絲必備狗屋紅利金，搬書回家還能省荷包，一舉兩得～～

★小叮嚀

(1) 請於訂購後兩日內完成付款，最後訂購於2016/3/3前完成付款才算有效訂單喔！
(2) 寄送時間：2/3前完成付款之訂單，會於2/5前依序寄出，
2/4之後的訂單將會在2/15上班日依序寄出。
(3) 如訂單上有尚未出版之書籍，會等到書出版後一併寄送。
活動期間親自至本社購買亦享有相同折扣，請先電話聯絡確認欲購書籍，以方便備書。
(4) 購書滿千元(含)以上免郵資，未滿千元郵資65元。
(5) 書展活動結束後，Q版鑰匙圈將恢復定價49元在官網上單獨販售。
(6) 特賣書籍因出書時間較久，雖經擦拭、整理，仍有褪色或整飾痕跡，故難免不如新書亮麗。
除缺頁、倒裝外無法換書，因實在無書可換，但一定會優先提供書況較良好的書給大家。
若有個人原因需要換書，需自付來回郵資。
(7) 各書籍庫存不一，若遇缺書情形可選擇換書或退款。
(8) 歡迎海外讀者參與(郵資另計)，請上網訂購或是mail至love小姐信箱
(love@doghouse.com.tw)詢問相關訊息。

狗屋．果樹有權修改優惠活動的實施權益及辦法。

2016年1月出版

今宵美人嬌

文創風 370～371

純情少年的真心告白：
喂，本人可是第一次主動討好人唷，還不快來領情！

懷春少女的驚人告解：
爹，娘，請原諒女兒，今晚女兒墮落啦～～

若遇情竇雙開綻　最是人生好時節／糖豆

雖說爹娘本是冀望人如其名才喚她湯圓，但她未免太不負厚望了吧，
不僅吃得身材圓滾滾，亦被寵得性子軟趴趴，任人搓圓捏扁，
結果便是慘遭下人嘲笑，還被夫君利用，就連懸樑用的繩子也欺負她胖！
生生從中斷裂，害她自盡都落人笑柄，不得已只好改為割脈了卻一生……
豈料醒來竟重回十歲，雖未釐清狀況，可至少她知道，要拚死減肥，還有——
往後取名絕對得三思！瞧，這世她遇上個叫「元宵」的神秘少年，
按理兩人該是同類呀，可字詞不同他便與她天差地遠，
先別提那張精緻的相貌有多讓人自卑，光論他囂張及毒舌的程度她就望塵莫及。
這人初見面旋即數落她胖，她聽了不爽理他，他竟小肚雞腸地展開報復，
害她在王府聚會上出醜，成了舌戰箭靶，最後甚至遭人推落水池——
好啦這純屬意外與他無關，不過見她如此狼狽也算稱了他的心，
那……為何他會挺身替她出氣，還第一時間下水救她？
如今又趁夜偷偷闖入她房內，笨手笨腳地替她搽藥到底是怎麼回事？
而這不但不尖叫、不抵抗，反倒還有點開心的自己又是怎麼回事？!

2015年12月出版

後妻

文創風 359～361

從江南閨秀到北方軍戶，
細數上門求親的人，簡直要踏破她家門檻；
可她卻相中了那個拖家帶口的新來軍戶，
唉，緣分這事可真真說不準啊～～

危難識真情 平淡見幸福／春月生

宋芸娘出生江南水鄉，是父母捧在掌心嬌寵的明珠，
怎知這種生活在她十五歲那年劃下了句點，
父親捲入貪墨案，遭到撤職不說，更落得全家被充軍北方的下場。
母親和弟弟又因挺不過充軍路途的艱苦，先後病逝，
她一下子像是從雲端跌到了地獄，再也不能翻身。
為了父親與幼弟，宋芸娘咬緊牙關，撐起了整個家，
他們沒有被殘酷的現實擊倒，在苦寒匱乏的北方軍堡開始新生活。
但那個新來的軍戶蕭靖北來了之後，一切好像有點不一樣了。
每回和他接觸，她的胸口總有異樣的悸動，
他對她的好，讓她即便是做後妻，也未曾覺得一絲委屈。
只是他的家人似乎沒有那麼歡迎她，三番兩次的小動作，
讓她在未過門前就吃了不少虧，多了不少煩心事。
此時韃靼來勢洶洶，大軍已然兵臨城下，張家堡岌岌可危，
再多的兒女情長，都得暫時擱在腦後……

情有靈犀．愛最無價／靈溪

2016年1月出版

藥香賢妻

易得無價寶，難得有情郎。
榮華富貴她可以不靠男人、自己掙得，幸福姻緣卻是可遇不可求的，
何況她要的還是在古代女人想都不敢想的「唯一」，
而他，竟願意……

文創風 365 1

她是現代女軍醫，莫名穿越到大齊王朝一個小吏家中。
生不出兒子的娘備受爹爹冷落，她這嫡女淪落成被人嫌棄的賠錢貨。
親娘軟弱，祖母刻薄，爹爹不喜，二娘厭惡，庶妹狠毒，
她更是被認為是一個和傻子差不多的呆子。
扮男裝溜出去行醫之後，意外地廣結善緣，
之後開藥廠，買農莊，置田舍，鬥二娘，懲庶妹，結權貴……
從此娘親重獲寵愛，祖母爹爹視若掌中寶，她從無人聞問到桃花大開……

文創風 366 2

嫁漢嫁漢穿衣吃飯，從古到今的道理就是女人得依靠男人，
但她可不這麼認為，買莊子、過好日子，她只想靠自己的能力，
要是都靠男人，男人便自覺可以在外面肆意妄為，
說納妾就納妾，說喝花酒就喝花酒，甚至回來還拿老婆、孩子出氣……
這種嫁啊，她還不如不嫁呢！
她靠自己的本事，就算不嫁，日子一樣過得舒服愜意啊……

文創風 367 3

想她薛無憂的名聲雖然被二娘搞壞，從此無人問津之外，
連閨譽名節都差點被個腦滿腸肥、心術不正的男人給壞了，
上回那個解籤大師還說她紅鸞星動，嫁個豬哥算什麼紅鸞星動啊！
幸好、萬幸！她的桃花運可不差，皇上竟將她賜婚給威武大將軍，
雖然不知對方喜不喜歡她，皇上指的婚也沒得挑，
但至少兩人曾打過照面，她覺得他看起來還算順眼……

文創風 368 4

雖然皇上將兩人湊對成了親，但兩人說好先當名義上的夫妻，
在外人面前演恩愛，私下各過各的、房門一關分床睡。
當個朋友一樣相處後，她發現，這男人還挺君子的，
雖然是個武將，凡事想得周到，也算體貼入微，對她照顧有加，
擔得起大男人的責任，卻沒有大男人那些把妻子當附屬的心態，
在他面前，她不用偽裝，可以盡情地做她自己，生活過得挺舒心的。
只是這人前恩愛夫妻的戲碼演久了，似乎是日久生情了？

文創風 369 5 完

歷劫歸來之後，原以為兩人會如之前那般恩愛，如膠似漆，
不料兩人竟走到和離這一步……
她不懂是他變了，還是自己哪兒錯了？她跟他究竟是怎麼了？
她死了心、瞞著他獨自生下孩子，打算這輩子就過著沒有他的日子之後，
這才發現他緊守的一樁秘密心事……
而且，他竟拿命來博回她的愛……

文創風
373

龍鳳呈祥 2

國家圖書館出版品預行編目資料

龍鳳呈祥 / 慕童著. --
初版. -- 臺北市 : 狗屋, 2016.01-
冊 ; 公分. --（文創風）
ISBN 978-986-328-546-5（第2冊：平裝）. --

857.7　　104024774

著作者　慕童
編輯　黃淑珍
校對　林俐君　蔡佾岑
發行所　狗屋出版社有限公司
地址　台北市104中山區龍江路71巷15號1樓
電話　02-2776-5889～0
發行字號　局版台業字845號
法律顧問　蕭雄淋律師
總經銷　知遠文化事業有限公司
電話　02-2664-8800
初版　2016年1月
國際書碼　ISBN-13　978-986-328-546-5
原著書名　《如意书》，由北京晉江原創網絡科技有限公司授權出版

定價250元
狗屋劃撥帳號：19001626
網址：love.doghouse.com.tw　E-mail：love@doghouse.com.tw